ADRIAN TCHAIKOVSKY

エイドリアン・チャイコフスキー

内田昌之［訳］

下

CHILDREN OF TIME

竹書房文庫

時の子供たち

First published 2015 by Tor, an imprint of Pan Macmillan,
a division of Macmillan Publishers International Limited.
Japanese translation rights arranged with Macmillan Publishers International
Limited, London through Tuttle-Mori Agency, Inc., Tokyo

時の子供たち　下

contents

第4部 啓発（承前）

第5部 分裂

第6部 天頂／天底

第7部 衝突

第8部 離散《ディアスポラ》

主な登場人物

ホルステン・メイスン……古学者。宇宙船ギルガメシュ乗員
イーサ・レイン……宇宙船ギルガメシュの主任技師
ヴリー・グイエン……宇宙船ギルガメシュの司令官
リナス・ヴィタス……宇宙船ギルガメシュの科学班責任者
レム・カースト……宇宙船ギルガメシュの保安隊責任者

ポーシャ……蠅取蜘蛛《はえとりぐも》の名
ビアンカ……蠅取蜘蛛の名
フェイビアン……蠅取蜘蛛の名
ヴァイオラ……蠅取蜘蛛の名

ドクター・アヴラーナ・カーン……科学者。惑星ブリン2テラフォーミングの責任者
ブリン2監視ハビタット……人工衛星

第4部 啓発

（承前）

4.9 機械仕掛け《エクス・マキナ》の

緑の惑星からの信号がブリン2監視ポッドで地震のように鳴り響いた。古代のシステムはこの瞬間を待っていた――まさに永劫《えいごう》にも思える待機だった。古帝国の時代に定められたプロトコルは、いくつもの時代がめぐり、いま存在を宣言している新たな種がここまで成長するあいだにすっかりほこりをかぶっていた。それは朽ちかけていた。目的を見失い、上書きされ、監視ポッドが長年ずっと培養してきたアップロード版のカーンの人格が病気のように広がって染み込んでいた。

システムはその信号を受信すると、エラーチェックで許容誤差内であることを確認し、眼下の惑星に関して限界値が突破されたことを認識した。果てしなく長いあいだ使われずに錆《さ》びついていたシステムが急に目的を取り戻した。

間《ま》の悪いことに、監視ポッドのシステム――イライザという人間の仮面の裏で沸き立っている演算の海――は即座に決断をくだせなかった。その頭脳の中からあまりにも多くのものが失われ、まちがった整理をされ、削除されてしまっていたのだ。

システムは自分自身の内部の不連続性に取り組んだ。それは真の意味での自己認識ＡＩではなかったが、みずからを知っていた。自己修復をおこない、解決不能な問題は回避し、推定と遠まわりのロジックによって正しい結論に達した。

それはアヴラーナ・カーンを覚醒させるために最善を尽くした。

生身の女性と、アップロードされた人格構成体と、ポッドシステムとは厳密に区別されていたわけではなかった。それらはおたがいに溶け合っていたので、ひとりの凍りついた眠りが生む悪夢はほかのだれかの冷徹なロジックへ漏出した。たくさんの時間が過ぎていた。アヴラーナ・カーンのすべてが生き残っていたわけではなかった。それでも、ポッドは最善を尽くした。

ドクター・カーンは覚醒した、というか覚醒した夢を見ていて、その夢の中で枕元に天使のように浮かぶイライザが奇跡のお告げを伝えた。

〝この日天に新しい星が出現する。この日地球上に生命の救い主が誕生する〟

アヴラーナはまとわりつく海藻のような恐怖と戦い、なんとか再浮上して実際にはなにを言われているのかを理解しようとした。ここしばらくはほんとうの意味で目覚めたことがなかった——そんなことがいちどでもあったのか？　なにか邪悪な存在にまつわる混乱した記憶があった。彼女の預かり物を、彼女の存在意義となった眼下の惑星を、彼女の遺物すべてを襲う侵入者。旅人が彼女のプロジェクトの秘密を盗みに来た——彼女の新たな人生、彼女の子孫、彼女の猿の子供たちによって象徴される不死を奪うために。ほんとうか？　あれは夢だったのか？　事実と長年の冷たい眠りとの区別がつかない。

「わたしは死んでいるはずだった」アヴラーナは警戒を怠らないポッドに告げた。「閉じ込められて、なにもわからないはずだった。夢なんか見るはずではなかった」

「ドクター、時間の経過により監視ポッド内の各情報システムが均質化したようです。申し訳ありませんが、われわれは所期のパラメータを超えて運用中です」

監視ポッドは何世紀ものあいだ休眠するように設計されていた。アヴラーナもそこまではおぼえていた。ウイルスが数世代の猿たちに知性を発現させるにはどれくらいかかる？　つまり実験は失敗したのか？

いや、猿たちはついに合図をよこした。手をのばして言葉ではあらわしようがないものにふれたのだ。時間はかつてのような貴重品ではなくなった。アヴラーナはそもそもなぜ自分が監視ポッドにいて、もっと使い捨てにしてかまわない人材がやるべき機能を果たしているのかを思い出した。時間は重要ではない。重要なのは猿たちだけ――未来はもはや彼らのものなのだから。

だが、あの胸騒がすおぼろげな夢のことがあった。夢の中ではアヴラーナの同胞を名乗る旅人たちが原始的な船で到来していたが、彼女はそいつらの正体を見抜いていた。そいつらの歴史と知識を把握していた。そいつらはアヴラーナ自身の民の死骸に生えた黴《かび》だった。彼女自身の文明を殺したのと同じ病気で救いようがなく堕落していた。それなら猿たちと共に新しく始めるほうがいい。

「わたしになにか用？」アヴラーナはまわりにいる存在（たち）に問いかけた。ならんだ顔をのぞき込むと、自分と理詰めのポッドシステムとのあいだに果てしなく連続する変化の段階があり、どこで自分が終わりどこでマシンが始まっているのかわからなかった。

「知能強化プロジェクトの第二段階の準備がととのいました」イライザが説明した。「あなたの権限が必要です」

「もしもわたしが死んでいたら？」アヴラーナは言葉を詰まらせた。「もしもわたしが腐っていたら？　もしもあなたがわたしを起こせなかったら？」

「そのときはあなたのアップロードされた人格があなたの責任と権限を引き継いでいたでしょう」イライザはこたえ、それから、人間らしい面を見せなければいけないと思い出したかのように続けた。「しかし、わたしはそのようなことが起こらなくてうれしいです」

「あなたは〝うれしい〟の意味を知らない」と言ってはみたものの、アヴラーナにはそれがほんとうなのかどうかよくわからなかった。電子生物へと連続して変化していくあいだに彼女はひどく損傷を受けていたので、イライザのほうがアヴラーナ自身よりも人間の感情についてよく知っているのかもしれないという思いが消えなかった。

「次の段階へ進んで。もちろん次の段階へ進んで」アヴラーナは静寂にむかって命じてから続けた。「わたしたちがここにいるのはそのためだろう？　ほかになにがある？」〝現実問題として、ほかになにがあるんだろう？〟

偽物の人間たちが、アヴラーナの民よりも長生きしたあの病弊が惑星に近づいてきたときのことを思い出す。そうだったのか？　あれはほんとうに起きたことなのか？　彼女は彼らと話をした。あの交流がおこなわれたときの〝彼女〟は、彼らの中に充分な人間性を認めていたからこそ、取引をして、攻撃をせず、彼らが仲間を救うのを許したはずだ。目覚めるたびに、なにか別の思考の取り合わせが心を支配しているように思える。あの時は寛大な気持ちになっていた。彼らの中に充分な人間性を認めたから情けをかけたのだ。

あの日のアヴラーナは感傷的になっていた。思い返してみると、あのときの気持ちについて記憶がよみがえってくる。彼らは約束を守って立ち去ったのだろう。この恒星系内には彼らの痕跡も無線信号もいっさい見当たらなかった。

そんなに単純なことではないという漠然《ばくぜん》とした不安があった。彼らはいずれ戻ってくるような気がした。そしていまの彼女は失うものがとても多くなっていた。あの偽物の人間たちは芽生え始めた彼女の猿の文明にどんな荒廃をもたらすだろう？

ここは心を鬼にしなければならない。

知能強化プロジェクトの第二段階は接触の実施だ。無線送信ができるほどの独自文化を発展させたのなら、猿たちにはもっと広い宇宙と接触する準備ができている。〝そしていまはわたしがより広い宇宙なのだ〟これから監視ポッドが対話の手段の開発にとりかかり、もっとも単純な二進法から始めて、徐々により複雑な言語へと発展させることになる。ちょうどコンピュータがゼロからプログラムされていくように。猿たちの学習意欲と能力によっては、何世代にもわたる時間が必要となるだろう。

「まずはメッセージを送って」アヴラーナは決心した。いまはまだ惑星の住民が彼女を理解することはできないだろうが、方向付けはしておきたかった。最終的に対話ができるようになったとき、彼らに自分たちがなぜ存在しているのかを理解してもらいたかった。

「メッセージをお願いします」イライザがうながした。

「彼らにこう伝えて」アヴラーナは宣言した。なにも知らない猿たちは、それを記録し、のちにあらためて読んで、すべてを理解するだろう。

〝こう伝えて――わたしはあなたたちの創造主。あなたたちの神だ〟

第5部
分裂

5.1 虜囚《りょしゅう》

ホルステンは自分と時間との関係について思案していた。

少しまえまで、時間はほかの人びとに――というか、そのころはほかの人びとが供給不足だったので、宇宙のほかの部分に――かかわることになったように思えていた。ホルステンは時間という重荷から解放されたようだった。時間の矢という前方へ進む道を出たり入ったりしても、なぜかけっして叩《たた》き落とされることはなかった。レインは彼を〝おじいさん〟と呼ぶかもしれないが、実際には、彼の出生から現時点までに経過した客観的な時間の長さはとてつもなく、現実味がなかった。これまでの数千年におよぶ旅において、彼のように時間を支配した人間はひとりもいなかった。

いま、この独房の中では、時間が重くのしかかってきてホルステンを抑えつけ、宇宙のひどくのろのろしたペースに付き合うことを強いていた――以前なら何世紀もいっぺんにジャンプして、人類の歴史上の輝点から輝点へ飛び渡っていたのに。

ホルステンは冷凍タンクから引きずり出されてこの檻《おり》にほうり込まれた。なにが起きているのかヒントすら教えてもらえないまま二十七日がたっていた。

初めは反逆者たちに誘拐されたときの夢を見ているのだと思った。だが楽観的でいられたのは、ギルガメシュの船内で彼を引きずっていく連中がとっくに死んだスコールズやその仲間ではなく見知らぬ相手だと気づくまでだった。それから彼は居住区に連れ込まれた。

匂いが押し寄せてきた――まったくなじみのない、船内の換気システムでさえ除去できない胸の悪くなる異臭。それは密集した人間の住みかの匂いだった。

ぼんやりと記憶にあるかつての作戦司令室が、いまは灰色の布で飾られ、即席のカーテンやパーティションで狭苦しく仕切られた正真正銘のスラム街と化していた――それに人びと、大勢の人びと。

ホルステンはその光景にショックを受けた。自分が少数精鋭の集団の一員であることに慣れてきていたのに、ほんの一瞬で少なくとも百人以上の見慣れない顔が目に入ってきたのだ。圧迫感、過密な生活環境、匂い、耳障りな騒音、それらすべてが渾然一体《こんぜんいったい》となり、敵意ある獰猛《どうもう》で強烈な生物がそこにいるような感覚を生んでいた。

そこには子供たちもいた。

やっと頭が働き始めて、思考力が戻ってきた――〝積荷が解き放たれている！〟

囚《とら》われの人びとはみな灰色の生地をまとっていて、同じものが不格好なテントにも使われていた――ギルガメシュがなにか別の目的のために保管していたか、さもなければ工作室で合成されたのだろう。ホルステンはいくつもの居住区を急いで通過していたときに何度か船内服を見かけていたが、見知らぬ人びとのほとんどはこのだらんとした服を着ていた。だれもが痩《や》せていて、栄養不良で、発育不全だった。髪の毛はとても長く、肩の下までのびていた。全体の光景は妙に野性的な感じで、人類の原始時代が復活したかのようだ。

彼らはホルステンをとらえて監禁した。ギルガメシュのどこかの部屋を流用したわけではない。シャトルベイのひとつに溶接で作られた檻が用意され、そこが彼の住まいになったのだ。捕獲者たちは彼に食事をあたえ、ほかの用途のために置かれたバケツをときどき交換したが、二十七日間はそれだけだった。なにかを待っているようだった。

ホルステンのほうは、シャトルのエアロックに目をとめて、いずれは宇宙神の生《い》け贄《にえ》みたいなものにされるのだろうかと考え始めていた。たしかに、彼の捕獲者たちの態度は単なる圧制者や誘拐犯のそれではなかった。そこには奇妙な敬意があり、中には崇拝していると言ってもおかしくないような者もいた。彼らはホルステンにさわりたがらず――彼を檻まで荒っぽく連れてきた者は手袋をはめていた――目を合わせようともしなかった。これらすべてが、この連中はカルト教団で、彼は聖なる捧《ささ》げ物で、人類の最後の希望は押し寄せる迷信にのみ込まれようとしているのだというホルステンの確信を強めていた。

それから仕事が始まって、これはやはり夢にちがいないと気づいた。

ある日、ホルステンが独房で目を覚ますと、捕獲者たちが用意した携帯端末がそこにあった――機能制限された貧弱なものとはいえ、少なくともコンピュータではある。勢いよく飛び付いたが、どこにも接続していない完全に独立した端末だった。ただしデータは入っていて、正直なところ疎《うと》ましくなってきた死語で記された、見覚えのあるサイズのファイルがならんでいた。

顔をあげると、捕獲者たちのひとりがのぞき込んでいた――ほっそりした顔の男で、ホルステンより少なくとも十歳は若いが、仲間のほとんどがそうであるように小柄で、皮膚にはなにかの病気の後遺症のようなあばたがある。ほかの奇怪な見知らぬ人びとと同じく長髪だが、ていねいに編んでから首のうしろで巻いて複雑な飾り結びにしてあった。

「それを説明しろ」

このときまで捕獲者から話しかけられたことはいちどもなかった。ホルステンはこいつらとはまったく話が通じないのではないかと思い始めていたところだった。

「説明」ホルステンはぼんやりと繰り返した。

「理解できるように説明しろ。言葉に変えるのだ。これはおまえの才能だ」

「ああ、つまり……翻訳してほしいのか？」

「そのとおり」

「ギルガメシュのメインシステムにアクセスしないと」

「だめだ」

「おれが書いた翻訳アルゴリズムがある。以前にやった文書の写しも参照したい」

「いや、必要なものはすべてここにある」ローブ姿の男は儀式めいたしぐさでホルステンの頭を指差した。「働け。これは命令だ」

「だれの命令だ？」ホルステンはたずねた。

「おまえの主人だ」ローブをまとった男は一瞬ホルステンをひややかに見つめたあと、急にばつが悪くなったかのように視線をそらした。「働かなければ食べてはいけない。それが決まりだ」男はつぶやいた「ほかに方法はない」

ホルステンは端末にむかってすわり、自分がなにを求められているのかを見た。

わかってきたのはそのときだった。どう考えても彼は夢を見ていた。夢の中に閉じ込められていた。見慣れたものと見慣れないものが混在する悪夢のような環境。ここには論理の通用しない任務があるが、それは彼が前回目を覚ましたとき、まだギルガメシュが灰色の惑星をめぐる軌道上にいたときに請け負った任務のひび割れた鏡のようなものだ。彼はまだ冷凍タンクの中にいて、夢を見ていた。

だが、もちろん冷凍状態で夢を見ることはない。ホルステンでもそれがわかるくらいには科学についておぼえていた。冷却の過程で脳の活動が最小限になると、潜在意識すら動きが止まって夢を見なくなる。これがなぜ必要かというと、長期の睡眠を強制されたときに脳の活動が野放しになっていると睡眠者が正気を失ってしまうからだ。そのような状況は装置の故障によって生じる。ホルステンは積荷の人間を失ったことをはっきりとおぼえていた——あの犠牲者たちにもそういうことが起きたのかもしれない。

冷凍タンクに機械的レベルでなんらかの重大な故障があって、自分の心の中で迷子になっているのだと気づくと、妙に気持ちが落ち着いてきた。あの眠りの部屋で奮闘する自分の姿を思い浮かべてみる――人類の常軌を逸した不屈の姿勢をあらわす船の形をしたモニュメントの中で生きたまま埋葬され、なんとか目覚めようとして氷と薬物の急な斜面を這《は》いあがり、頑丈な棺《ひつぎ》の内側を殴りつける。

どんな想像をしてもアドレナリンがわくことはなかった。彼の心はシャトルベイの即席の独房を離れることをかたくなに拒み、託されたファイルについてのろのろと作業を進めていく。もちろんそれは夢だ。なぜならどれも似たようなものばかりなのだ――グイエンが放棄されたテラフォーム・ステーションからまるごと引き剝《は》がしたアップロード装置に関する新たな情報。ホルステンが夢見ているのは彼専用の行政煉獄《れんごく》だった。

日々が過ぎていく――少なくともホルステンは食べて眠ったしバケツの中身は捨てられた。檻の外でなにか意味あることが起きている気配はなかった。あの連中の目的がわからなかった。ただ一日一日を生きて、彼に翻訳をさせて、自分たちをさらに増やすだけ。まるで奇妙な孤児の集まりのようだ――避難船にはびこる虱《シラミ》のように、ギルガメシュによっていまにも船内から一掃されるかもしれない。生まれたときは積荷だったはずだが、それはどれくらいまえのことなのか？　どれだけの世代が過ぎているのか？

捕獲者たちがホルステンを見る目には相変わらず半神半人を檻に入れたかのような不思議

な畏敬の念があった。彼らが頭を剃《そ》りに来たときにそのことがよくわかった。本人たちはだれも髪を切っていないようだが、ホルステンの髪がぎりぎりまで刈り込まれているのは彼らにとって重要なことなのだ。それは地位の証《あかし》であり、ちがいをあらわしていた。彼は古き時代の男、第一世代の一員だった。

〝ヴリー・グイエンもな〟この不快な思いが、すべては冬眠中の悪夢かもしれないという楽観的な考えをやっと追い散らしてくれた。アップロードプロセスの影響に関するややこしい哲学的な論文を読み解いていくと、グイエンの固く閉じられた、支配欲にまみれた精神をのぞき込むことができた。ホルステンはなにが起きているのか、それによってなにがまちがってしまったのか、できる範囲でごく大まかな全体像を組み立て始めた。

するとある日、ローブをまとったひと握りの人びとが檻をあけてホルステンを外に出した。彼はそのとき取り組んでいたプロジェクトがまだ完了していなかったし、看守たちが緊張しているのも初めてのことだった。ホルステンの頭の中は彼らが意図しているかもしれない無数の運命でたちまちあふれかえった。

看守たちは無言でホルステンを格納庫からギルガメシュの通路へ連れ出した。みな以前に彼に対していだいていた崇拝の念を欠いているように見えて、あまり良いきざしとは思えなかった。

そこでホルステンは最初の死体を見た——男と女が彼らの行く手で糸の切れた操り人形の

ように倒れていて、ざらついた床にねっとりした血が広がっていた。ナイフで切られたのだろう、少なくともホルステンはそう思った。急いでそのかたわらをとおりすぎたが、彼の護衛たち――捕獲者たち――は死体のことを気にする様子はなかった。ホルステンは彼らに質問しようとしたが、彼を引っ立てる足取りがいっそう速まっただけだった。

もがいたり、叫んだり、抵抗したりすることも考えたが、怖かった。相手はみながっしりした体格で、これまで目にしてきた灰色の虱たちのほとんどより大柄だった。だれもがベルトにナイフをつけていたし、ひとりは先端に刃を溶け込ませたプラスチック製の長い棒を手にしていた――どれも狩猟採集者が使う太古の道具で、宇宙船から引き剝がした部品を改造したものだった。

なにもかも迅速《じんそく》かつ自信ありげにおこなわれたので、最後になってようやく自分が誘拐されたことに気づいた――ひとつの派閥から別の派閥へ。たちまち、あらゆることが彼が考えていた以上に悪化した。ギルガメシュでは、目覚めた積荷のいかれた子孫がうようよしているだけではなく、すでにそいつらがおたがいに戦いを始めていたのだ。それは古帝国の呪いであり、人類の進歩を絶えず阻害していた人間と人間の分裂だった。

ホルステンは急き《せ》立てられて歩哨《ほしょう》や衛兵のまえを進んだ。とにかく彼にはそう見えた――男たちも女たちも、ある者は船内服を、ある者は即席のローブを、ある者はまとまりのない手作りのアーマーを着込んでいて、いまにも世界でもっとも地味な衣装コンテストが始まりそうだ。それはばかげて見えるはずだった。みじめに見えるはずだった。だが、彼らの目をのぞき込んだホルステンは、そこにある断固とした決意に寒けをおぼえた。

　ホルステンが連れていかれたのは船内にある工作室のひとつで、数台ある端末は半数が壊れていて、残りも気まぐれに明滅していた。人びとがその端末で作業――まともな文明人にふさわしいまともな技術労働――をしていたが、ホルステンの目には彼らが支配権をめぐって争い、見えない次元で大規模な仮想の戦闘を繰り広げているように見えた。

　部屋の奥の端にホルステンより少し年上に見えるショートヘアの女がいた。プラスチック製の鱗《うろこ》のようなプレートが貼《は》り付けられた船内服を着ている。本人がひどく真剣な顔をしていなければ、だれかがジョークで考えた戦士女王のようだ。顎の先には無残な傷跡がついていて、ベルトには長いピストルが挿してある。それはホルステンが初めて目にした近代兵器だった。

「あら、ホルステン」女が口をひらくと、彼が見ているものの解釈がいきなりカードのようにぱたりと裏返った。

「レインか？」ホルステンは問いかけた。

「またそんな顔をして」レインはホルステンに驚きを克服するだけの時間をあたえてから続けた。「いつもの〝なにが起きているのかさっぱりわからない〟という顔だけど、正直言ってとても信じられない。だってあなたは頭がいいはずでしょ。だからあなたが知っていることを教えて、ホルステン」声はホルステンの記憶にある女といくらか似ていたが、それは女がしばらくのあいだ荒れたきつい生活をしていればの話だった。

ホルステンはその要求についてじっくり考えた。自分はいっさい関知していないと主張したい気持ちは大きかったが、レインの言うとおりだった――それでは利己的な虚言になってしまう。〝おれは言われたことをやっているだけの気の毒な学者だ。おれに責任はない〟だが実際には自分にもある程度は責任があると思い始めていた。いま起きていることに対する責任が。

「グイエンが船を支配した」ホルステンは言ってみた。

「グイエンは司令官でしょ。もともと支配しているようなもの。説明して、ホルステン」

「あいつが積荷をすべて目覚めさせた」ホルステンはレインの悪人面をしたクルーをちらりと見た。何人かの技師は見覚えがある気がした。ほかの者はやはりもと積荷で、グイエンの指示でこの仕事をさせられているのだろう。「始めてからかなりたっているみたいだな――二、三世代は過ぎているのか？　そんなことが可能なのか？」

「人間は人間を増やすのは得意だから」レインは認めた。「あのバカは考えもしなかったのか、それとも考えたうえでのことなのか。彼らはカルト集団みたいなもの。知っているのはグイエンが話したことだけなんじゃない？　積荷だった第一世代なら異議を唱えたかもしれないけど、彼らはとっくにいなくなった。この痩せた気色悪い連中は基本的にグイエンの話だけを聞いて育っている。何人かが話しているのを聞いたけど、本気でイカれてる。グイエンは彼らの救世主らしい。彼が冷凍状態に戻るたびに、その復活にまつわる伝説が生まれる。どれも救世主にまつわるよくあるたわごと」彼女は吐き捨てるように言った。「だからあいつの目的を教えて、ホルステン」

「あいつはおれにステーションから回収したアップロード装置を調べさせた」ホルステンのうろたえた口ぶりに学者らしさが戻ってきた。「古代人が精神を電子的に保存する方法を発見したんじゃないかという指摘は以前からあったが、データは戦争で電磁パルス兵器が使われたときに一掃されたのかもしれないし、少なくともおれたちには発見できなかった。だが、あれが実際にどんな目的で使われたのかはわからないんだ。関連する参考文献すらほとんど残っていない。ありきたりな不老不死のもくろみではないような――」

「かんべんして！」レインが口をはさんできた。「じゃあ、やっぱり、グイエンは永遠に生きたいってわけか」

ホルステンはうなずいた。「気に入らないようだな」

「ホルステン――グイエンなんだからね。永遠に生きるのが。グイエン、永遠。このふたつの言葉の組み合わせは受け入れがたい」

ホルステンはレインの仲間たちをちらりと見た。このキャンプは反対意見を口にすると罰せられるところまで来ているのだろうか。「なあ、それがすごく楽しい考えじゃないのはわかるが、グイエンはおれたちをここまで引っ張ってきた。あいつが古代のコンピュータに自分の精神をアップロードしたいと思っているのなら、それはまちがいなく人を殺すほどの価値があることなんじゃないのか？」ホルステンの脳裏にはいくつもの倒れた死体のことがまだ消えずに残っていた――彼の身柄を解放するための代償だ。

　レインはそういう見方もあったかという顔をして考え込んだ。「そうね、たしかに。でも理由がふたつある。第一に、あたしはグイエンと仲違《なかたが》いするまえに彼の新しいおもちゃをいちどだけ見たけど、あんなものが精神の容《い》れ物になるはずがない――あれはただの翻訳機。彼が行ける場所はギルガメシュのメインシステムくらいだけど、まじめな話、それが人間の精神を詰め込まれた状態ですべての操船機能を維持できるようになっているとはとても思えない。そうでしょ？」

　ホルステンはアップロード装置についてもう少しくわしく理解していた。「実を言えばそうだ。ステーションから回収してきたあれは記憶装置じゃない。だがグイエンはあそこからなにか別のものを手に入れたはずだが……？」

「あなたの古いファイルのどれかにそれを暗示する情報があったの？」

　ホルステンは顔をしかめた。「ない」

「なるほど」レインは首を横に振った。「ねえおじいさん、あなたはグイエンの仕事をしていたときに、その目的がなんなのか考えなかった？」

ホルステンは両手を広げた。「それは不公平だ。あれだけでは……特にまちがったことをしていると考える理由はなかった。ところで、ふたつ目は？」

「なに？」

「ふたつあると言っただろ。理由がふたつ」

「ああ、そうそう、グイエンは完全にいっちゃってる。だからあなたはその状況を維持するために懸命に働いてることになる。どうしようもない神コンプレックスの狂人」

グイエンが？　たしかに暴君みたいなところはあるが、あいつは全人類を手中におさめているのだ。自分の計画を明かさないやつだから、いっしょに働くのは簡単ではないが。「レイン、きみはどうしても彼と……」

「気が合わないって？」

「まあ……」

「ホルステン、グイエンは忙しかった。灰色の惑星を離れてから長いあいだずっと忙しかった。クソなカルト集団を立ちあげてそいつらを洗脳して彼が宇宙の大いなる希望だと信じ込ませた。彼はこのマシンをほぼ稼働させている。自分の民でテストもしてきた――それがうまくいかなかったから、いまだに〝ほぼ〟で止まっている。でもあと少し。そうでなければまずい」

「なぜまずいんだ？」

「まるで百歳みたいに見えるから、ホルステン。グイエンは途切れ途切れに五十年くらいは起きて活動してきた。カルトの信者たちに自分が神だと伝え、次に目覚めたときには信者たちからあなたは神だと言われ、その小さなループが繰り返されているうちに、本人がそれを信じてしまった。あなたは目覚めさせられてからグイエンを見た？」

「彼の民だけだ」

「じゃあ、信じてほしいんだけど、グイエンの脳であなたに見分けがつきそうな部分はとっくの昔に船を見捨てている」レインはホルステンの顔をのぞき込み、そこに司令官への共感が残っているかどうか探った。「ほんとのところ、グイエンの計画というのは、自分の脳のコピーをギルガメシュに入れること。彼はギルガメシュになりたいの。どういうことかわかる？　そうしたらもう積荷は不要になる。船の大部分も必要ない。生命維持システムとかそういうやつも必要ない」

「グイエンはいつだって本心では船のことをいちばんに考えていた」ホルステンは弁解するように言った。「なぜそんなことがわかる――？」

「すでに起きていることだから。この船の設計でなにが考慮されていないかわかる？　そこで数百人が一世紀ものあいだ暮らすこと。消耗と損傷は信じられないほど。船の仕組みをなにもわかっていない連中が、自分たちは神の仕事をしているという信念に励まされて、本来いるべきではない場所に入り込んでいる。あらゆるものが崩壊しかけている。ステーションから奪ったものがあってさえ物資は尽きかけている。それでもあの連中は食べてファックするだけ。いずれはグイエンが約束の地に連れていってくれると信じているから」

「あの緑の惑星か？」ホルステンは静かに言った。「そうなるかもしれないぞ」

「ええ、たしかに」レインは鼻で笑った。「あたしたちはみんなそこを目指している。でも、ちゃんと事態を収束させてみんなが冷凍庫に戻らないかぎり、そこへたどり着くのはグイエンだけ——彼と船いっぱいの死体だけ」

「たとえ自分自身をアップロードしたとしても、船を修理する人手は必要だろう」ホルステンは自分がなぜグイエンを弁護しているのかよくわからなかった。長いあいだ目の前に提示されたほぼすべての意見に反対することを仕事にしてきたせいだろうか。

「ああ、たしかに」レインは首のうしろをもんだ。「ステーションから回収した全自動修理システムというやつはあるけど」

「それは初耳だな」

「うちのチームの最優先事項だった。あのときはいい考えだと思ったんだけど。ええ、わかってる——あたしたち自身が廃れていくことを黙認したわけ。見たところシステムはもう稼働している。でも、あれは積荷も、あたしたちが必要とするシステムのほとんども相手にしていない。対象になるのは船内でグイエンが関心を持っている部分だけ。つまり生きていない部分。とにかくあたしが彼のもとを離れるまではそんな印象だった」

「グイエンに目覚めさせられたあとのことか」

「彼はあたしが壮大な計画の一部になることを望んでいた。ただ、ギルガメシュへのアクセス権をあたえられたときに、あたしはあまりにも早くあまりにも多くのことを知った。本気で寒けがすることだよ、ホルステン。あとで見せるから」

「まだシステムをのぞけるのか？」

「システムは船全体にくまなく広がっているし、グイエンの腕じゃあたしを締め出すことはできない……なぜコンピュータの内部からあの男をぶちのめさなかったのかと思っているんでしょうね」

　ホルステンは肩をすくめた。「まあ、そうだな、正直なところ」

「グイエンはアップロードのテストをしていたと言ったでしょ？　それが部分的には成功している。システムにはね……やつらがいる。あたしがグイエンを切り離すとか、なにかちょっかいを出したら、すぐに気づかれてしまう。すぐにやつらがあらわれて反撃をしてくる。グイエンなら対処できるけど、やつらは……いまだに自分を人間だと思っている頭の弱いＡＩプログラムみたいなもの。そのほとんどがグイエンの配下にある」

「ほとんどが？」

　レインは暗い顔になった――というか、さらに暗い顔になった。「なにもかもおかしくなっている、ホルステン。ギルガメシュはシステムレベルですでに崩壊し始めている。これは宇宙船なんだから、ホルステン。どれくらい複雑なものかわかる？　あたしたちを生かしておくためにどれだけのサブシステムがきちんと動かなければいけないかわかる？　いまはまだ自動修理システムがすべてを維持しているから、壊れた部分は使わないようにして可能であれば応急処置をしているけど、それにも限界がある。グイエンはその限界を超えて資源を自分の不老不死プロジェクトに流用している。だからあたしたちが彼を止めないと」

「そうか……」ホルステンはレインから彼女のクルーへ、古い顔から新しい顔へと視線を移した。「おれはアップロード装置について知っている。だから起こしたのか」

レインは長いあいだじっとホルステンを見ていた。さまざまな感情のかけらがその顔をゆらめかせていた。「なにそれ？」ようやく口をひらく。「友人だからという理由でただあなたを助けちゃいけないわけ？」彼女がいつまでも見つめていたので、ホルステンはやむなく目をそらし、自分がレインに対して、グイエンに対して、それ以外のほとんどあらゆることに対していだく、客観的に見ればまったく妥当な被害妄想を静かに恥じた。

「とにかく、身なりをととのえて。食事をすませて」レインは指示した。「これからいっしょに人と会うんだから」

ホルステンは眉をあげた。「だれと？」

「古い友人たち」レインはひねくれた笑みを浮かべた。「またもや仲間たちが顔をそろえるのよ、おじいさん。すごいでしょ？」

5.2　神の国で

　ポーシャはのびをして外肢を曲げ、硬くなったばかりのつやつやした外骨格と周囲にみっしりと紡いだ繭《まゆ》の感触をたしかめる。その衝動が訪れたのは都合の悪いときだったので、できるだけ先延ばしにしてきたのだが、関節の締め付けるような痛みが耐えがたくなったので引きこもるしかなくなった――一カ月のあいだ世間の目から離れて、じりじりそわそわしながら、窮屈な古い皮膚を脱ぎ捨て新しい外骨格が乾いて形が定まるのを待つ。

　蟄居中《ちっきょちゅう》に世話をしてくれたのは、いまや〈大きな巣〉の支配勢力となった同輩房の仲間たちだ。団結すればポーシャの一族の権勢に対抗できるかもしれない同輩房がほかに二、三あるのだが、それらが友好関係を結ぶことはめったにない。ポーシャの密偵たちの報告によれば常に二番目の地位を争っているだけだ。

　だが〈大きな巣〉の政治情勢はいまのところ絶妙な均衡を保っている。蟄居中には毎日のように報告書が届けられたが、把握しなければならない重要な情報のかけらはまだ何十もある。ありがたいことに、そのための仕組みは用意されている。

　ポーシャは〈大きな巣〉で〈使徒〉にかかわる司祭の中ではもっとも高位にあるが、一カ月も現場を離れていれば、姉妹たちの多くがあれこれ策をめぐらしているはずだ。空を飛び過ぎるきわめて重要な光に語りかけて、宇宙の奇妙なわかりにくい知恵を受け取り、自身の利益のためにそれを利用しているだろう。神の声が命じた、壮大な、しばしば理解不可能な事業を代わりに引き受けているだろう。ポーシャが以前の卓越した立場を取り戻そうとしたら衝突は避けられない。

ポーシャは騒々しい年下の雌たちに付き添われて次の隔室へ降りる。触肢をひと振りすると一体の雄が連れてこられる。彼は多忙な一カ月を過ごし、ふつうは雄の立ち入りが禁じられている集まりにも参加していた。ポーシャが行くはずだったあらゆる場所へ、彼女の支持者に連れられて出かけていた。あらゆる文書、あらゆる発見や変転、あらゆる神の通達について じっくりと説明を受けてきた。充分な食事をあたえられ、たいせつに扱われ、なに不自由なく暮らしてきた。

続いて、一体の雌がふくらんだ糸の球を持ってくる。中に入っているのは過去一カ月にこの雄がため込んできた〈理解〉を抽出したものだ。ここで報告される情報を通常の方法で届けようとしたらこまごました内容が果てしなく続くことになる。この一杯に含まれるポーシャの同輩房の秘密は、失えば〈大きな巣〉をやすやすと敵に差し出すことになりかねないほど重大なものだ。

ポーシャは知識のたっぷり詰まった液体を飲む。球を触肢のあいだにはさみ、慎重に中身を吸収してから、従者たちに渡してそれを壊してもらう。そして早くも自分の中で不協和音が生じるのを感じる――摂取したばかりのナノウイルスが、抽出された知識を彼女の精神の内部へはめ込むために、脳の構造に接続して雄の記憶を複写し始めたのだ。昼と夜が過ぎるまでに、ポーシャは雄が知っていることをすべて知ることになるが、自身も使用頻度の低い精神経路をいくつか失うだろう。時代遅れの技能や遠い記憶が必要な新しいものと入れ替わるのだ。

〝いずれ彼のことは指示する〟ポーシャは雄をしめす。新しい〈理解〉が手に入った確認がとれたら、その雄は処分される――ポーシャの一派のだれかに殺されて食われるのだ。まったく文字どおりの意味で、彼は多くを知りすぎている。

ポーシャの社会は雌が交尾の相手を食べることが多かった原始時代からたしかに進歩してはいるが、それほどめざましい進歩とは言えないかもしれない。ほかの同輩房の保護下にある雄を殺すのは犯罪であり賠償が必要となる。雄の不必要な殺害は社会的に非難が集中するのでめったに起きないし、実行犯は最高の美徳である自制心を欠いた浪費家として忌避される。それでも、正当な理由がある場合や交尾のあとに雄を殺すのは、この問題についてときおり議論があるにもかかわらず、依然として容認されている。それは単なるものごとのありかたであり、伝統の保存は最近の〈大きな巣〉では重要なことだ。

〈大きな巣〉は広大な森の都市だ。数百平方粁《キロ》の範囲に立ちならぶ巨木がポーシャの種族の角張った糸の住居で結ばれ、それぞれの同輩房の富が増えたり減ったりするのに合わせて常に増改築がおこなわれている。蜘蛛《くも》の最大の一派が住むのは中層部——激しい風雨を避けられる位置にありながら、同輩組に所属しない雌たちがなかば野生化した雄の群れと共に脚の置き場を求めて争う低地からは適度に離れている。房と房のあいだには、蟻では生産できないために在庫が減少している品物を作る工匠の作業場や、糸を紡いで優雅な結び目の書体を設計する芸術家の制作室や、数多くの専門分野の科学者の研究室がある。地面の下、木の根のあいだには、蟻《あり》の巣が網状につらなっていて、それぞれの巣が専門とする職務をこなしている。それ以外のもっと大きな巣は都市の境界の外側へ放射状に広がって、伐採、採掘、製錬、工業生産などに従事し、ときには戦争をすることもある。他者と戦うというのはどんな蟻群《ぎぐん》でも必要とあらばやりかたを思い出せる行為だが、〈大きな巣〉には、その競争相手たちと同様、専門の兵士がいる。

聖堂へむかう道すがら、ポーシャは断片的な情報が自分の中にはめ込まれていくのを感じる。〈大きな巣〉の隣人たちとのあいだでまたもや小競り合いが起きているらしい。より小規模な巣——〈七つの木〉〈川の谷間〉〈燃える山〉——が、ポーシャの巣の覇権に嫉妬《しっと》して領土の境界を侵害している。新たな戦争が起こる可能性が高いが、ポーシャはその結果については心配していない。彼女の民は来たるべき戦いにそなえてはるかに多くの蟻を——そしてはるかにすぐれた設計の蟻を——集めることができる。

〈大きな巣〉は単純に規模が大きいので、上層部に公共輸送機構が必要になる。ポーシャが支配している中央聖堂は彼女が蟄居していた場所からは少し距離がある。物資の輸送は神の領域であり、神の提示する難解な計画にはある場所から別の場所へ高速で移動するためのさまざまな手段が含まれているのだが、どこの同輩房も、どこの都市も、いまだにそれらを実現できていない。そのあいだ蜘蛛たちは、神の計画と比べれば不充分なものであることを痛感しながら、なんとか独自の仕組みを作りあげてきた。

ポーシャは太いより糸に沿って引っ張られる円筒形の莢《さや》に乗り込み、樹上に栄える故郷の中を飛ぶような速さで運ばれていく。動力源には、蜘蛛の糸自体の構造を利用した大規模工学の産物である糸発条《いとばね》にたくわえられた力と、培養筋肉が使われている。後者は莢の背側の肋材《ろくざい》に沿ってのびる心を持たない収縮組織で、なにも考えずにみずからを繰り返し引っ張り続ける——効率がよく、自己修復力があり、給餌も容易だ。〈大きな巣〉にはこうした莢の路線が網の目のように複雑に張りめぐらされ、振動で通信する糸と同じようにあらゆる場所へつながっている。聖堂が目に見えない電波の軌跡に関して絶対的な独占権を保持しているからだ。

ほどなくポーシャは聖堂に足を踏み入れ、そこにいる同胞の反応を注意深く観察して、挑戦者になりそうな者を嗅ぎ分ける。

〝〈使徒〉の位置は？〟ポーシャがたずねると、神の声は空にあるが、昼の光が明るくて見えないという答が返ってくる。

〝〈使徒〉と話をさせてくれ〟

地位の低い司祭たちは、一カ月のあいだここで主導権を握っていたせいか、少し腹立たしそうに道をあける。古い水晶の受信機は神の伝言が理解できるようになってから着実に改良されてきた――それは神の最初の教えであり、もっとも成功したもののひとつでもある。いまでは金属と木と蜘蛛糸でできた機械全体がひとつの端末となり、同じようなすべての端末を結ぶ宇宙の巨大な網の見えない糸につながっているので、ポーシャは世界を半分わたった先にある別の聖堂と直接話すこともできるし、神に話しかけたりその言葉を聞いたりすることもできる。

神が最初に語り始めてから、偉大な頭脳が何世代ものあいだ力を合わせてようやく、その聖なる言語を習得した、というかその言語となんとか折り合いをつけたので、神についてある程度はわかってきた。いまでも神が語ることの中にはポーシャにもだれにも理解できないところがある。だがそれらはすべて記録されているので、紡がれた聖なる言葉の一部は後世の神学者たちによって解き明かされるだろう。

それでも、ポーシャの祖先はゆっくりと神との関係を築きあげ、ひとつの物語を教えられた。文化が充分に発展したところで、ポーシャの民は創世神話を受け継ぎ、あらゆる理解を超えた力と起源を有する存在によってみずからの運命を定められた。

〈使徒〉は宇宙のかつての時代の最後の生き残りなのだ、と神は語った。その時代の断末魔の苦しみのさなかに、〈使徒〉はこの世界を訪れて不毛の大地に生命を発生させるべく選ばれた。〈使徒〉——緑の惑星の女神——は、世界を作り直して生命が誕生する環境をととのえてから、草木の種を蒔《ま》き、より小さな動物の種を蒔いた。その時代の最後の日には、創造作業の締めくくりとして、ポーシャの遠い祖先をこの世界へ送り込み、腰を据えて彼女らの声を待った。

そして〈使徒〉の声だけが世界に広がる見えない網にふれる沈黙の日々が何世代も過ぎたあと、いま各地の聖堂が歌を返し、神の計画の残りの部分がほとんどの民がまだ理解できない断片的な啓示として配布されている。〈使徒〉はポーシャの民に生きるすべを教えようとしており、そのためには彼女らには理解しがたいさまざまな目的を達成するための機械を作る必要がある。そこには危険な力がともなう——見えない糸を通じて〈使徒〉に信号を送る火花に似た、しかしそれよりもはるかに大きな力。入れ子になった車輪や目、炎や導かれた雷といった、奇怪な、頭がおかしくなる数々の概念。〈使徒〉は民を助けようとしているのに、民のほうがそれに値しないのだ、と聖堂は説く——そうでなければどうして彼女らはこんなにたびたび神を失望させるのか？　彼女らはもっと向上して神の計画どおりの存在にならなければならないのに、彼女らの生活様式や建築物や発明は〈使徒〉の構想とはまったくことなっている。

ポーシャもその姉妹たちもほかの都市の聖堂とはよく連絡を取り合っているが、それにもかかわらず関係は悪化している。神が語りかける聖堂にはそれぞれの周波数が割り当てられているが、伝言の内容はどこもだいたい同じだ——ポーシャは神がほかの聖堂に語りかけるのを盗み聞きしたことがある。どの聖堂もそれぞれのやりかたで良い知らせを翻訳する。言葉を解釈し、既存の精神構造に合わせてそれらを取り入れる。さらに悪いことに、一部の聖堂は信仰を完全に失って〈使徒〉の言葉を神以外のものとみなし始めている。これは異端の説であり、すでに対立が起きている。結局のところ、そのちっぽけな動く光点は彼女らが受け継ぐ運命にある——と言われている——より大きな宇宙との唯一のつながりなのだ。疑問をいだいて速い星を遠ざけてしまったら、彼女らは宇宙の中で見捨てられてずっと孤立したままになりかねない。

その日が終わるまでに、各所からの報告と雄から贈られた〈理解〉により、ポーシャは自分が不在のあいだに起きたことを把握する。背教者となった〈七つの木〉の聖堂との軋轢《あつれき》は深まり、採掘現場では重大な侵害行為が起きている。神の要求で原材料——特に金属——の需要が高まっている。〈大きな巣〉は、拡大を続ける領土の近郊にある鉄と銅、金と銀の優良鉱脈をすべて独占してきたが、ほかの都市は常にこれに異議を唱え、自分たちの蟻の群れを列をなして送り込んで鉱山を襲わせている。これまでの戦いでは獰猛な戦士たちよりも効率的に養育された坑夫たちのほうが武器になっているが、そんな状況がいつまでも続くはずはない。神自身が、お得意の哲学的な長広舌により、紛争が起きてどちらの側も撤退しなければ結果は決まっていると述べている。

蜘蛛は常に蜘蛛を殺してきた。この種族には最初から、特に雌と雄とのあいだで顕著な共食いの傾向があったし、領土や地域の支配をめぐる争いも多かった。だが、そうした殺戮《さつりく》は決して気楽な行為ではなく、一般的な行動でもなかった。彼女らの体内を流れるナノウイルスがもうひとつの結びつきの網を形成し、それぞれに相手の意識の存在を思い出させる。雄たちでさえそこに加わっている――彼らの小さな死にも意味があり、否定できない重要性がある。蜘蛛が大規模な殺戮を実行するところまで堕《お》ちたことがないのはたしかだ。戦争をするのは種を超えた脅威から身を守るためであり、たとえば遠い昔に起きた蟻の巨大な群れとの戦争は、最終的に蜘蛛たちの技術力を大きく向上させることになった。ふだんから相互に接続された通信網を活用し体系だった考え方をする種には、敵を征服して皆殺しにする戦争という概念は――敵を転向させ、吸収するための軍事行動とはちがって――容易には生まれてこない。

だが、神にはまた別の考えがあるし、神の考えが優越することは聖堂の教義のひとつの要点となっている――結局のところ、そうでなければなぜ聖堂が必要なのか？

神学的にも政治的にもとうとう頂点に立ったポーシャは、技師司祭たちが神の理解しがたい設計図からとにかくなにかを作り出そうとしている神聖な作業場を訪れるために莢で市外へ出かけるときだけ、私的な用足しのための時間を手に入れる。ポーシャにとって私的な活動と司祭の活動はほぼいつでも重なり合っているが、このときばかりは、多数の中にある小さな、しかし宝石のように明晰《めいせき》な精神と出会う時間を楽しんでいる。ほんのわずかとはいえ神の伝言を解読してくれた重要なひらめきのいくつかは、この驚くべき頭脳から生まれたのだ。それなのにポーシャは、自分の知られざる弟子が聖堂から伝統的に課される厳格な管理抜きで実験と構築の機会をあたえられているこの小さな特筆すべき研究室への旅に時間を費やすことに、いくらか恥ずかしさをおぼえている。

ポーシャが静かに部屋に入ってみると、彼女の興味の対象は最新の実験結果を注視している。市内の蟻群のひとつによって自動的に織り成された複雑な表記の化学分析だ。ポーシャの闖入《ちんにゅう》に、科学者は作業を中断して振り返り、触肢をややこしく動かしてへりくだる——それは敬意と服従と懇願の踊りだ。

〝フェイビアン〟ポーシャが呼びかけると、雄は身を震わせておじぎをする。

ここを訪れるまえに、ポーシャは神の計画の進捗状況を見るために郊外の研究室をまわっていたが、励みになる結果は出ていない。

〈使徒〉と選ばれし者との接触の歴史はある計画にもとづいている。いったん言葉の壁が破られると——いまでも文書がひとつずつ破られているように——神は一刻もむだにすることなく宇宙にみずからの居場所を確立した。当時、学者たちのあいだでは異論もあったが、彼女らの想像を超える壮大な宇宙を約束する星ぼしからの声に対して、懐疑論者たちがなにを提示できただろう？　神の存在には議論の余地がなかった。

それが聖堂が神を擁護する役に立っていることはポーシャも承知している。最初に神に近づこうとしたことは当時の聖堂の掟《おきて》にそむく行為だった。〈大きな巣〉の聖堂がふたたび神にそむいたらどんなことが起こるのだろう。

残念ながら、その答は明らかで、神が〈使徒〉の伝言を〈大きな巣〉ではなくよその聖堂に多くもたらすようになるだけのことだ。宗教の統一は巣のあいだに競争心と派閥主義をもたらした。長い歴史のあいだずっと、彼女らは世界に広がる連続体の接続点として力を合わせて働いてきた。いままでは神からの注目は争って手に入れなければならない資源となっている。もちろん〈大きな巣〉は神のお気に入りの中でも特に優遇されていて、独自の周波数による接続で伝言の多くを独占している。ほかの巣の巡礼者たちは神の望みを知るためにここへ来てその言葉を聞かせてもらわなければならない。

聖堂内部の者だけは自分たちがそうした請願者に分けあたえている伝言がせいいっぱいの推測に過ぎないことを居心地悪く思っている。神は具体的であると同時にあいまいだ。

ポーシャは、市外にある危険性の高い研究室で最大限の努力がなされているのを見てきた。それらが遠方にあるのは防火帯で囲まれている必要があるせいだ。神のお気に入りは無線通信で燃えているのと同じ力だ。研究室にいる蟻たちが精錬する莫大《ばくだい》な長さの銅は、蜘蛛糸が簡単な言葉を運ぶように、飼い慣らされた雷の脈動を運ぶ。ただし雷はそう簡単に飼い慣らされることはない。火花ひとつでもしばしば大火災のきっかけになる。

聖堂の科学者たちは神の設計に従って雷の通信網を構築しようとしているが、それはときどきみずからの創造者たちを殺すだけでなんの成果もあげていない。ポーシャが心配しているのはどこかに〈大きな巣〉よりも神の意図の達成に近づいている共同体があるのではないかということだ。

神の仕事は雄にまかせるようなものではないが、フェイビアンだけは特別だ。ここ数年のあいだに、ポーシャは不思議なほど彼の能力を頼るようになっている。フェイビアンはずば抜けた技術をもつ化学建築士なのだ。

そこには昔から続く制限因子がある——蟻はとろいのだ。蜘蛛の巣がどれだけ科学的成果をあげられるかは、製造、運用、分析といった必要な作業をおこなわせるために蟻の群れを訓練する能力にかかっている。世代ごとに熟練度を高めて、有機技術の限界を押し広げてきたとはいえ、新しい作業には新しい蟻群が必要になるし、さもなければ蟻群の既存の行動様式を上書きするしかない。フェイビアンのような蜘蛛たちが化学的指示書によって蟻群に目的をあたえ、その複雑な本能の連鎖によって所定の作業を遂行させる。だが実際には、フェイビアンのようにだれよりも多くのことを——より優雅に、より短時間で——成し遂げる者はほとんどいない。

フェイビアンは雄が望むものをすべて持っているが幸せではない。ポーシャから見ると奇妙な混合体だ――雄ではあるが高く評価されているせいかきわめて率直なので、競い合う雌を相手にしているような気がすることもある。

　ポーシャが脱皮にそなえて蟄居するまえ、フェイビアンはもう少しで大きな進展があるとほのめかしていたのに、一カ月たっても彼女の部下のだれにもその件について話していなかった。なにもかもポーシャのためにとっておいたのだろうか。ポーシャとフェイビアンは複雑な関係にある。フェイビアンはかつて彼女のために踊ったことがあり、ポーシャは受け取った彼の遺伝物質を自分のそれに加え、両者の天賦《てんぷ》の才能をまとめて後世に伝えようとした。その後もフェイビアンは多くのことを学んできたが、それはまだ伝えられていない。本来なら彼からの申し出を待つべきだが、せっかくここへ来たのでその話を持ち出してみた。〝まだまだ学ぶことがあります〟

〝わたしの準備ができていません〟フェイビアンはそっけなくこたえる。

〝おまえの大発見は〟ポーシャはうながす。フェイビアンは気まぐれな天才だ。彼を相手にするときにはふつうの雄にはふさわしくないくらい細心の注意を払わなければならない。

〝それはあとで。まだ準備ができていないのです〟フェイビアンはポーシャがいることで動揺し、そわそわしている。ポーシャの嗅覚受容体は雄に交尾の準備ができていることを示唆しているので、フェイビアンは精神力で自制しているのだ。〝さっさと片付けよう〟ポーシャは提案する。〝それともおまえの新たな〈理解〉を抽出するだけにしておくか？　おまえの身になにも起きてほしくはないが、事故は常に起こるものだからな〟

脅すつもりはなかったが、雄は雌には用心深くなるものだ。フェイビアンは一瞬ぴたりと動きを止め、触肢だけを神経質に揺らす。その無意識の命乞いは彼女らの種族が言語を発達させる以前の世代にまでさかのぼる。

〝オスリックが死にました〟フェイビアンの返事は予想外のものだ。ポーシャがその名前がわからずにいると、彼は付け加える。〝わたしの助手でした。彼は交尾のあとに殺されたのです〟

〝だれがやったのか教えてくれればその雌を叱責《しっせき》する。おまえの仲間はそのようなかたちで消費されるにはあまりにも貴重だ〟ポーシャは本気で不機嫌になっている。〈大きな巣〉にはいまも超保守派の厳格な派閥が残っていて雄には真の資質がないと主張しているが、まわりの雌たちの意見を反映していないだけでなく、そんな強硬な哲学はあの疫病以来ずっと死に絶えたままだ。当時は単純に数が足りなかったので、通常ならより強い性別のために用意されるあらゆる種類の役割を雄たちが引き受けていた。〈七つの木〉のようなほかの都市国家では、疫病の被害がはるかに大きかったので、状況はさらに進んでいる。あのとき治療法を生み出した〈大きな巣〉は、文化的には優位に立っているが、社会的には多くの同輩たちよりも柔軟さに欠けているのだ。

〝改良した採鉱用の行動設定《アーキテクチャ》はもう完成しています〟フェイビアンは取り乱したように足を踏み鳴らす。〝わたしだっていつ殺されるかわからないのですよ？〟

ポーシャは凍りつく。〝あえてわたしの機嫌をそこねようとする者がいると？〟

〝わかりませんが、そうなるかもしれません。ひどく卑劣な雌が殺された場合、それは捜査と処罰の対象になります。市内の共有地を荒らしたり、聖堂に逆らう声をあげたりする者がいたときと同じです。わたしが殺された場合、加害者の罪はあなたを不愉快にさせたことだけでしょう〟

〝そしてわたしは大いに不愉快な思いをするから、そのようなことは起こらない。おまえが恐れる必要はないのだ〟ポーシャは辛抱強く説明しながら考える――〝雄というのはこんなに神経過敏になるものなのか！〟

だがフェイビアンは妙に落ち着いて見える。〝わたしがあなたのお気に入りでいるあいだは、そんなことは起こらないでしょう。しかしそのようなことが起こる可能性があるのではないか、許可されることがあるのではないかと心配なのです。〈大きな巣〉で毎月どれだけの雄が殺されているか知っていますか？〟

〝雄たちは下層で動物のように死んでいる〟ポーシャはこたえる。〝交尾以外にはだれの役にも立たないし、たいていはまともな交尾の相手としても役に立たない。そのことをおまえが気にする必要はない〟

〝それでも気になるのです〟フェイビアンはもっと伝えたいことがあるようだが、そこで足の動きを止める。

〝わたしのお気に入りでなくなることを心配しているのか？　これまでどおり働き続ければ、おまえが手に入れられないものは〈大きな巣〉にはひとつもない〟ポーシャは不安そうな雄をなだめる。〝快適な暮らしもごちそうも思いのままだ。わかっているだろう〟

フェイビアンは返答を言葉にしようとする――だが芽生えかけた概念は抑えつけられ、葬り去られて、触肢の震えが止まる。ポーシャは一瞬、彼がどんなにほしくても手に入れられないものを列挙するつもりなのかと思う。あるいは、彼がなにかを手に入れるにはポーシャやそのほかの有力な雌を介するしかないのだという話を（またもや！）持ち出すのではないかと。なんともいらだたしい――結局のところフェイビアンはなにを望んでいる？　彼は大勢の兄弟《きょうだい》と比べて自分がどれほど幸運か理解していないのか？

もしもフェイビアンがこれほど有能でなければ……いやそれだけではない。小さなフェイビアンは、具体的な業績を別にしても、不思議なほど魅力がある。その数々の〈理解〉と厚かましさと脆弱《ぜいじゃく》さの組み合わせを思うと、ポーシャはどうしてもこの雄について考えずにはいられない。いずれは誘いをかけるか切り裂くかして〈理解〉を手に入れなければ。

フェイビアンとの不満が残る話し合いを終えたあと、ポーシャは公務に戻る。上級司祭として、ある異端者の審問を依頼されているのだ。

ほかの聖堂との無線通信でわかったことだが、よその巣は地元の司祭の権力の強弱によって露骨な異端の説に対する許容度がことなっている。一部の巣では――いくつかは心配になるほど近い――聖堂がかつての力を失って、市内の統治を異端者や堕落した司祭や奇矯《ききょう》な学者との癒着に依存するようになっている。〈大きな巣〉自体は正統派の礎《いしずえ》のままだが、いまでも反抗的な隣人たちを力ずくで説得しようとする計画がいくつもある。これは新たな展開だが、神の伝言はそれを支持していると解釈できる。〈使徒〉はみずからの言葉が無視されるといらだちをあらわにするのだ。

〈大きな巣〉の内部では、最近になって、聖堂が頼りにしている科学者たちのあいだに異端の種が根付いている。聖堂の支持を失った雌の工匠や、無価値な日々に不満をもつ雄の浮浪者のつぶやきなら無視してもかまわない。だが〈大きな巣〉の偉大な頭脳が聖堂の指示に疑問をいだき始めたら、ポーシャのような実力者が乗り出さなければならない。

ビアンカもそうだ――科学者で、ポーシャの同輩組の一員で、かつての盟友。おそらく長いあいだ異端の考えを胸にいだいていたのだろう。道をはずれた別の研究者のほのめかしに従い、ビアンカの研究室を抜き打ちで調査したところ、彼女の私的な研究が天文学のほうへ脱線していたことが判明した――特に異端者を増殖させる傾向がある科学だ。

ポーシャの種族を閉じ込めるのはむずかしいが、ビアンカはいま、この目的のために飼育された蟻群の通路内にある隔室に監禁されている。錠も鍵《かぎ》もないが、毎日変更される特定の香りを身にまとわないかぎり、外へ出ようとしたとたん蟻たちにばらばらに引き裂かれてしまう。

蟻群の門番たちはポーシャから正しい符号の生理活性物質《フェロモン》を受け取り、今日の通行香を彼女に振りかける。用事を済ませるために一定の時間をあたえられてはいても、それを過ぎたらポーシャもビアンカと同じように囚われの身となる。

これからしようとしていることに対する罪悪感で胸が痛む。ビアンカは本来ならもう刑を宣告されていたはずだが、ポーシャには彼女がそばにいて補佐してくれたころの思い出が染みついている。ビアンカを失えば自分の世界の一部を失うことになる。ポーシャはここで異端者を救い出す機会を得るだけのために職権を乱用したのだ。

ビアンカは大柄な蜘蛛で、触肢と前脚は青と紫外の抽象的な模様に染められている。顔料は希少で、作るのに時間も費用もかかるので、それを身にまとっていれば最近までビアンカがもっていた大きな影響力——無形だがまぎれもない通貨——を誇示できる。

〝やあ、姉妹〟ビアンカの体勢と緻密な脚さばきが伝言を辛辣《しんらつ》に強調する。〝別れを告げに来たのか？〟

ポーシャは、この試練続きの一日ですっかり打ちひしがれ、いつものように偉ぶった態度をとることもなく、身を低くする。〝わたしを追い払おうとするのはよせ。〈大きな巣〉にはもうあなたの味方はほとんどいない〟

〝きみだけだと？〟

〝わたしだけだ〟ポーシャはビアンカの身ぶりをじっくり観察し、大柄な雌が考えをあらためてわずかに姿勢を変えたのを見てとる。

〝わたしには明かすべき名もないし、きみに売り渡す仲間もいない〟告発された者が調査官に警告する。〝わたしの信念はわたし自身のものだ。わたしがどれほど正しいかを教えてくれる同胞をそばに置く必要はない〟

ビアンカの仲間の多くがすでに聖堂の権限により拘束され刑を宣告されているという事実はさておき、ポーシャはすでにその線での調査は放棄すると決めていた。残っている重要な問題はただひとつ。〝ここへ来たのはあなたを救うためだ。あなただけを、姉妹〟

ビアンカは触肢をかすかに動かし、無意識のうちに関心をあらわにするが、なにも言おうとはしない。

〝あなたと分かち合えない家などほしくない〟ポーシャはビアンカに告げる。考え抜かれた足踏みや身ぶりは、慎重で、重々しい。〝あなたがいなくなったら、わたしの世界にはぽっかりと穴があいて、ほかのあらゆるものが崩れてしまうだろう。あなたが異説を撤回すれば、わたしは聖堂の仲間のところへ行って彼女らを説得する。あなたは聖堂の支持を失うことになるが自由のままでいられる〟

〝撤回？〟ビアンカは繰り返す。

〝あなたがまちがっていた、あるいは惑わされたのだと聖堂に説明してくれれば、わたしがあなたを引き受ける。わたしのもとへ来て、いっしょに働けばいい〟

〝だがわたしはまちがっていない〟ビアンカの身のこなしはきっぱりしている。

〝まさか〟

〝夜空に拡大鏡を、いま製造できる最高の度数と純度の拡大鏡を向ければ、きみにも見えるだろう〟ビアンカは冷静に説明する。

〝それは聖堂の外部の者には理解できない謎だ〟ポーシャはとがめるように言う。

〝聖堂にいる者たちはそう言う。だがわたしは見たのだ。〈使徒〉の顔を見たし、それが上空を通過するときには計測し観察してきた。感光板を並べて〈使徒〉から放たれているように見える光を分析した。あれはすべて日光の反射だ。しかし最大の謎はまったく謎がないことだ。〈使徒〉の大きさと速度は判明している。どんなもので作られているかさえ推測できる。〈使徒〉は金属のかたまり、それだけだ〟

〝追放されるぞ〟ポーシャは言う。〝それがどういうことかわかるだろう？〟もはや雌がほかの雌を殺すことはないので、〈大きな巣〉におけるもっとも厳しい処罰は告発された者から大都市の驚異を奪うことだ。そのような重罪犯は化学的な焼き印をつけられるので、都市の蟻群のいずれかに接近すれば死をまぬがれない――焼き印に区別はないのでそのむこうにあるほかの多くの蟻群でも状況は同じだ。追放されるというのは、たいていの場合、文明の着実な広がりによって果てしなく後退していく荒野の奥深くで孤独な未開状態に戻ることを意味する。

〝わたしはこれまでに数多くの〈理解〉を受け継いできた〟ビアンカはろくに話を聞いていないようだ。〝夜には別の〈使徒〉の理解不能な信号を聞いた。きみが神と呼ぶものは空にひとりきりですらない。それは金属製のもので、われわれにもっと金属製のものを作れと要求している——わたしは見たのだ、それがどれほど小さなものであるかを〟

　ポーシャはそわそわと歩きまわる。〝ビアンカ、ひどく落ち込んだときに、彼女自身も似たような考えをいだいたことがあるからだ。聖堂から目をそむけることはできない。われわれの民はもっとも初期から〈使徒〉の言葉に従ってきた——その目的を理解できるようになるずっとまえからだ。たとえあなたが疑問をもっているとしても、〈大きな巣〉を築きあげた伝統のおかげでわれわれが幾多の脅威を生き抜くことができたという事実は否定できないはずだ。伝統がいまのわれわれを造りあげたのだ〟

　ビアンカは悲しげに見える。〝そしていま、伝統はわれわれからあらゆる可能性を奪っている〟彼女は指摘する。〝わたしはそれを考えずにはいられない。可能性を奪われてしまったら、わたしにはなにも残らないのだ。わたしは聖堂がまちがっていると感じているだけではなく、聖堂が重荷になっていると考えている。言っておくがそれはわたしだけのことではない。きみもいずれほかの都市の聖堂と話をするだろう——〈大きな巣〉と敵対している都市とさえ。そしてわたしと同じ考えの者がいるのを知るだろう〟

〝その者たちは罰を受けるだろう〟ポーシャは告げる。〝あなたがそうなるように〟

5.3　古い友人たち

四人が顔を合わせたのは、様々な派閥によって分割された船内で中立地のように見える古びた業務室の中だった。レインとほかのふたりが連れてきた随行員たちは部屋の外で待機して、冷戦中の敵対する兵士のようにおたがいに目を光らせていた。

室内のほうは、再会の集いだった。

ヴィタスは変わっていなかった――冷凍庫から出ていた時間は合計すればホルステンと同じくらいなのだろうが、時間は多くても長持ちしているだけなのかもしれない。こぎれいな女性で、感情が深く埋もれているために表情は相変わらず謎めいている。いまでも船内服を着ているので、ギルガメシュが明らかに陥っている混乱に影響されることなくホルステンの記憶からまっすぐ踏み出してきたように見える。レインの説明によると、ヴィタスはグイエンに呼ばれてアップロード装置の作業に協力している。本人がこの件についてどう考えているかはわからないが、レインが自分宛のメッセージを受け取ったときに、グイエンのカルト集団の中を煙のようにすり抜け、数名の助手たちの影に隠れてやってきたらしい。

カーストはもっと老けていて、ホルステンの年齢に近づいているように見えた。顎ひげが復活し――ぼさぼさで濃淡のある白髪になっていた――髪はうしろで結んである。銃身を下に向けたライフルを肩に掛け、以前から好んでいた全身を包むアーマーを着込んでいた――レインの銃には有効だが、ナイフにはそれほどでもないかもしれない。彼の技術面における優位は時代が逆行していることでだいぶ失われていた。

カーストもグイエンに協力して働いていたが、レインによれば最近は自分が法であるかのようにふるまっているらしい。船の兵器庫を管理していて、彼だけがどんな量の銃器でも入手できるのだ。カーストの保安隊と、彼にどこかから徴集された連中は、なによりもまず彼に忠実だった。もちろん本人もそうだ――カーストはカーストにとっての最優先事項なのだ。とにかくレインはそう信じていた。

その保安隊の隊長があざ笑うような叫び声をあげた。「われわれのためにそのじいさんまで墓から出したのか！　懐かしさのあまりおかしくなったのか、レイン？　それともほかに理由でもあるのか？」

「グイエンの領土にある檻から出した」レインがこたえた。「この人は何日もそこにいた。あなたは知らなかったみたいだけど」

カーストはレインをにらみつけ、うなずいてレインの言葉を肯定したホルステンまでにらみつけた。ヴィタスも驚いていないようだったので、保安隊の隊長は降参した。

「だれもなにも教えてくれない」カーストは唾を吐いた。「さて、さて、これで全員そろったな。実に喜ばしい。では各自の意見を聞くとしようか」

「元気でやっていたのか、カースト？」ホルステンは静かにたずねた。レインを含めた全員が不意を突かれた。

「本気か？」保安隊長の眉毛がボサボサな髪の生え際の中へ消えた。「本気で世間話をしたいのか？」

「おれが知りたいのはなぜこうなったのかということだ……レインから聞かされたあれこれはなんなんだ」ここへ来るまでに、ホルステンは主任技師の単なるイエスマンにはならないと決めていた。「つまり……いつからこんなことに？　こんなのはまるで……狂気だ。グイエンがカルト集団を？　あいつがこのアップロードの件にかかわって何十年になる？　何世代か？　なぜだ？　ふつうにメインクルーに伝えて話し合えばよかったじゃないか」彼はほかの三人が気まずい視線をかわしているのに気づいた。「あるいは……ああ、なるほど。そういうことはあったのかもしれないな。おれはそこに招待されるほど重要なメインクルーではなかったと」

「なにかを翻訳してもらう必要があったわけじゃなかったからな」カーストが肩をすくめて言った。

「当時はかなりの議論がありました」ヴィタスがきびきびと付け加えた。「しかし、最終的にこのプロセスには未知の部分が多すぎると判断されました。特にギルガメシュのシステムにあたえる影響について。わたし個人としては実験と試行には賛成でした」

「じゃあ、なんだ、グイエンは自分だけ早めに覚醒して、代わりの技術クルーを積荷から調達して仕事にとりかかったのか？」ホルステンは言ってみた。

「グイエンに起こされたときには準備万端ととのっていた。正直なところ、おれは技術的な議論を理解しているわけじゃない」カーストは肩をすくめた。「だからグイエンがおれを必要としたのは捕虜収容所じみたカルトからの脱走者を追跡するためだった。仲間を監視してだれにも銃を渡さないという仕事をさせるのがいちばんだと思われたんだろう。それで、レイン、おまえは銃がほしいのか？　そういうことなのか？」

　レインはホルステンをちらりと見て、また話がそれたりしないことをたしかめてから、短くうなずいた。「あなたの仲間の力を借して。グイエンを止めたい。船は崩壊しかけている――これ以上進行すればメインシステムが取り返しのつかないことになる」

「それはどうかな」カーストはこたえた。「グイエンは本気で……あれを実現すれば、すべてが正常に戻ると言っている。グイエンが、あるいは彼のコピーがコンピュータの中に入れば、なにもかもやすやすと動かせるようになると」

「その可能性はあります」ヴィタスが補足する。「確実ではありませんが、可能性はあります。ですからグイエンがプロジェクトを完成させることで生じるかもしれない危険と、グイエンを妨害することで生じるかもしれない危険とを比較しなければなりません。判断は容易ではありません」

レインは顔から顔へ視線を移した。「それなのにあなたたちふたりはここにいて、しかもグイエンはそのことを知らないんでしょうね」

「知識はけっしてむだにはなりません」ヴィタスが冷静に言った。

「グイエンが知識を隠していると言ったら？」レインは問い詰めた。「あたしたちがあとにしてきた月のコロニーからの通信は？　最近なにか聞いた？」

カーストはヴィタスを横目で見た。「どうなんだ？　なにか言っていたか？」

「ほとんどなにも。みんな死んだんですよ」

レインは訪れた沈黙の中で陰気な笑みを浮かべた。「彼らが死んだのはあたしたちがあの灰色の惑星系へむかう途中のことよ。彼らから船に連絡があって、グイエンがそのメッセージを傍受した。あなたたちは彼からそのことを聞いた？　わたしはまちがいなく聞かなかった。たまたま保管されていたメッセージを見つけたけど」

「あいつらはどうなったんだ？」カーストはしぶしぶたずねた。

「メッセージをシステムにあげておいた。ふたりともアクセスできるところに。あとで教える。でも急いで。最近は保護されていないデータは急速に壊れていく、グイエンの置きみやげのおかげで」

「そういえば、グイエンはその件をおまえのせいにしているな。カーンのせいにすることもあるが」カーストが指摘した。

「カーン？」ホルステンはたずねた。「あの人工衛星のやつか？」

「あれは一時的に本船のシステム内にいました」ヴィタスが言った。「わたしたちを監視するためになんらかの仮想構成体を残している可能性があります。グイエンはそう信じています」顔に少しだけしわを寄せる。「グイエンはなんだか取り憑《つ》かれたみたいで。カーンが自分を阻止しようとしていると思い込んでいるんです」レインに向かって真顔でうなずきかける。「カーンとあなたが」

レインは腕組みをした。「これで状況ははっきりした。グイエンがコンピュータシステムの中で不死身になったところでメリットがあるとは思えない。むしろ、ありとあらゆる問題がでてきそうだし、その中には、あたしたちや、船や、全人類にとって致命的なものもある。だからグイエンを止めないと。手を貸してくれる人は？　ホルステンはもう賛同してくれた」

「おいおい、こいつ、こいつがいるならどうしておれたちが必要なんだ？」カーストが言った。

「彼はメインクルーよ」

カーストの表情はそれに関する彼の見解を雄弁に語っていた。

〝それだけのことなのか？　おれがここにいるのはレインの主張に――頼まれてもいないのに！――ほんのわずかな重みを付け加えるためでしかないのか？〟ホルステンは暗い気分で考えた。

「正直に言えば司令官の実験の結果には興味があります。人間の精神を電子的に保存できるようになればたしかに好都合ですから」ヴィタスが言った。

「〝グイエンの花嫁〟になるつもりか？」カーストはそう言って、ヴィタスからの辛辣な視線に身を縮めた。

「あなたはどう？」レインがうながした。

保安隊長は両手をあげた。「だれもなにも教えてくれないんだよ。みんなあれこれ指示するだけで、絶対に本音では話してくれない。おれか？　おれは仲間のために働くだけだ。現状、グイエンのところにはやつのことをクソな救世主と信じて育った変人が大勢いる。おまえのところにはまともな訓練を受けた若い連中が少しいるが、おまえは一流の戦術家とは言えない。グイエンとやりあったら負けるぞ。おれはクソな科学者でもなんでもないが、おれの計算では、部下が痛い目にあう可能性が高いのになんでおまえを助けなけりゃいけないのかわからない」

「なぜならあなたがグイエンに対抗できるだけの銃を持っているから」

「納得できる理由ではないな」

「なぜならあたしが正しくて、グイエンがクソな自我を船のコンピュータに押し込んでシステムを破壊しようとしているから」

「それはどうかな。本人の説明はちがうぞ」カーストは頑固にこたえた。「なあ、おまえにはまともな計画があるのか？　〝カーストに仕事をぜんぶやらせる〟とかじゃない、ちゃんと成功の見込みがあるまともな計画が？　それを持ってきてくれたら、おれも耳を貸すかもしれない。そうでなければ……」否定的な身ぶり。「おまえでは力不足だよ、レイン。チャンスもなし、議論もなしだ」

「だったら充分な数の銃だけでも」レインはくいさがった。

カーストは大きくため息をついた。「おれはひとつだけルールを作った――だれにも銃は渡さない。グイエンがやろうとしていることで被害が出ると心配しているのか？　まあ、おれにはそういうことはわからない。だが、みんながおたがいや船のあちこちを撃ち始めたときの被害はどうだ？　ああ、それなら理解できる。あの反乱はひどかったからな。いまも言ったとおり、もっと材料をそろえてから出直してこい」

「じゃあ、せめてディスラプターを」

保安隊長は首を横に振った。「こう言っちゃなんだが、それでおまえが勝つ確率があがるとはやっぱり思えない。そうなると、死んだおまえたちがどこから武器を手に入れたかについてグイエンがさほど悩むとは思えないだろ？　ちゃんとしたアイデアを出してくれ。ほんとうにやり遂げられると納得させてくれ」

「つまり実際にはあなたが必要ないことを証明できれば協力してくれるわけね？」

カーストは肩をすくめた。「もういいだろ？　計画ができたら教えてくれ、レイン」彼は振り返り、アーマースーツのプレートをこすれ合わせながらどすどすと去っていった。

カーストとヴィタスが去ったあと、レインは冷たい怒りに拳を何度も握り直した。

「現実を見られないクソども！」吐き捨てるように言う。「あたしが正しいとわかっているくせに、相手がグイエンだから……ふたりともあのイカれた野郎の命令に従うことに慣れきっている」

レインは否定してみろというようにホルステンをにらみつけた。実を言うと、古学者はカーストの意見に一定の共感をおぼえていたが、明らかにそれはレインが聞きたがっていることではなかった。

「で、どうするんだ？」ホルステンはたずねた。

「もちろん行動を起こす」レインはきっぱりと言った。「カーストにはたいせつな銃のお守《も》りをさせておけばいい。こっちは工作室をひとつ稼働させて、もう武器の生産を始めている。立派なものじゃないけどナイフや棍棒《こんぼう》よりはまし」

「グイエンは？」

「少しでも頭がまわるなら同じことをしているでしょうけど、あたしのほうがうわて。なんたって技師なんだから」

「レイン、ほんとうに戦争をしたいのか？」

レインは口をつぐんだ。ホルステンに目を向けた彼女は別の時代の人間のようだった——殉教者《じゅんきょうしゃ》、伝説の女王戦士。

「ホルステン、これはグイエンがきらいだとかいう話とはちがう。彼の仕事がほしいとか、彼を悪人だと思っているからじゃない。あたしは専門家としてのベストの判断をして、彼がこのまま精神のアップロードを実行したら、ギルガメシュのシステムに負荷がかかってあたしたちと古帝国のテクノロジー両方に致命的な障害を引き起こすと考えている。そんなことになったらみんな死んでしまう。ほんとうにみんなが。ヴィタスがありもしない後世のために記録を残したがるとか、カーストがどっちつかずの態度をとり続けるとか、そんなことはどうでもいい。これはあたしにかかってる——あたしとあたしのクルーに。あなたは運がいい。遅れて目を覚まして、ちょっとだけ参加すればいいんだから。あたしたちは長いあいだあらゆる手立てを尽くして、なんとかこの状況を好転させようとしてきた。そしていま、あたしは自分の船で反逆者扱いをされ、司令官との戦争で、あたしを見つけ次第殺そうとする狂信者たちの相手をすることになる。仲間の技師たちを率いてクソな戦闘に突入してほんとうに人を殺すことになる。だれかがやらなければグイエンがみんなを殺すから。さあ、あなたはいっしょに戦ってくれる？」

「わかってるだろう」その言葉はホルステン自身の耳にも弱々しく空虚に響いたが、レインは受け入れてくれたようだった。

一行が襲われたのはレインが自分のなわばりと考えていたらしいエリアを横切っていたときだった。ギルガメシュの内部は妙な設計になっている――小部屋や通路のネットワークが、ドーナツ形のクルー用エリアにあとから思いついたかのように詰め込まれ、最初に設置された重要な機械装置のまわりでうねうねとねじ曲がっている。一行はちょうど頑丈な安全扉にたどり着いたところで、先頭に立っていたレインは明らかにそれが自動的にひらくことを期待していた。扉が揺れながらわずかに動いて停止したとき、技師たちのあいだに明らかな不信の念はなかった。ホルステンにも、いまのような体制下では、ささやかな故障はしょっちゅう発生していてもおかしくないように思えた。

工具箱を持参していたひとりが点検用プレートを引き剝がし、「主任、これはいじられています」と言ったとたん、頭上でハッチが蹴りあけられ、ぼろ着姿の三つの人影が耳をつんざく叫び声をあげながら一行の上に飛び降りてきた。

そいつらは長いナイフを手にしていて――兵器庫にあるとは思えないので、グイエンの仲間が即席で作ったのだろう――しかもひどく凶暴だった。レインの仲間のひとりが切り裂かれた大きな傷口から血を噴き出させてよろよろとあとずさり、ほかの者はすぐさま肉弾戦になだれ込んだ。

レインは銃を取り出したものの狙う相手がいなかったが、いまやってきた方向から別の半ダースほどの敵が全速力で走ってきてその欠落を埋めてくれた。銃は三度咆哮《ほうこう》し、その音は閉鎖空間でとてつもなく大きく響いた。ローブ姿の人影のひとつがくるりと身をひるがえし、鬨《とき》の声がいきなり悲鳴に変わった。

ホルステンは両手で頭をかかえて身をかがめたので、視界が狭まって膝と足が入り乱れる戦いしか見えなくなった。どこまでも歴史学者である彼が考えたのは――〝地球が最後を迎えたとき、ほかのすべてが失われたときにはまさにこんなふうだったにちがいない。これを避けるためにおれたちは地球を離れた。なのにここまでずっと追いかけてきたんだ〟そのとき、おそらく悪意はなかったのだろうが、ホルステンはだれかに顎を蹴られてぶざまに倒れ込み、激しい乱闘の足もとで踏みつけられ踏みにじられた。レインの銃が手から叩き落とされるのが見えた。

だれかが両脚の上に倒れ込んできて、片方の膝が限界までねじれ、混乱の中で驚くほどくっきりした執拗《しつよう》な痛みを感じた。自由になろうとしてもがいたら、グイエンの怒れる修道僧たちのひとりの死にかけた体を乱暴に蹴飛ばしていたことに気づいた。ホルステンの精神は状況を支配できるという幻想を一時的に捨て去り、ただぼんやりと考えていた――あの司令官は配下の者たちになにか死後の報酬を約束していたのだろうか、その約束は引き裂かれた腹にとって少しは慰めになるのだろうか。

急に体が自由になったので、壁を這いあがるようにして立ちあがった。ねじれた膝が体の重みを支えることに激しく抵抗したが、そのときはアドレナリンがめいっぱい出ていたので押し切った。乱闘からようやく二歩だけ離れたとき、だれかにつかまれた。なんの警告もなしに、グイエンの大柄なふたりの手下が襲いかかってきて、ひとりの手にナイフが光っているのが見えた。ホルステンは命乞いをするような叫び声をあげたが、そのまま勢いよく壁へ叩きつけられた。もうじき死ぬのだと確信して、想像力を未来へ飛ばし、すでに自分の中にある刃をいやというほど克明に思い描くことで迫り来るナイフにそなえようとした。吐き気をもよおす衝撃、冷たく鋭利なナイフ、皮膚によって長いあいだずっと閉じ込められていた場所からついに自由になるチャンスをつかんでほとばしる温かな血。

ホルステンは頭の中でその情景を生きていた。そして遅ればせながら自分がどこも刺されていないことに気づいた。それどころかグイエンのふたりの手下は、ホルステンのふらつく足取りも意に介さず、彼を戦いの場から急いで遠ざけようとしていた。わきあがる恐怖と共に——それが刺されるよりもっと悲惨なことであるかのように——ホルステンは悟った。これはただのグイエン対レインの偶発的な集団抗争ではない。

ギルガメシュの聖なる指導者が自分の所有物を取り戻したのだ。

5.4　生きる権利

護衛たちに付き添われて同輩房へ戻ったあと、フェイビアンはポーシャのもとへ連れていかれる。彼の姿を見たポーシャの反応には安堵《あんど》といらだちが入り交じっている。フェイビアンはほぼ一日中行方不明だった。いま彼が連れ込まれたのは同輩組の領土の奥深くにある角張った隔室で、そこではポーシャが天井に張りついてやきもきしている。

フェイビアンが守衛たちの目を逃れて放浪に出たのはこれが初めてというわけではないが、今日の彼は〈大きな巣〉の下層部、地上に近い場所で回収された。そこは同輩組に加わっていない飢えた雌たちのたまり場であり、市内の廃物を処理するたくさんの保守担当蟻群の棲《せい》息地《そくち》であり、希望もなく必要とされることもない無数の雄たちの住みかでもある。

フェイビアンのような者にとっては、死ぬのに格好の場所でもある。

ポーシャは激怒しているが、心からフェイビアンの身を案ずる気持ちもあり、それは彼女の落ち着きのない体の動きから読み取れるはずだった。〝おまえは殺されていたかもしれないのだぞ！〟

フェイビアン自身はいたって落ち着いている。〝ええ、そうですね〟

〝なぜこんなことをする？〟ポーシャは問いただす。

〝あそこへ行ったことがありますか？〟フェイビアンは隔室の入口でうずくまり、丸い目でポーシャを見上げているが、話をするとき以外は石のようにじっとしている。ポーシャが高い位置にいて一瞬で彼の上に飛び降りて押さえ付けることができるため、二体のあいだには微妙な緊張感がある——狩猟者と獲物、雌と雄。

〝あの地上近くには網の破れた急ごしらえのぼろ家が乱雑にかかっていて、そこで毎晩何十体もの雄が寝ています。フェイビアンはポーシャに告げる。〝彼らは動物のように日々を過ごしています〟蟻を捕食し、逆に捕食されています。雌たちの餌食になった場所では地面に吸い尽くされた殻が散らばっています〟

ポーシャのかき鳴らす言葉が隔室の境界を伝わってフェイビアンまで届く。〝だからこそいま自分が持っているものに感謝して、危険をおかさないことだ〟触肢がひらめいて激しい怒りをしめす。

〝わたしは殺されていたかもしれません〟その言葉を繰り返すとき、フェイビアンはポーシャと姿勢を合わせているので、抑揚さえも完全に一致する。〝あそこで一生を過ごし、記憶にも残らずなにも成し遂げず死んでいたかもしれません。わたしとあの雄たちのどこがちがうのですか？〟

〝おまえには価値がある〟ポーシャはきっぱりと言う。〝おまえは並外れた能力を持つ雄であり、称賛されるべき存在、保護され活躍を奨励されるべき存在だ。いままでなにかを求めて拒否されたことがあるか?〟

〝ひとつだけあります〟フェイビアンは自分にしか見えない網の糸を探るように、何歩かそろそろと足を運ぶ。触肢がものうげに動いている。その歩みはもはや踊りに近く、求愛の気配もあるが苦味が混じっている。彼女らがやりとりするのは多くの微妙な陰影をもつ声のない言語だ。〝あの雄たちもわたしたちと同じです。それはあなたもわかっているはずです。生きて活躍することを許されていたらどれほどの成果をあげていたことか〟

ポーシャにはフェイビアンがなにを言いたいのかさえ理解できないが、彼は木の根のまわりから一生離れられない運命にある雄たちの残骸に心を囚われたままなのだろう。

〝そんな雄たちにはなんの価値もない〟

〝それはわからないでしょう。自分の才能を発揮する機会がいちどもなかった天才たちが毎日十数体も死んでいるかもしれません。彼らも考えるのです、わたしたちと同じように。計画し、希望をもち、恐れるのです。ひと目見ればそういうつながりが鳴り響くでしょう。彼らはわたしの兄弟です。そしてまた、あなたの兄弟でもあります〟

ポーシャは激しく異議を唱える。〝そいつらに資質や才覚があるなら、みずからの力で這いあがってくるはずだ〟

〝這いあがることのできる仕組みがなければむりです。既存のあらゆる仕組みが彼らから権利を奪う設計になっているのです。ポーシャ、わたしは殺されていたかもしれません。あなた自身がそう言いました。わたしがどこかの飢えた雌に食われていたとしても、なにもまちがったこととはみなされないでしょう。あなたは怒るかもしれませんが〞フェイビアンが近づいてくると、ポーシャは自分の内にある捕食者が反応するのを感じる――彼がすぐそばをうろついてみずから攻撃を招いている盲目の昆虫であるかのように。

後脚がたたまれ、飛びかかろうとして筋肉が張り詰めるが、ポーシャはその衝動をこらえる。〝おまえはやはり感謝していないようだが、わたしはおまえの命が守られるよう充分に気をくばっている〞

フェイビアンはいらだちに触肢をひくつかせる。〝ご存じのとおり〈大きな巣〉の周辺では大勢の雄が忙しく働いています。わたしたちは何千もの小さな役割だけでなく、いくつか大きな役割さえ果たしています。もしもわたしたちがいっせいにこの都市を離れたり、疫病で全員が死んだりしたら、この巣は崩壊するでしょう。それなのにわたしたちはあたえられた以上のものはなにも持っていませんし、それさえすぐに奪われることがあります。だれもが常に恐怖をかかえて暮らしています――自分がいつか用済みになって、より優雅な踊り手や新しいお気に入りに取って代わられるのではないか、あるいは喜ばせすぎて交尾してしまい、そのあとであなたがたの激情から逃れられないのではないかと〞

〝それがものごとのありかたなのだ〞ビアンカとの議論のあとだけに、もはやポーシャにはこうした論争は耐えがたい。自分の愛する〈大きな巣〉があらゆる方面から攻撃を受けているような気がする。しかも敵のほとんどが本来は味方であるはずの者たちなのだ。

〝ものごとのありかたはわたしたちが決めるものです〟フェイビアンは急に姿勢を変えると、横へ足を運んでポーシャから離れ、おたがいのあいだで高まっていた捕食の緊張をやわらげる。〝以前わたしの発見について質問しましたね。わたしの壮大な計画について〟

フェイビアンに誘われるまま、ポーシャは下へ降りていく。いちどに一本ずつ脚を進めて、慎重に距離を保ちながら。〝それが？〟彼女は触肢で合図する。

〝新しい化学的行動設定を考案したのです〟フェイビアンの態度からそれまでの激しさが急に消える。関心を失い、冷静になったかのように。

〝どんな目的で？〟ポーシャがじわりと近づくと、フェイビアンはまたもや距離をとる。彼女から逃げるのではなく自分の発明した見えない網をたどって。

〝あらゆる目的です。特定の目的ではなく。この新しい行動設定そのものは、なんの指示も命令も伝えません。蟻たちの任務や行動を決めることもありません〟

〝ではなんの役に立つ？〟

フェイビアンは動きを止め、すぐそばまで誘い出したポーシャをふたたび見あげる。〝どんなことでもできます。二次行動設定を群れに配布し、基本行動設定の枠組みで機能させることができます。それを次々と増やせるんです。蟻群に一瞬で新しい任務をあたえることができ、個々の蟻たちは匂いが伝わるにつれて次々に変化していきます。それぞれの階級が別々の指示を受け入れるように設定できるので、全体として同時に複数の任務をこなすことができます。ひとつの蟻群が長時間の再調整を必要とすることなく連続する別々の任務をこなすことができるのです。いったん基本行動設定を配布したあとは、あらゆる蟻群を新しい任務に合わせて必要なだけ何度でも再編成できます。機械的な任務の能率は十倍になるでしょう。計算能力は少なくとも百倍、二次行動設定の経済性によっては千倍にもなるかもしれません〟

ポーシャは愕然《がくぜん》として立ち止まる。自分の種族の有機技術の仕組みは充分に理解しているので、フェイビアンの提案の重要性はよくわかる。もしもそんなことができるなら、いまだに聖堂をいらだたせ、〈使徒〉の計画の実現をさまたげている最大の制約要因が克服されることになる。種族の発展を止めている障害がなくなるのだ。〝おまえはこの〈理解〉を持っているのか、いま？〟

〝はい。基本行動設定は実際には驚くほど単純です。単純なものから複雑なものを構築するというのが発想の基本です。網を張るようなものです。必要な任務に適合する、あらゆる二次行動設定を構築できる機構も用意しています。それは言語のようなものです、簡潔な数学的言語です〟フェイビアンは誘いをかけるように前方へ足を運ぶ。〝あなたならそのすばらしさがわかるでしょう。あの最初の伝言のような美しさです〟

〝その〈理解〉をただちに渡したまえ〟一瞬、ポーシャはフェイビアンと交尾をして、彼の遺伝物質を新発見の〈理解〉と共に身のうちに取り込み、いずれ世界を支配する次世代の最初の一群をただちに定着させたいという強い欲望をいだく。本来は子孫にまかせるのではなく、フェイビアンに命じて新しい知識を抽出させ、自分でそれを飲んで理解するべきなのかもしれないが、考えるだけで怖《お》じ気《け》づいてしまう。フェイビアンから未来を解き明かす秘密を受け取ったら、世界はどんなふうに見えるのだろう？

　フェイビアンはなにも言わない。そわそわと動く足と震える触肢のせいで妙に遠慮がちに見える。

〝フェイビアン、その〈理解〉を渡せ〟ポーシャは繰り返す。〝おまえがそれほどの知識を持っているとしたら、なぜ自分の身を危険にさらしてもかまわないと考えたのか、わたしには想像すらできない〟

　フェイビアンはポーシャの前脚が届きそうなところまで近づいている。体の大きさは彼女の半分ほどしかない――弱くて、のろくて、もろいのに、こんなに貴重だなんて！

〝種族のほかの者とそんなにちがうと？〟ポーシャの心を読んだかのような言葉。〝それはないですね、あるいはわたしがちがうかどうかわからないだけなのでは。毎日どれほどの数の〈理解〉が消し去られているのです？〟

〝おまえの〈理解〉のようなものはない〟ポーシャはすぐさまこたえる。

〝それはわからないでしょう。無知だからそう思うだけで。自分がどれほど無知であるかということを真に知ることはできません。わたしはやりませんよ〟

ポーシャは体全体でたじろぐ。〝説明してくれ〟

〝これはわたしと共に死ぬのです。この〈理解〉を抽出するつもりはありません。力ずくで奪われるのをふせぐための措置をとるつもりです〟もちろん、いまではそのための化学的な対抗策もある。

〝なぜそんなことを？〟

フェイビアンはポーシャの目をまっすぐ見つめる。〝条件があります〟

〝条件？〟

〝あなたは〈大きな巣〉では傑出した司祭です。あなたほど影響力のある雌はほかにいないと思います〟フェイビアンは視線をそらさずに続ける。

〝交尾を望んでいるのか……？〟ポーシャはためらいがちに告げる。これほど優遇された雄がまだかなえていないほんとうの望みとはなんなのか、どうしても思いつかない。

〝いいえ。わたしの望みは、あなたが自分の同輩組や聖堂や〈大きな巣〉のほかの偉大な家長のところへ行き、新しい法ができると伝えることです。雄を殺すのは雌を殺すのと同じように忌み嫌われることだと伝えてください。わたしの兄弟たちは生きるに値するのだと伝えてください〟

ポーシャは凍りつく。たしかに、過去には知的訓練の一環としてそのような考えを提案する狂信的な哲学者もいたし、疫病の惨禍のあとに雄が多くの仕事を引き受けるようになってそのままになっている都市もよそにはある。だがそれは〈大きな巣〉ではない――〈大きな巣〉の進む道こそが正しい道であり、〈使徒〉が好む道でもある。

ポーシャの心の中では生物学と慣習とが争っている。精神の中にナノウイルスがひそんでいる場所があり、それがポーシャに教えてくれる――彼女の種はみな親族であり、ほかの生物とはちがうという意味で彼女に似ているが、社会の重みがその声を押しつぶしているのだと。雄にはちゃんと存在意義がある。ポーシャもそれはわかっている。

〝愚かなことを言うな。無知で地べたを這いまわっている雄をおまえのような者と同等に考えることはできない。もちろん、おまえは保護されているし業績も評価されている。優秀な者が報われるのは当然のことだ。だが、下にいる大勢の雄たちは、あの余剰人員は、いったいなんの役に立つ？　なにか得意なことでもあるのか？　おまえは例外的な雄だ。卵の中にいたときになにか雌の要素が入ってこんなふうになったのだろう。とはいえ、おまえだけのためにわたしの姉妹が市内にいるすべての雄にまで同じような配慮をすることはありえない。いったい彼らをどうしろと言うのだ？〟

〝仕事をあたえて。長所を見つけて。訓練して。活用するのです〟フェイビアンはこの問題についてよく考えているようだ。

〝どんなことに活用する？　なんの役に立つ？〟

〝試してみなければわかりません〟

ポーシャはいらだちのあまり後脚で立ちあがり、フェイビアンはびくっとして素早くあとずさる。彼女は攻撃するつもりはなかったが、急に恐怖をあたえたことで自分の主張を押しとおせるかもしれないと期待する。だが、室内の離れた場所に身を落ち着けたフェイビアンは、さらに決意を固めたように見える。

〝おまえが求めることは自然に反する〟ポーシャは自分を抑えて厳しく告げる。

〝わたしたちのおこないに自然なことなどなにもありません。自然を重んじていたら、いまでも荒野で〈糸吐き〉を狩ったり蟻の顎の餌食になったりしていたでしょう。わたしたちは自然に反することで利益を得てきたのです〟

うまくこたえられる自信がないので、ポーシャはフェイビアンを押しのけるようにしてそのかたわらをとおりすぎる。〝考え直すんだ〟戸口でいったん立ち止まり、怒りの律動を踏み鳴らす。〝こんな愚かな夢はあきらめるんだ〟

フェイビアンは反抗的に目を光らせながら、ポーシャが去るのを見送る。

フェイビアンは勝手に同輩房を出ることはできない。彼の身の安全を心から心配して、ポーシャが出てはいけないと指示している。彼女はそれを監禁とは考えていない。雄が自由にうろつくのはよいことではないからだ。有力な雌の庇護《ひご》を得た価値ある雄は、その指示どおりに動くか見えないところで貢献することを期待されている。それ以外の雄は見えないところで気づかれずにいることが望ましい。

　フェイビアンは研究室の境界に沿って行きつ戻りつする。出口を作るべきだということはわかっているが、取り返しのつかない一歩を踏み出すのは怖い。いまここを離れたら、ポーシャとあんなふうに対立したあとだけに、ここで得た知識をすべて置き去りにすることになる。好奇心は蜘蛛の遺伝情報に組み込まれているが、雄については奨励されていない。フェイビアンは何世紀にもわたる条件付けと戦っているのだ。

　なんとか弱気を克服して、フェイビアンはひとつの化学信号を送る。ほどなく、その匂いを、市内の保守担当蟻群からやってきた数匹の蟻が嗅ぎつける。果てしない任務の遂行中に近くをとおりかかったのだ。その蟻群は全体がフェイビアンによって改造されていて、基本行動設定もすでに組み込まれている。だれも気づいていないのは、群れに任務を遂行させる二次行動設定が何世代もまえに蟻に組み込まれたものと機能的には同じだからだ――いくらか洗練された設計にはなっているが。いま、フェイビアンが放った生理活性物質《フェロモン》で新しい行動を植え付けられた個体は、この隔室の側面までやってきて、彼が旅立つための出口をきれいに切り取っていく。作業が終わると、フェイビアンはその蟻たちを初期化し、蟻たちはあやつられたことなどなかったかのように本来の任務に戻る。ここ数カ月のあいだ、フェイビアンは〈大きな巣〉全体を実験の対象にして自分の発見をせっせと試していたのだ。

フェイビアンは同輩組でひんぱんに語られているさまざまな知らせを耳にしている。だれがポーシャを苦しめていて、彼のほかにだれが世界の秩序に挑戦しているかはわかっている。フェイビアンは雄であり、同輩房を抜け出した瞬間から弱い立場になる。行くべきところはわかっているが、単独で旅をするとなると不安になる。護衛が必要だ。はっきり言えば雌が必要なのだ。それでどれほど後悔することになるかはわからないが。

フェイビアンが理想とする雌には三つの特徴がある。知性がすぐれていて個体として価値があること。雄でも交渉できるくらいの弱い立場にあること、彼と交尾をしたり彼に危害を加えたりすることに興味がないこと。最後の点については、運に頼らなければならないのはわかっている。最初のふたつの基準はすでに一体の旅の連れを示唆している。彼はポーシャをもっとも悩ませているのがだれなのか知っている。

フェイビアンはビアンカに会いに行く。

同輩房から木の幹をくだる途中で立ち止まり、吊《つ》り下げられた隔室や天幕がならぶ複雑な集合体を見あげる。一瞬、確信が揺らぐ――この壁の安全を信じて野心など捨てるべきではないのか？　彼がいなくなったことを知ったらポーシャはどう思う？　ポーシャは彼が打倒しようとしているあらゆるものの代表だが、彼女のことは好きだし尊敬もしているし、彼女はいつも彼のために最善を尽くしてくれた。フェイビアンが成し遂げたことはすべてポーシャがあたえてくれたもののおかげで実現できたのだ。

いや、ちがう。フェイビアンが訣別《けつべつ》しなければならないのはまさにそういう贈り物なのだ。他者の気まぐれで生きるなど生きているとは言えない。いつも驚かされることだが、ほかの大勢の雄は彼とはちがうものの見方をして、ぬるま湯のような監禁状態に甘んじている。

これまでの遠征でそれなりに基礎作りはできたし、自分で出かけなかったところには代理を送ってきた。新しい化学的行動設定のおかげで、蟻を利用して指示を伝達し、蟻群から蟻群へそれを広げることができるようになった。だれもこれがどこまで進行しているか気づいていない。

わりあい最近になって監獄担当蟻群を買収し、反乱への地ならしをしてあった。フェイビアンが到着すると、通路の入口にいる蟻たちが進み出て、触角を振り大顎を広げて威嚇する。彼がある単純な匂いを放って蟻たちの社会構造へ通じる裏口を作ると、そいつらはたちまち彼のものとなる。嗅覚による道しるべが急速に循環《じゅんかん》して、蟻たちの行動は意図したとおり正確に変化していく。通路の守衛たちはきびすを返して自分たちの蟻群へ戻り、修正された行動設定を仲間全体に次々と伝えていく。フェイビアンは儀仗兵《ぎじょうへい》の先導を受けているかのようにそのあとを追う。

大勢監禁されている中からビアンカの独房を見つけるには時間がかかる。〈大きな巣〉は虜囚を長く拘束することはなく、雄は処刑され雌は追放されるのだが、聖堂が独断的な支配を強めるにつれ、それに押しつぶされる者の数は増えるばかりだ。蟻に個体の位置を特定させる方法もなく、フェイビアンは時間がたつのを意識する——彼がいないことはすでに気づかれているだろうが、ここが目的地だということはだれにもわからないはずだ。

フェイビアンは早くも心の一部で組織標本を用意すべきだったと考えている。それがあれば蟻を改造して本体を追跡させることもできたのに。彼がしばしばいちどにふたつ以上のことを考えるのは時間を節約するためだ。

やっと目的の独房を見つけて中に入ると、ビアンカが恐怖と怒りのあまり後脚でぱっと立ちあがり、フェイビアンは話もしないうちに襲われるのではないかと不安になる。

〝ここへ来たのは提案をするためです〟フェイビアンはあわてて力説する。

〝ポーシャに頼まれたのか？〟ビアンカは疑いをあらわにする。

〝ポーシャとわたしは別々の道を歩んでいます〟

〝おまえのことは知っている。おまえはポーシャのものだ、彼女の雄たちの一体だ〟

フェイビアンは勇気を奮い起こす。ここで宣言するのだ、それを現実にするために。〝わたしはポーシャのものではありません。わたしは自分のものです〟

ビアンカはフェイビアンを注意深く見ている。獲物の動物が予想外の行動をとったかのように。〝そうなのか？〟

〝今夜〈大きな巣〉を出ます。〈七つの木〉へ行くつもりです〟

〝なぜだ？〟だがビアンカは興味がわいたらしく、じわりと近づいてくる。

フェイビアンはこの狭い空間で相手の鋏角《きょうかく》を強く意識している。ポーシャとちがってビアンカのことはあまりよく知らない。だからどれくらいのことが許されるのか見極められないのだ。〝〈七つの木〉が雄によって再建されたからです。あそこではだれもが雄の価値を認めざるをえなくなっているのです〟

ビアンカは皮肉っぽく触肢をひらめかせる。〝〈七つの木〉は貧しい都市だからな。あそこの雄たちだって、おまえがそうだったように、〈大きな巣〉の強力な同輩房に世話をしてもらえるなら自分たちがもっているすべての価値を差し出すだろう。むこうの生活はきついと聞いているぞ〟

〝ええ、そうでしょうね〟フェイビアンは応じる。〝それでもわたしは正反対の交換をするつもりです。どんなに貧しくても自分の同輩房を持って。ポーシャからもらったものをすべて手放す代わりにささやかな自分の領土を手に入れるのです〟

ビアンカは身ぶりで嫌悪をあらわにした〝そんなことを言うだけのために来てくれたとは実にうれしいことだ。旅が早く終わることを祈っている〟

〝いっしょに来ませんか？〟

〝そのためにはポーシャがわたしを追放するのを待たなければならない。やつらに汚名を着せられたいま、〈七つの木〉の蟻たちがここの連中と同じようにわたしに敵意をもたなければいいのだが〟ビアンカは苦々しく足を踏み鳴らす。

〝あなたはすでに〈七つの木〉と連絡をとっているのですね〟フェイビアンはそこをはっきりさせるべきだと感じる。

いっときビアンカは動きを止める。そして短い身ぶりで続けろとうながす。

〝あなたが異端者であることが暴露され、あなたがとらえられたあとに、わたしはあなたの部屋へ行きました。あなたの文章が紡がれた結び目の本をいくつか読みました。どれもポーシャの諜報員が〈七つの木〉で流行中だと報告している哲学や思想と一致しています。あなたの工房でたくさんの部品や小物を見ました。それで思ったのですが、あなたを有名にした望遠鏡だけでなく、あれで数多くの便利なものが作れるのではありませんか。ひょっとして無線機とか？〟

ビアンカは無表情でフェイビアンを見つめる。言葉がぎこちなく流れ出す。〝おまえは危険な小さな怪物だ〟

〝わたしは自分の頭脳を使うことを許された雄に過ぎません。いっしょに来ませんか？〟

〝ポーシャの命令でここにいるのではないとしたら、おまえには行き来するためのなんらかの秘策があるのだな〟ビアンカは推測する。

〝ええ、わたしには秘策があります。〈七つの木〉に喜んでもらえるかもしれない秘策があるのです、そこにたどり着けさえすれば〟

〝〈七つの木〉か〟ビアンカは考え込む。〝〈七つの木〉は〈大きな巣〉の影響を最初に感じる都市になるだろう。ここにいてさえ、わたしはポーシャがなにをたくらんでいるか知っている。おまえは新しい家を長くは楽しめないかもしれない〟

〝それならどこかよそへ行きます。ここではないどこかへ〟フェイビアンは時間をむだにしないために短い踊りをひとつ省略する。そのうちだれかが彼を探しに来るのではないか、あるいは単にビアンカに会いに来るのではないかという気がしてならない。それはポーシャかもしれない。ここで二体の陰謀家がいっしょにいるのを見たら彼女はどう思うだろう。

〝では行こうか〟ビアンカは告げる。〝こんな独房に閉じ込められたいま、もはや〈大きな巣〉にはなんの未練もない。おまえの秘策を見せてみろ〟

フェイビアンはそれ以上のものをビアンカに見せてやる。上へのぼって〈大きな巣〉の中へ出る代わりに、彼は二十体の守衛を坑夫へと再設定する。ビアンカを見張る蟻たちが彼女のために脱出用の通路を掘り抜き、夜が明けるころには二体は〈七つの木〉への道を着実に進んでいる。

5.5　宇宙最年長の男

ホルステンは例の檻に戻されるのだろうと思っていたが、〝混沌《こんとん》の村〟ではそれなりに状況が動いていたようだった。以前にちらりと見た、即席の仕切りやテントのならぶ奇妙な貧民街が、いま彼のまわりにぐるりと広がっていた。ホルステンは途方に暮れていた。ギルガメシュには天気というものがなく、極端な気温の変化があれば命取りになりかねない。それなのに、ここにいる人びとはみなその場しのぎのおおいを用意して、存在しない要素に対抗しようとしていた。布をかけた紐《ひも》や毛布や取りはずした壁のパネルを使って、かろうじて横になれる自分だけの領域を区切っている。それはまるで、何世紀ものあいだ冷たい棺の中で過ごしてきたせいで、人類がその閉じ込められた状態から解放されることを望んでいないかのようだった。

以前囚われていたときは、見張りの信者たちと顔を合わせるだけだった。いまホルステンが監視付きで拘留されているのは通信室だ。はるか昔に――記憶ではほんのしばらくまえに――ホルステンがブリン2監視ハビタットとの接触を始めようとしていた場所だ。いまやコンソールは折り畳まれ――あるいは引き剝がされ――壁は表面を覆う人間の層で見えなくなっていた。長髪で薄汚れた避難船の継承者たちがこちらをじっと見つめている。彼らは言葉をかわしていた。そして悪臭をはなっていた。ホルステンは、自分たちでゆっくりと破壊している船の底に閉じ込められている堕落した野蛮人たちを観察しながら、彼らを嫌悪し、逆に嫌悪されようとした。だが、できなかった。子供たちのせいだ。彼は子供たちのことを忘れかけていた。

おとなはみなどことなく不穏な気配をただよわせていた。狭い範囲の嘘《うそ》ばかり聞かされてきたせいか、その顔はいつしか絶望的な静穏の表情に固定されていた。ずっしりとのしかかる絶望や喪失感を認めたら神の寵愛《ちょうあい》を失うとでも思っているかのように。だが子供は——子供はやはり子供だ。喧嘩《けんか》をしたり追いかけっこをしたり叫び声をあげたりとあらゆるふるまいを見せていたが、それは彼の記憶にある子供たちがやっていたことだった。毒にまみれた地球でゆるやかな死以外の未来がなかった若者たちでさえ。

ホルステンがそこですわっていると、子供たちがこっそりのぞき、彼の姿を見てあわてて走り去ってから、またそろそろと戻ってくる。子供たちは自分たちだけの小世界を作っていた——みな栄養不良で虚弱ではあるが、彼らの両親やホルステン自身からすでに失われてしまった人間らしさを残していた。

地球からここまでの道のりは長かったが、ホルステン自身が無垢《むく》な子供時代からいまにいたるまでの旅路はもっと長かった。頭に詰まった知識という重荷が灼熱《しゃくねつ》の石炭のように燃えていた。まちがいなく死に絶えた地球、凍りついたコロニー、かつては恒星間に広がっていた帝国が冷たい人工衛星の中の狂った頭脳にまで縮んだこと……そして猿たちであふれかえった避難船。

ホルステンはいつしか漂流を始め、あらゆる感情の錨《いかり》から切り離された。前方を——未来を——ながめることができるポイントを見つけたが、彼に望むことができるようなものはなく、遠方から察知できる望ましい結末も見当たらなかった。自分があらゆる有益な時間の終わりにたどり着いてしまったような気分だった。

涙があふれ、ふいに肩が震えだして止まらなくなったときには、二千年分の悲しみが彼をとらえてねじりあげ、疲れ切った体を何度も何度も、あとになにも残らなくなるまで搾《しぼ》り尽くしたように感じられた。

やがてふたりの大男が迎えにあらわれ、そのうちのひとりがホルステンの注意を引こうとしてそっと肩にふれてきた。そこには彼が檻の中のペットだったときに感じた尊敬の念がまだ残っていて、彼が感情を爆発させたことでそれがさらに深まったように見えた——彼の涙と苦悩がほかのだれの苦しみよりもずっと価値があるかのように。

〝いっそスピーチでもするべきだな〟ホルステンは自嘲気味に考えた。〝立ちあがって彼らを励まさないと——鎖を捨てろ！　こんな生き方をする必要はない！　だがおれがなにを知っている？　そもそも彼らはここにいるべきではない。三世代にわたる鼠《ねずみ》もどきが船内の使われていない空間を埋め尽くし、空気を吸い尽くし、食料を食べ尽くすなんて〟彼らを連れていける約束の地はなかった。あの緑の惑星でさえも。〝蜘蛛や怪物だらけだし、そもそも船があそこまでの旅路を乗り切れるのか？　レインはむりだと思っている〟グイエンは自分が昇天したあとのことを考えていたのだろうか。自分の精神の、欠落のある、なかば狂ったコピーをギルガメシュのシステムにアップロードしたあとは、灰色の信者たちの苦しみや死を平然と見物するつもりなのか？　信者たちをいっしょに永遠の生へ導いてやると約束したのか？　ここにいる子供たちがおとなになって飢えたり、ギルガメシュの生命維持装置の故障で命を落としたりしたとき、あいつはそれを気にかけるのか？

「彼のところへ連れていってくれ」ホルステンは男たちの手を借りて足を引きずりながら歩き出した。テント街の住民は彼がみなのために邪悪な神との仲裁に入ろうとしているかのように見守っていた。この神に信徒たちのメッセージを伝えようとするなら心が壊れた者でなければいけないのかもしれない。

複数あるシャトルベイは船内で出入り可能なスペースとしてはもっとも広い。ホルステンの檻はそのうちのひとつにあり、今回はそれ以外のものもあった。シャトルはやはり姿を消していたが、スペースの半分以上は大量の機械類でごった返していた――ギルガメシュからはずした部品とテラフォーム・ステーションにあった古代の遺物が合体したキメラだ。ホルステンがいま見ているものの少なくとも半分は、どこかにつながっているようには見えないしなにかの目的を果たしているようにも見えない。そのど真ん中、金属とプラスチックで不格好に作られた階段状の台座に置かれたアップロード装置は、棺から網のように広がるケーブルと配管の中心であり、それを補助する数多くの機械類の中心だった。

だが、すべてというわけではなかった。そのうちのいくつかはグイエンを生き続けさせるための機械に見えた。

グイエンはアップロード装置のまえで階段にすわっていた。失踪した王を待つ執政のように、あるいは天界にのみふさわしい王座のまえにいる司祭のように。だが彼は執政であると同時に王であり、みずからの神性を司る者でもあった。

グイエンの姿は、その取り巻きであるぼろぼろのカルト教団がギルガメシュのテクノロジー、特に医療設備をまだ使えていることの明白な証拠だった。グイエンはさりげなくそこにすわっていた。いまにも立ちあがって散歩に出かけそうだ。しかし、船につながっているのはアップロード装置だけでなく、グイエンも同じだった。古着を何枚かつなぎ合わせたような船内服の上にローブをはおっていたが、肋骨《ろっこつ》の下からうねうねとのびている二本の太いチューブや、かたわらでぶよぶよした袋をゆるやかに上下させている機械が彼の代わりに呼吸をしているという事実を隠すことはできなかった。数本の細いパイプが左鎖骨の上からキノコのように生え出てごちゃごちゃした医療機器の中へのびているのは、おそらく血液を浄化しているのだろう。どれも地球にいたころのホルステンには見慣れたものだったし、ギルガメシュが末期患者に延命措置を講じるためにこうした機器を保管しなければならないということもわかっていた。だが、現実に末期患者を目にすることになるとは思ってもいなかった。なにしろホルステンは現存する最年長の男であり、こんな代物を必要とする者がいるとすれば、それは彼になるはずだった。

グイエンは末期患者だった。ホルステンに大差をつけてその称号を勝ち取っていた。レインから年寄り扱いされていたとはいえ、ホルステンはその概念をちゃんと理解していたわけではなかった。彼は〝年寄り〟の意味を知っているつもりでいた。グイエンはまちがいなくい、年寄りだった。

司令官の肌はホルステンが見たこともないような灰色で、頰と眼窩《がんか》のくぼんだ部分にはたるんだしわが寄っていた。ほとんど隠れている両目は焦点が合っているようには見えず、ホルステンはふいに、どこかにグイエンに代わって見ている機械があるのだと確信した――最近は身体機能の外部委託まで始めたのだろうか。

「司令官」おかしなことだが、ホルステンは不思議な畏敬の念がわきあがってくるのを感じた。いまから心を入れ替えてグイエンのバカげたカルト教団に加わろうとしているかのように。その男の古さはもはや人間の領分を超えて古学者の領分に入っていた。

グイエンの唇がぴくりと動き、テクノロジーのごった煮のどこかから声が聞こえてきた。

「だれだ？　メイスンか？」それはグイエンの声ではなかった。特にだれかの声というわけではなく、自分が賢いと思っているコンピュータが造りあげた声だった。

「司令官、おれだ、ホルステン・メイスンだ」

そのあとに流れた機械音は勇気づけられるものではなく、まるでグイエンの反応があまりにも悪意に満ちていたので機械が翻訳をためらったかのようだった。ホルステンはこの司令官にずっと好かれていなかったことを急に思い出した。

「アップロード装置を手に入れたようだが……」ホルステンは言葉を切った。あの装置がなにをしているのか見当もつかなかった。

「きみのおかげではないがな」グイエンは恨みがましく言って、急に立ちあがった。なんらかのサーボ機構か外骨格が彼の体をぐにゃりと引き起こし、ほとんどつま先立ちのような不自然な姿勢で固定した。「尻軽女と逃げるとは。きみは頼りにならないとわかっていたはずなのに」

「あんたの手下に起こされてからあちこちへ行ったのは自分の意志じゃなかった」ホルステンは気色ばんで言い返した。「まじめな話、おれがここで目にしたことを考えれば、あれこれ質問するのはあたりまえだろう？　あんたの信者たちはここで……ええと、百年以上も暮らしているのか？　あんたは自分を狂った神皇帝みたいなものに仕立てあげ、あのかわいそうな連中をだまして奴隷にしたんだ」

「狂った？」一瞬、グイエンはチューブを引き抜いて襲いかかってきそうな様子を見せたが、そこで少し意気消沈したようだった。「ああ、そうだな、狂った行動に見えるかもしれない。

だが、それしか道はなかった。やるべきことが多すぎた。科学班と技術班を酷使して、自分の命を使い尽くしたように彼らの命を使い尽くすことはできなかった」

「それにしても……」ホルステンは手を振ってグイエンの背後に山積みになった機械類をしめした。「なんでこんなことになる？　たしかに、アップロード装置は昔のテクノロジーだ。修理して、トラブルを解決して、テストしなけりゃならない――それはよくわかる。だが一世紀はかからないだろう、グイエン。こんなものにさんざん時間をかけてなんの成果もあがっていないのはどういうことなんだ？」

「こんなもの？」グイエンはまくし立てた。「アップロード装置だけでそんなに時間がかかったと思っているのか？」

「いや……それは……」ホルステンは不意を突かれて眉をひそめた。「じゃあなにが？」

「わたしは船そのものに見直しをかけたのだよ、ホルステン。エンジン機能の向上、システムのセキュリティ、船体のシールド。ギルガメシュの仕様は見違えるほど変わった――きみには以前がどんなふうだったか見当もつかないだろうが」

「しかし……」ホルステンは相手の言葉の重大さを受け止めようとでもするかのように両手を振った。「なぜだ？」

「これから戦争になるからだ。そのときにそなえて準備をしておくことが重要なのだ」

「戦争って……」ふいにひらめいた。「カーンと？　あの人工衛星と？」

「そうだ！」グイエンは唇を震わせて吐き出すように言った。合成された音声には本人ではとても出せないような雄大な響きがあった。「これまでにさんざん見てきたからな——氷の世界とか、われわれがあとにしてきた灰色の忌まわしい世界とか。そしてあの緑の惑星、命にあふれた惑星、祖先が用意してくれた惑星、あれを見たときには全員が同じことを考えた。〝ここがわれわれの家になる〟と。そのとおりなのだ！　あそこへ戻って人工衛星を排除すれば、われわれはついに長い旅を終えることができる。そうなったら、きみがここで見たものは、きみが不快になるほど不自然なものは、生活し繁殖する大勢の人びとは、ふたたび正しいものになる。ふつうの暮らしが戻ってくる。人類が二千年の空白を経てようやく再始動できるのだ。それは努力に値することではないか？」

　ホルステンはゆっくりとうなずいた。「ああ……そうだな」

「そしてすべてが終わるとき——わたしはひと世代分の専門家たちを積荷状態から死ぬまで働かせたんだぞ、メイスン！　老衰で死ぬまでだ！　彼らの子孫を教育し、わたしのヴィジョンに巻き込んで——それを叩き込んで！——さらにあの人工衛星の兵器や攻撃からみなを守るための準備をしたのだから、アップロード装置に戻ってそれを作動させようとするのは当然だろう？　わたしがいなかったらこれだけのことが実現していたと思うか？　ヴィジョンをもつことがどれほど重要か理解しているか？　これは委員会にまかせるようなことではない。これは人類の存続にかかわることだ。わたしはもう老人なのだよ、メイスン。だれよりも必死に働いてきたせいで、もはや崩壊寸前で、臓器の働きを維持するだけでもあらゆる治療が必要なのに、まだ完了ではないし、終わったわけでもない。最後まで見届けなければならないのだ。わたしは自分自身をマシンにアップロードするぞ、メイスン。確信を得るにはそれしか方法がない」

「あんたは不死身になりたいのか」非難するつもりの言葉だったが、出てきたのは別のなにか、かすかに敬意のこもったなにかだった。

　喉が詰まったような気味の悪い音がして、一瞬、ホルステンはグイエンがほんとうに死にかけているような気がした。いやちがう——笑っているのだ。

「これがそんなものだと思うのか？　メイスン、わたしは死にかけているのだ。アップロードしたところで変わらない。〝わたし〟をおさめた肉体は死ぬ。それもすぐに——あの緑の惑星をふたたび見ることはない。いまとなっては棺にも戻れない。目覚めることはありえないからな。だがアップロード装置が作動するようになったから、わたしのコピーを保存して、物事がうまくいくのをたしかめることはできる。わたしは狂った独裁者ではないのだ、ホルステン。神になったと妄想するいかれた男でもない。わたしにあたえられた任務——それは人類を新しい生活の地へ導くこと。それ以上に重要なことはない。わたしの命や、きみの命にしても」

　ホルステンは自分の倫理基準が混乱していることに気づいて暗くなった。「レインはあんたがそれをやったらギルガメシュのシステムが壊れると思っている。被験者たちのコピーがソフトウェアの中で大暴れしているそうだ」

「被験者はわたし自身だ」グイエンはうなるように言った。「システムの中にあるものはすべてわたしの投影に過ぎない。だがどれも機能しなかった。どれもわたしではなかった――充分には。それでも、きみが女と出ていくまえにやってくれたささやかな作業が役に立った。なんとも皮肉じゃないか。もう準備はできている。アップロードが完了すれば、わたしが死んでも問題はない。いつ死のうが問題ではないのだ。レインのことだが、ヴィタスはコンピュータが壊れるとは思っていない。ヴィタスはわたしが実行することを望んでいる」

ホルステンの励まされる言葉リストにはそんなフレーズはなかった。「レインはまずいことになると確信しているようだが」

「レインはわかっていない。考えが浅いし、献身性も欠いている」グイエンは顔をしかめて紙のようにくしゃくしゃにした。「わたしだけがみなを救うための計画に充分な時間をかけられる。だからこそわたしが選ばれたのだ」

ホルステンはグイエンを見あげた。護衛たちは少し離れたところにいたので、よぼよぼになったグイエンに飛びかかって勝手に息絶えるまでチューブを次々と抜くこともできそうだった。だがそんなことをするつもりはなかった。

「だったらなんでおれを取り戻したんだ？　必要もないのに」

グイエンは機械じみた動きで何歩かそろそろと足を運び、そこで生命維持装置の鎖に引き止められた。「きみはわれわれの花形歴史学者だろう？　だからもうひとつ別の仕事をしてもらう。歴史を書き記すのだ。われわれがどうやってあの緑の世界に、もうひとつの地球に住むようになったのかという話が出るとき、人びとには正しいことを語り合ってほしい。だから正しく伝えてくれ。われわれがなにをしたか伝えてくれ、メイスン。しっかりと書き記して。われわれがここでおこなうことが未来を作るのだ、われわれの種が生きのびる唯一の可能性がある未来を」

5.6　資源戦争

蜘蛛の都市国家はどこもさまざまな採鉱事業を運営しているが、自分たちで掘ることはない。彼女らはそのために昆虫を使う――さまざまな目的で活用されている蟻群に必然的にあたえられる作業のひとつだ。何世紀たってもすべての蟻群に行き渡るだけの資源が残っているのは、蜘蛛の技術が金属を多用しておらず、彼女らにとってより重要な有機化学物質が生物の一般的な構成要素から作られているためだ。

ここが始まりの場所だ。

〈七つの木〉が運営する蟻群で暮らす一匹の蟻が、都市から少し離れたところにある一群の坑道の奥深くへむかっている。そいつの営巣地は周囲にぐるりと広がっている――採掘場はそいつの住みかであり、同胞たちがそこで掘る穴は巣を拡張するために使われる通路の形が変わったものでしかない。実際、営巣地の大半は固い岩の中にのびていて、蟻たちはその困難を克服するために最新技術を使っている。大顎には金属製の掘削具が取り付けられ、それを補助するために岩を弱める酸などのよりすぐった薬剤が使われる。群れは排水と換気なども含めた鉱山のすべての設計をみずからおこない、そこで働く何百という目の見えない労働者のために良好な作業環境を確保している。

この一匹の蟻は岩の中に銅の新たな鉱脈を探している。金属鉱石には蟻の鋭敏な触角が感知できる痕跡があり、そいつは痕跡がもっとも強いところでごりごりと忍耐強く作業を続け、新たな鉱床を目指して少しずつ掘り進んでいる。

だが、このときはいきなり壁を破って別の通路に出てしまう。

蟻は一瞬とまどって決断に迷い、寸前でためらいながらこの予想外の新しい情報を処理しようとする。それがすむと嗅覚と触覚で周囲の状況が充分に把握できるようになる。なにが起きたのかは明白だ――別の蟻が、どこかの未知の群れに属する蟻が最近ここへやってきたのだ。別途条件付けがおこなわれていないかぎり、未知の群れは問答無用で敵だ。蟻はすぐさま警報を広めてから調査に出かけるが、たちまちよその群れの坑夫たちと遭遇し、数で圧倒されて殺されてしまう。問題はない――警報で呼び集められた同胞たちがすぐ背後に続いている。窮屈な場所で凶暴な戦いが繰り広げられ、両陣営ともまったく情けをかけることはない。どちらの群れも主である蜘蛛たちからこの一線を越えろという指示を受けてはいないが、もはや成り行きに身をまかせるしかない。

文字どおり〈七つの木〉の採掘現場をむしばんでいた第二の群れは、新たな銅の資源を求めて〈大きな巣〉から送り出されていた。それからほどなくして、何世紀も続いていた外交関係が崩壊し始める。

初めて〈使徒〉との交信が確立されて以来、〝神の計画〟を構成する複雑な設計図を実現しようとして金属の消費量が指数関数的に増加してきた。〈大きな巣〉のように神の構想を追求することに熱心な都市は常に外側へ広がらなければならない。需要に供給を追いつかせるためには新たな鉱山を開設するしかない——さもなければ横取りするかだ。

その結果、競争関係にある群れのあいだで鉱山の奪い合いが起きている。ほかの場所では鉱物を大量に積んだ隊商が本来の目的地に到着しないこともある。ときには採鉱を担当する蟻群全体が追い立てられ、そのまま放逐されたり買収されたりする。敗者はいずれも比較的小さな都市で、伝言の熱心な信奉者は皆無だ。そのあとに嵐のような外交交渉が続くが、実際になにが起きたのかについては不明確な部分が多い。どの都市も数多くの絆で隣国とつながっているので、蜘蛛の都市のあいだであからさまな対立が生じることはめったにない。優位を求める争いはあるが、歴史を振り返ってみるとそこには常になんらかの必然性があった。ナノウイルスがいまでも兄弟殺しの宿命をもつ者たちをひとつにまとめようとしているのかもしれない。あるいはポーシャ・ラビアータの子孫が露骨な対立は避けるのが賢明という世界観を身につけているだけのことかもしれない。

これからすべてが変わる。

やがて、真実がすべての当事者に明らかになると、〈大きな巣〉の送信機が格下の隣人たちに最後通告を発する。それは彼女らを伝言の正しい教えから逸脱していると非難し、神の意志を実現するためには必要ないかなる手段も正当化されると主張する。〈使徒〉からの送信内容は、常にあいまいでさまざまな解釈の余地があるが、〈大きな巣〉の宣言を支持するものとみなされる。初めはゆっくりと、やがてどんどん速度をあげて、この明白な立場のちがいは一部地域の不和から世界規模の思想の分断へと拡大していく。〈大きな巣〉の構想に賛同する忠実な都市もあれば、〈使徒〉の命令に関する別の解釈にもとづいて対抗する主張を展開する――遠方の――都市もある。すでに伝言から目をそむけ始めていた都市は〈大きな巣〉が威嚇している都市への支持を明言するが、そのような都市の対応も足並みがそろっているわけではない。ほかの都市は独立と中立を宣言し、中には外の世界とのあらゆる接触を絶ってしまう都市もある。足の置き場や食べ物や居住空間をめぐって小さな衝突を繰り返しながらもなんとかやっていた都市国家のあいだで、いよいよ同族紛争が勃発《ぼっぱつ》する。

この時点までに何度も所有者が変わっていた紛争中の採掘場に、〈大きな巣〉が専門の部隊を送り込む。蟻群が特別な条件付けなしに実行するもうひとつの任務は見慣れない蟻と戦うことだが、採鉱担当の蟻群ひとつでは特別な階級組織と技術をそなえた侵略軍にはたちうちできない。二カ月におよぶ過酷な戦いで、蜘蛛は一体も死なないが、昆虫の下僕《しもべ》たちは何千という単位で惨殺される。

〈大きな巣〉が投入する軍隊は相手よりもはるかに大規模でよく組織され、戦争を目的とした改良もされているが、最初の数カ月が過ぎても決着はつかない。ポーシャとその仲間たちは進捗状況を検討するために集まり、そこでありがたくない現実に直面する。

〝問題は解決していると思っていたのだが〟ポーシャは仲間たちが次の一手を紡ぐのを聞きながら考える――一連の行動は彼女らをどこへ導くのか？　紛争中の採掘場にまつわる初期対応について合意がなされたとき、その目的はきわめて明白に見えた。全員が自分たちが正しいことを知っていた。〈使徒〉の意志は実現しなければならず、そのためには大量の銅が必要になる。〈七つの木〉やそのほかの背教都市は銅をほとんど使っておらず、べらぼうな価格で〈大きな巣〉へ納入しているだけだ。だから鉱山を奪う――それ自体は単純な目的であり、すべて考え合わせてみると、わりあいに迅速かつ効率よく達成されてきた。

とはいえ未来を築くのはけっして簡単ではないようだ。すべての糸は必ず別の糸につながっていて、その連鎖は簡単には止まらない。〈七つの木〉やそのほかの都市にいるポーシャの諜報員たちがすでに把握しているように、〈大きな巣〉の敵は軍隊を組織し訓練を重ねて鉱山を奪還し、ひょっとしたらそれ以上のことをしようとしている。そのいっぽうで、敵の同輩組の有力者たちは今後の対応について似たような議論を繰り広げている。どの評議会にも過激派はいて、それらは単なる賠償以上のものを求めている。突然、穏当な対応を呼びかけるのは弱腰とみなされるようになる。

ポーシャの周囲のいたるところで、新たに出現した敵から〈大きな巣〉を守り、それによって聖なる創造主の意志を実現するためには、もっと強硬な対応が必要だという声があがっている。それは大昔からあるまやかしだ――彼女らは目的地にたどり着くための道を作っていて、この場合の目的地とは恒久的な安全だ。そこへむかって一歩進むたびに安全は遠ざかっていく。そして、一歩進むたびにその安全へ近づくための費用が増大し、前進するために必要な行動もどんどん過激になる。

〝終わりはどこにある？〟ポーシャは思いめぐらすが、疑問を口にすることはできない。網で囲まれた隔室にはいやな雰囲気がただよっている。〈大きな巣〉はよその都市にも諜報員を配している——買収された、あるいはこの有力都市の思想に共感した個体または同輩組だ。同様に、ほかの都市も〈大きな巣〉にそれぞれの諜報員を送り込んでいる。以前はこのような都市同士のつながりは常に美徳であり、生活の一部だった。いまやそれは疑惑の原因となり、同輩組のあいだの絆を緊張させ、分裂と不信を呼び覚ましている。

ここではなにも決まらないので、ポーシャは聖堂へむかう。いまは明らかに導きが必要だ。現在の状況と心配事についてできるだけくわしい報告を送信する。ポーシャから〈使徒〉へ語りかける内容は非公開だが、神の返答は〈大きな巣〉の周波数に耳をすましている者ならだれでも受信できる——もちろん〈七つの木〉に住んでいる者も例外ではない。

いやと言うほどわかっていることだが、〈使徒〉から送られた実践的《じっせんてき》な助言の記録はあまり多くない。ポーシャよりもはるかに偉大な存在が、その創造物の低次元な活動に充分な気をくばるとは思えない。神は多くの問題の解決を自分の機械にまかせているようだ——とりわけ〈使徒〉とその下に配置した者たちとのひどく不完全な対話の問題については。

そのためポーシャも明確な返答は期待していないが、〈使徒〉はこちらが思っている以上に彼女のことを理解しているようだ。意図が正確に伝わっているわけではない。苦労して共通言語を取り決めたとはいえ、〈使徒〉とその信徒は共通の基盤と概念の欠如という深い溝によってへだてられており、それはゆっくりとしか埋まっていない。それでもポーシャは充分に理解している。

〈使徒〉はその創造物のあいだに意見の相違があることを知っている。たとえばポーシャのように、〈使徒〉の指示を実現するために懸命に働く者がいることを知っている。

それとは逆に、〈七つの木〉の聖堂のように〈使徒〉とその伝言に対する畏敬の念を失った者がいることも知っている。

〈使徒〉がいまポーシャに伝えているのは、彼女の民の未来は神の意志が正確かつ迅速に実行されるかどうかにかかっているということだ。大きな危機が迫っていて、神の意志に従えばそれを避けられるかもしれない。

〈使徒〉は、ポーシャにも疑問の余地なく理解できるはっきりとした言葉で告げる――おまえたちは神の目標に到達するためにあらゆる手段を講じるべきであり、これに優先する目標はないと。

ポーシャは入り乱れる感情の渦にとらわれたまま聖堂をあとにする。蜘蛛の感情は人間の感情とはちがうが、そこには激しい動揺が、さらには高揚感のようなものがある。〈使徒〉がこんなに明確に話したことはいちどもなかった。

いまや〈大きな巣〉は行動を強いられている。神に対する彼女らの義務がじかに再確認されたというだけではない。〈七つの木〉やそのほかの敵対都市にいる諜報員たちも同じように神の最新の言葉を聞いたはずだが、どんな問いかけがそのようなきっぱりした返答をもたらしたのかについて彼女らが疑問に思うことはまずないだろう。

〈七つの木〉での暮らしはフェイビアンが期待したほど自由で楽なものではなかった。

少なくともビアンカのほうは充分になじんでいる。天文学団体に連絡をとったおかげで尊敬される同輩組に楽々と受け入れられたのだが、〈七つの木〉ではたとえ強大な同輩房であっても〈大きな巣〉のごく平凡な同輩房より格段に小さくて貧しい。ビアンカはフェイビアンのために恵まれた地位を見つけようと申し出て、実際に彼を招き入れるためにかなりの努力をしてくれた――おそらくは恩義を返すため、あるいは彼の危険な小さな頭脳がどれほど役に立つかを目にしたせいだろう。フェイビアンはことわった。

それから数カ月は生活が苦しくなるが、フェイビアンには計画がある。やっと人生の糸をのぼり始めたのだ。今回はだれの愛玩物にもお気に入りにもならないし、後援者に縛られることも誇りとする自由を犠牲にすることもない。〈七つの木〉の雄たちは〈大きな巣〉の雄たちよりも自由と影響力を持っているかもしれないが、それでもあっさり殺されてしまう可能性はある。雄には一時的な有用性によってあたえられる以上の権利はない。〈七つの木〉にも貧民街はあり、〈大きな巣〉と比べると下層階級は少ない――それ以外でもあらゆるものが少ない――が、どこにでもいる運に見放された余り物の雄や雌は、おたがいを獲物とみなしていて、倒れた死体は保守担当蟻群によって片付けられる。〈七つの木〉でささやかな権力を手に入れるための第一歩を踏み出すまでに、フェイビアンは何度も殺されそうになった。飢えた雌たちにつけまわされ、犯罪者の雄たちに領土から追い出され、飢えと風雨でやつれていった。それでもようやく、すべてを失っても無分別な共食いを始めるところまでは堕ちていない数体の雌と近づきになることができた。いまにも野獣化しそうな連中をぎりぎりでつかまえたのだ。

その痩せ衰えた三体の雌は、いまでは市内の高所にあったという記憶しか残らない、とある同輩組の年老いた子孫だ。フェイビアンが見つけたとき、彼女らはあの太古の大戦争で蟻たちに焼き払われた場所にふたたび生えてきた木々の一本の根元に、きちんと修繕された同輩房の小さな天幕を維持していた。三体の雌はフェイビアンの話に耳をかたむけ、交代で彼の視界から消えては下働きの雄たちに粗末な歓迎について指示を出すふりをしていた。雄がいないのは明白だったし、用意できるもてなしも貧相きわまりないものばかり――ちっぽけな昆虫と、彼女らが何日も糧《かて》にしていたなかばひからびた鼠だけだ。

〝あなたがたの運命を逆転させてあげます〟フェイビアンは雌たちに言った。〝ただしわたしの言うとおりにしてもらわなければなりません〟

フェイビアンはその雌たちを必要としていた。認めるのはつらかったが、どんな社会集団でも代表は雌でなければならないのだ。いまは、まだ。

〝われわれになにをしろと？〟雌たちはたずねた。どんなかすかな希望も彼女らにとっては甘露だった――たとえみすぼらしいよそ者の雄から提示されようと。

〝みなさんはそのままでかまいません〟フェイビアンは請け合う。〝あとはわたしがやりますから〟

雌たちを取り込んだフェイビアンは、深まる自信を胸に募集を開始した。

〈七つの木〉周辺の地上では何百体もの見捨てられた雄たちがかつかつの暮らしをしていた。訓練も教育も受けておらず、役に立つ経験もなかったが、だれもがなんらかの〈理解〉を受け継いでいた。フェイビアンは彼らを探し出し、面接をおこない、使える能力を持った者を採用した。

表向きは年老いた雌の代表のもとで下僕として働きながら、フェイビアンは蟻群の化学的行動設定を採用して、より強力な同輩房の仕事を請け負うようになった。その独特な手法により、それほどたたないうちに彼のすぐれた腕前に関する噂《うわさ》が広がり始めた。三体の年老いた雌の同輩房にはどんどん恩恵と交易品が集まってきた。ほどなく彼らは同じ木のもっと上方に新たな住居を紡ぎ、かつてと同じ目のくらむような高みを目指した。

当初から予想していたことだったが、雌たちがフェイビアンからすべてを奪い取ろうとしたとき、彼はただ働くのをやめた。そのころにはほかの雄たちも彼の野心を理解するようになっていたので、同じように道具を捨てた。こうして新たな協定が結ばれた。雌たちはフェイビアンの活動によって得た地位を自由に享受できるが、房を指揮するのはフェイビアンであり、なによりも重要なのは彼の民が不可侵とされること。フェイビアンの房の雄たちに手を出すことは許されない。

それでも、結果が出るまでの道のりは長くゆっくりとしたものだった。その結果、鉱山をめぐる小競り合いが勃発したときも、フェイビアンの型破りな手法は〈七つの木〉の社会的交流網の中で実を結び始めたばかりだった。

噂を聞きつけたフェイビアンはただちにビアンカと連絡をとる。〈七つの木〉とその周辺都市のおもだった同輩房が対応策を検討し始めてから、ビアンカの地位は独立した科学者ではなく政治顧問となっていた。〈大きな巣〉はあざけるように彼女らから鉱山をすべて奪い取っていたが、だれも真っ先に暴力的な報復を提案したいとは思っていない。

だが、交渉を試みようとして〈大きな巣〉と接触した外交官たちは、ポーシャが神と話したあとで構築した新しい世界に直面する。〈大きな巣〉はこれまでのように単純に力で押して譲歩を引き出すのではなく、妥協を許さない立場をとっている。〈七つの木〉とその同盟都市に属する鉱山以外の資源を求める要求が突き付けられる――農場、家畜の群れ、研究施設。〈七つの木〉が異議を唱えると、〈大きな巣〉の代表者たちは彼女らを異端者と決めつける。〈使徒〉が語りかけてきたのだ。われわれはその闘士に選ばれたのだ。これは戦争ではない、改革運動なのだ。

そこでようやく、〈七つの木〉は鉱山を取り返すために戦闘蟻の大軍を送り出す。〈大きな巣〉からやってきた同じような軍勢がそれを迎え撃つが、その後の戦いはいずれ確実に訪れる騒乱のかすかな予兆でしかない。蟻は大顎で、剣で、酸と火で戦うものだ。だが〈大きな巣〉が使う化学物質は敵を混乱させ、凶暴化させ、呼吸器を攻撃し、心を乱し忠誠心をくつがえす。〈大きな巣〉の軍勢はやすやすと襲撃者を壊滅させる。

翌日、無線を通じて簡単な伝言が〈七つの木〉に――同盟国のすべての都市に――届く。〝これからきみたちのもとへ行く。われわれの〈理解〉に身をゆだねたまえ、さもなければわれわれはなすべきことをする。〈使徒〉がそれを望んでいる〟

こうして混沌とした状況が到来する。ゆるくつながっているだけで階級をもたない蜘蛛社会は、過去にも強い圧力をかけられたときにはそうなったように、みずから崩壊へと突き進みそうになる。統治評議会は盛衰を繰り返す。ある者は降伏したうえでの宥和《ゆうわ》を、ある者は徹底抗戦を、またある者は単に逃亡を提案する。どの派閥も多数派となることはなく、さらに分裂しては新しい派閥を形成する。危険は日に日に増していく。

そしてある日、〈大きな巣〉から派遣された軍勢が目的地を目指しているころ、ビアンカは市内の有力者たちのまえで話をさせてほしいと求める。

いまビアンカがいるのは網の中心で、その周縁部にうずくまる四十体近くの強力な雌たちは脚をそっとのばして、それぞれの糸が伝えてくる彼女の言葉をとらえている。みな熱心に聞き入っている。自分たちが救われるためにはいますぐ適切な行動をとらなければならないことはわかっているが、それがなんであるかについては意見がまとまらない。

だが、ビアンカ自身にはなにも語ることはない。代わりに彼女は告げる――〝この脅威に対抗する手段を見つけた者を連れてくる。最後まで聞いてくれ。彼の話を聞くのだ〟

たちまちあざけりと衝撃と怒りが伝わってくる。〈七つの木〉の権力者たちにはそんな愚かなことに付き合っている暇はない。雄ごときに提案できることなど彼女ら自身がすでに十回以上も考えているに決まっている。

ビアンカは説明を続ける。〝この雄は〈大きな巣〉の出身だ。彼の助けがあったからこそ、わたしはあそこから脱出することができた。この雄には蟻を扱う珍しい能力がある。〈大きな巣〉でもその仕事には大きな敬意が払われていたが、わたしは彼がなにか秘密を、なにか新しいものを発見したと考えている。〈大きな巣〉にはまだないなにかを〟

これでようやく有力者たちが注目してくれたので、ビアンカは彼女らをなだめてフェイビアンの話を聞いてくれと説得する。

　フェイビアンはそろそろと這い出し、一同の視線に射すくめられる。ポーシャを相手に失敗したことを踏まえ、彼はこの瞬間についてじっくり考えていた。あまり多くを求めてはいけない。語るのではなく、見せるのだ。雄のようにお世辞でくどくのではなく、雌のように成果をしめして説得するのだ。

〝わたしに蟻の軍勢をひとつください。そうすれば敵の軍勢を打ち負かしてみせます〟フェイビアンは宣言する。

　有力者たちの反応はフェイビアンが予想していたほど否定的ではない。そもそも彼が〈大きな巣〉から寝返ったことはよく知られている。有力者たちの慎重な質問に対し、フェイビアンは用心深くのらりくらりと返事をする――剣術の試合で微妙に切っ先を揺らしたりあいまいな身ぶりをしたりするように。〈大きな巣〉の蟻群に関する秘密を知っていることはほのめかすが、それ以上のことはなにも教えない。有力者たちは協議を始めるが、網の放射状の糸を控えめにはじいて周縁部の仲間にだけ伝言を送り、フェイビアンがいる中心部には内容が伝わらないようにしている。

〝蟻の数は？〟やがて一体が問いかける。

〝ほんの数百匹です〟フェイビアンとしてはそれで足りることを願うばかりだ。彼はこの思いきったくわだてにすべてを賭《か》けているが、いっしょに連れていく軍勢が小規模であればあるほど、その勝利により価値があるように見えるはずだ。

〈七つの木〉の領地に侵攻してくる軍勢に比べたらとんでもなくちっぽけな兵力であり、結局は失うものがほとんどないと雌たちは感じている。現実的に考えれば、それ以外には降伏して自分たちの所有物をすべて〈大きな巣〉に引き渡すという選択肢しかないのだ。

フェイビアンは全速力で自身の同輩房に戻り、もっとも有能な一群の助手を選び出す。全員が雄で、新しい行動設定という秘密についてもよく知っている。彼らはただちにもっとも骨の折れる作業にとりかかる。供与された蟻たちの条件付けを変えてフェイイビアンの基本行動設定を組み込み、あわただしい状況でも指示をあたえられるようにするのだ。

翌日、一行は〈七つの木〉を出発し、フェイビアンはそれが歴史の一頁《ページ》となることを願う。いっしょに旅をするのは幹部となる見習いたちと、わずかな蟻の兵士たち――それとビアンカ。〈七つの木〉の首脳陣が雌の引率がいない部隊を認めてくれなかったので、彼女が名目上の隊長としてフェイビアン主義のご立派な顔をつとめるのだ。

ビアンカはフェイビアンの秘密を知らされていないが、二体で〈大きな巣〉から奇跡的な脱出を遂げたことは忘れていないし、彼の化学設計者としての評判も知っている。ビアンカは自分の未来をフェイビアンに託したのであり、いまは彼に本人が思っているほどの能力があることを祈るしかない。

昔ながらの武器は蜘蛛による蟻の完全な支配を可能にした――そして彼らの社会を大幅に豊穣《ほうじょう》で複雑なものにした――が、もはや戦争で有効な武器ではない。髭太筬虫《ヒゲフトオサムシ》が主として発する匂いがもつ条件付けの解除効果については、ほとんどの蟻がいまでは抵抗できるよう条件付けされている――それは蜘蛛同士が反目し合っているせいでもあり、単に髭太筬虫が自分たちの目的のために蟻群の行動設定を常に解析して、その生物機械の群れにしぶとい亡霊のようにとどまっているせいでもある。蜘蛛としては甲虫たちの影響を最小限に抑えるよう努力するしかない。

フェイビアンの計画はもっと複雑で、それゆえ危険も大きい。第一段階は正面攻撃だ。〈大きな巣〉の隊列が通過する可能性が高い道には、すでに複雑な迷路のような落とし穴や、発条《ばね》罠《わな》や、広げた網や、火の罠がびっしりと設置されている。蜘蛛がそれに引っかかることはないが、蟻の感覚器官は――特に離れた場所から感知する能力が低いので――容易にだまされてしまう。〈大きな巣〉の部隊では大きく散開した斥候たちがこうした罠を見つけて処理しており、フェイビアンも自身の兵士たちにその役目をあたえている。

反応はすぐにあり、警戒の匂いが侵略者たちをどんどん引き寄せていく。フェイビアンは小競り合いの風上に陣取り、次々と匂いを空中に放出する。そのひとつひとつに化学的に符号化された新たな指示が組み込まれているので、彼の小さな軍隊は迅速に反応し、戦術を変更して敵を出し抜くことができるが、〈大きな巣〉の蟻たちは太古の闘争本能とほとんど変わりない基本的な戦闘行動設定に従っているだけだ。

わずか数分後に、フェイビアンの部隊は最小限の損失で撤退する。倒した斥候たちの何匹かは捕虜にし、身動きできないようにして運び去る。

フェイビアンとその仲間たちがどんどん退却すると、〈大きな巣〉の斥候たちは追撃をあきらめ、自分たちの匂いをたどって自軍の隊列まで引き返す。安全になったフェイビアンの部隊は作業室を設置し、とらえた斥候から得た標本で兵士たちにあたえる新たなひとそろいの指示を調合する。

フェイビアンたちの蟻に最初の命令があたえられる。小さな軍勢が分裂し、それぞれの蟻が単独行動で敵を目指す。

〝なにをしている?〟ビアンカが問い詰める。〝自分の軍隊を放棄したんだぞ〟だれでも知っていることだが蟻は集団でこそ力を発揮する。単独の蟻はなんの役にも立たない。

〝移動しないと〟フェイビアンはそれだけこたえる。〝敵の風上にいなければ〟それは彼の技術に課せられたやっかいな制約だが、時間が解決してくれるだろう。彼はすでに頭の中でさまざまな対策を考えている。新しい情報の運び手として髭太筬虫を使うとか、遠方から目に見える合図で化学物質を放出させるとか……だが、とりあえずはいまあるものでやっていくしかない。

単独行動の蟻たちが敵の隊列まで到達し、警報を鳴らすことなく、大きく広がった斥候の前線を突破する。侵略者と触角をふれ合わせ、付属肢を素早くひくつかせると、仲間と認識されて通過を許される。

枝の上から、フェイビアンは〈大きな巣〉の隊列の中に自分の蟻たちがひっそりと増えていくのを緊張して見守る。ここがフェイビアンにとってもっとも困難な一歩だ。彼は同族の死に関与したことがない。ほかの蜘蛛と戦い、殺し、食いさえすることをあたりまえの生存戦略と考える連中がいることは知っているが、彼はまさにそのような戦略に立ち向かっているのであり、同族殺しは過去のことだと強く感じている。フェイビアンの中にあるナノウイルスは、彼の潜在的な犠牲者たちの中にある同胞の血を認識し、彼がやろうとしている行為の必要性を否定する。

だが、フェイビアンの計画は微妙な均衡の上に成り立っており、なにがあろうとそれを危険にさらすわけにはいかない。

〈大きな巣〉からやってきた十数体の監視員が総勢数千の隊列の中で動きまわっている。彼らは自軍の隊列によそ者の蟻がいることに気づくのではないか？　〈大きな巣〉の軍勢にはすでに厳密な行動設定が組み込まれているだろうが、蜘蛛の士官たちにはいつでも発動できる一連の指令があって、そこには〈七つの木〉自体への攻撃を命じるものも含まれているはずだ。こうした事前に用意された指令のひとつがなんらかのかたちで緊急対応策となる可能性がある。

フェイビアンは不吉な予感をいだきながら次の指示を放出する。

潜入した蟻たちは軍勢に同行している〈大きな巣〉の蜘蛛たちを組織的に探し出して殺害

する。その攻撃は大胆不敵で、放出される警報の匂いは近くにいる忠実な蟻たちを狂乱状態におとしいれる。あらかじめ入念に計画された容赦《ようしゃ》ない攻撃だ。もぎ取られた外肢や外殻の破片の上で駆けまわる蟻たちを見て、フェイビアンの仲間たちもビアンカも静まり返っている。もちろん蜘蛛が蜘蛛を殺したのはこれが初めてではないし、雄が雌を殺したのも初めてではないが、これはそれだけのことではない。新たな戦争への入口なのだ。

それから先は〈大きな巣〉の軍勢はなすすべがなくなる。フェイビアンの兵士たちは内側から敵陣を食い荒らしていく。侵略軍にはいくつかの防御手段があり、予期せぬ攻撃をふせぐために事前に条件付けを設定してあるだけでなく、時間と共に規定の順序で匂いの暗号を切り替えている。だが、フェイビアンのほうも新しい行動設定のおかげで相手に合わせて迅速に対応することができる。〈大きな巣〉の軍勢という鈍重な複合機関は、なにかがおかしいと気づくが、素早く修正をかけて脅威を把握することはできない。フェイビアンの攻撃が終わるころには、蟻の死骸が何粁《キロ》にもわたってつらなっている。自軍の損失はせいぜい十体ほどだ。彼が用意したのは物理的な隘路《あいろ》ではなく精神的な隘路であり、それが保持されているあいだ敵はそこを通過することができなかったのだ。

〈大きな巣〉はまだ敗北したわけではない。フェイビアンが撃破した隊列は、むこうの聖堂が動かすことのできる軍事組織のほんの一部に過ぎない。〈七つの木〉の勝利に対抗してさらなる侵攻が待っているはずだ。フェイビアンは本拠地へ帰還し、雌の有力者たちのもとへ出頭する。

　雌たちは秘密を教えろと要求してくる。フェイビアンはそれを拒否し、彼自身も彼の同輩組もこの新たな〈理解〉を死体からむりやり抽出できないように予防措置をとっていると伝える。

　一体の雌――ヴァイオラと呼ぼう――が対話を先導する。〝では、これからどうする？〟

　フェイビアンは、戦争が始まるまえから彼の奉仕を利用していたこの雌は、姉妹たちよりも先を見ているのではないかと感じる。フェイビアンがどんなふうに考えるか少しは見当がついているのだろう。

〝わたしは〈大きな巣〉とその同盟国を打ち負かします〟フェイビアンは宣言する。〝必要とあらば〈七つの木〉から軍勢を率いてはるばる〈大きな巣〉まで赴き、彼女らのやりかたがまちがっていることを見せてやります〟

　雌たちの反応はなんとも興味深い――雄がこのような大きな問題について堂々と話ができることへの恐怖と、力で上まわる敵が謙虚になるところを見たいという願望と、ほかに選択肢がないという絶望。

　ヴァイオラが先をうながす――まだ続きがあるとわかっているのだ。

〝条件があります〟フェイビアンは認める。大勢の敵意に満ちた視線のまえで、彼は自分がなにを望んでいるのか、〈七つの木〉の存続と引き換えにどのような約束をしてほしいのかをざっと説明する。それはポーシャに持ちかけたのと同じ取引だ。あのときに比べればいくらかましな反応だが、ポーシャはいまの彼女らのように不安定な立場ではなかった。

〝生きる権利をください〟フェイビアンは思いきって決然と語る。〝雄殺しが罰せられるのと同じように、雄殺しも罰せられるようにしてください――たとえそれが交尾のあとの殺しだとしても。自分の同輩房をつくる権利を、その代表となる権利をください〟

百万年続く偏見がフェイビアンを見つめ返す。いまでも古い本能を文化の基盤とする、昔ながらの共食い蜘蛛が、恐怖のあまりたじろいでいる。雌たちの内にある葛藤が目に見えるようだ――伝統か進歩か、既知の過去か未知の未来か。彼女らは種としてここまで進歩してきた。彼女らの知性があれば過去の足かせから脱することができる。だがそれは困難な道となるだろう。

フェイビアンはぎくしゃくした動きでゆっくりとまわりながら、ならんだ目へ順繰りに視線を向けていく。雌たちはフェイビアンを値踏みし、彼の要求をかなえるための費用と〈大きな巣〉に黙従する場合の費用とを比較する。フェイビアンの勝利で彼女らになにがもたらされ、それが彼女らの交渉時の立場をどれだけ向上させたかを検討する。もしも降伏したら〈大きな巣〉からどんなことを要求されるか――〈七つの木〉の聖堂はからっぽになり、代わりに送り込まれるよそ者の司祭たちが〈使徒〉の意志についてその伝統的な見解を押し付けてくるだろう。〈七つの木〉の指揮権はこの場にいる雌たちから取りあげられるだろう。

彼女らの都市は遠方から糸であやつられる人形となり、〈大きな巣〉が無線で送ってくる指示に合わせて踊るだろう。

雌たちは協議し、苦悩し、おたがいを脅し、優位を得ようと争う。

そしてついに回答をしめす。

5.7　昇天

「こんなふうになるはずじゃなかった。こんなに時間がかかるはずじゃなかった」

ホルステンはグイエンと食事をとっていた。司令官のカルト信者なのか高度な訓練を受けた技師なのかなんだかわからなかったが、とにかくその男たちが運んできたのは、テラフォーミング・ステーションからごっそり略奪したおぼえのある糧食だった。それを加熱解凍して温かい粥状《かゆじょう》にしたものを、老人が話しているあいだ、ホルステンは気乗りしないままスプーンで口へ運んだ。グイエンが最近なにを食べているのかは知らないが、おそらくそのためのチューブが用意されているのだろう――乾ききった内臓では処理しきれないもののために反対側の端には別のチューブがつながっているはずだ。

「記録を見て使えそうなクルーを目覚めさせた。全員に技術者としての経験があった」グイエン、というか彼の代わりに話しているマシンは続けた。「ステーションから回収した道具もそろっていた。船の準備はすぐに終わるはずだった。あと数日で。あと数カ月で。あと一年で。いつまでたってもあと一年だ。それからわたしが少し眠り、目を覚ましてみると、彼らはまだ作業を続けていた……」グイエンの枯れた顔がほぐれて記憶をたどる。「どうなったかわかるかね？　ある日目を覚ますと、そこには若者たちの顔がならんでいた……作業をしている者の半分は冷凍タンクの外で生まれていたのだ。わたしは人びとから人生をそっくり奪ってしまったのだよ、メイスン——彼らはそれほど長きにわたって努力を続けていたのだ。そして新世代は……旧世代ほどの知識がなかった。せいいっぱい学んではいたが……その次の世代は、さらに退化し、理解できていることも減っていた。だれもが作業をこなすので忙しすぎて知識を伝える暇がなかった。知っているのは船とわたしのことだけ。彼らにはやるべき仕事があったので、わたしが導いてやらなければならなかった——どれほど彼らが劣化していようと、どれだけ時間がかかろうと」

「ブリン・ハビタットとかいう、カーンの人工衛星と戦わなければいけないから？」ホルステンは食事をほおばったままあとを引き取った。

「わたしは人類を救わなければならない」グイエンはそれが同じことを意味しているかのように言った。「そして実際に救った。救ったのだよ、わたしたち全員が。結局はどの命もむだに失われたりはしなかった。われわれは古帝国のテクノロジーによって物理的にも電子的にも守られている。カーンが潜入して全員のスイッチを切ることができるような弱点は残っていない。だがそのころには、わたしは自分が年寄りになったことに気づき、船がどれだけわたしを必要としているかに気づいたので、アップロード設備を手に入れてそれに取り組んだ。わたしはすべてを捧げてきたのだ、メイスン。とんでもなく長い歳月をギルガメシュ・プロジェクトに捧げてきた。いまは……いまはただ目を閉じて手を引きたい」人工音声が雑音のささやきに変わった。ホルステンはこれを干渉してはいけない間《ま》とみなし、いっさい口をはさもうとはしなかった。

「もはやわたしは必要なさそうだと判断したら」グイエンは小声で続けた。「もはやわたしの導きがなくても彼らが――きみが――やっていけると思ったら、わたしは去るだろう。ここにはいたくない。だれがこんな死にかけたチューブだらけの姿でいたいと思う？　だがほかにだれもいないのだ。人類の未来はわたしの双肩にかかっているのだよ、メイスン。わたしは羊飼いだ。わたしの導きがなければ人類は真の故郷を見つけることはできない」

ホルステンはうなずき、またうなずき、グイエンがいまの言葉をすべて信じているのかどうかはわからないにせよ、そこにひと筋のいつわりがあることに気づいた。グイエンは助言に従ったり指揮権を共有したりするような男ではなかった。なぜいまになってすべてを引き渡すような男にならなければならないのか――このアップロードがうまくいけば不死を手に入れることができるというのに。

アップロードでギルガメシュのシステムが崩壊しなければの話ではあるが。

「なぜレインじゃないんだ？」ホルステンはグイエンにたずねた。

老人はその名前を聞いて身じろぎした。「レインがなにか？」

「レインは主任技師だ。こういう作業をしたかったのなら、なぜもっと早く彼女を起こさなかった？　おれも本人と会った。まえより歳《とし》をくってはいるが、それでも……」〝あんたほどじゃない〟「年寄りと言うほどじゃない。冷凍タンクから出たのはそんなに遠い昔じゃないはずだ。なぜレインといっしょに始めない？」

グイエンは一瞬ホルステンをにらみつけた。あるいはグイエンの盲目的な代弁者としてマシンがにらみつけたのかもしれない。「わたしはレインを信用していない」きっぱりとした声だった。「あの女はいろいろ考えている」

はっきりした回答はなかった。グイエンが狂っているのかどうか、レインが正気なのかどうかについて、ホルステンはすでに明確な考えをもっていた。残念ながら、それでどちらが正しいかということについて同じくらいの確信がもてるわけではないようだった。

ホルステンは矢筒に矢を一本だけ残していた。カーストとヴィタスに会うまえに、レインが再生してくれた一連の録音――彼らがカーンの星系内にいたときに設置した月のコロニーから送信された最後のメッセージ。それは「なんとかしなければ」とホルステンを説得するための、レインの秘密兵器だった。あのときは絶大な効果があった。レインはまったく手加減をせず、ホルステンは経験がないほど落ち込んでみじめな気分になった。グイエンが置き去りにした人びとの絶望した恐慌状態の声――懇願する声、報告する声。なにもかもうまくいかず、コロニーはインフラを自立させることができなかった。建設されてから何十年かたったころ、コロニーは死に始めた。

グイエンが残したコミュニティでは、ある者は目覚め、ある者は冷凍状態にあった。置き去りにされた人びとは、そこで暮らし、絶望的な事業の舵取《かじと》りを引き継がせるために子供を育てた。のちにギルガメシュの司令官が聞いたのは、寒さや汚れた空気に耐える人びとの死に際の叫びや、取り乱した懇願……電源が落ちた冷たい棺の中で腐っていくだけならまだ幸運なほうだった。

最後のメッセージは自動化された救難信号で、何度も何度も繰り返された――カーンが千年のあいだ送り続けた信号の人類版だ。やがてそれも途絶えた。自動信号すらそのわずかな時の試練に耐えられなかった。

「月のコロニーから届いたメッセージの録音を聞いたよ」ホルステンはグイエンに言った。司令官のなめし革のような顔が彼のほうを向いた。「そうなのか？」

「レインが聞かせてくれた」

「あの女ならやりそうだ」

ホルステンは待ったが、それ以上の反応はなかった。「あんたは……なんだ？　否定するのか？　レインが捏造《ねつぞう》したとでも？」

グイエンは首を横に振った。というかなにかが彼の代わりにそうした。「どうするべきだったと言うのかね？　彼らのために戻れとでも？」

ホルステンは、そうだ、それこそがグイエンがするべきことだったと言おうとした。だが、ささやかな科学的意識が彼の熱い気持ちに水を差した。「時間か……」

「われわれは何十年も離れていた」グイエンは同意した。「彼らのもとへ戻るには何十年もかかるはずだった。彼らが問題があると気づいたときには、もうそれだけの時間は残されていなかった。わたしに多大な労力を費やしてこの船を転進させてほしかったのか――彼らを埋葬するだけのために？」

　グイエンはもう少しでやり遂げるところだった。善悪にまつわる認識が急転換し、ホルステンは灰色の死にかけた男の顔に人類の救世主を見てとれるようになっていた――過酷な決断をする訓練を積み、後悔しながらもためらうことなく決断してきた男。

　そのときグイエンの顔にとうとう本音があらわれた。「それに」彼は付け加えた。「やつらは裏切り者だった」

　ホルステンは静かにすわったまま、司令官の顔が恐ろしい変貌を遂げるのを見つめていた。子供じみた愚かしい満足感のようなものが、おそらくは本人も気づかないところで、この老人の心を支配していた。

　ホルステンには忘れようもないことだが、たしかに反逆者はいた。スコールズ、ネッセル、そして生け贄として氷の墓場に送り込まれるのだという大げさな主張。

　彼らは正しかった。

　もちろん、ほんとうの反逆者たちは大半が殺された。月のコロニーのクルーを編成するために貨物室から出された人びとは反逆者ではなかった。それどころか、彼らは自分たちの運命を知るまで、なにが起きているのかほとんどわかっていなかったはずだ。

「裏切り者」グイエンは味わうようにその言葉を繰り返した。「結局、やつらは当然の報いを受けただけだ」ひたむきな受難者のようなリーダーが、それとわかる境界を越えることもなく、いかれたサイコパスへとあっさり変貌していた。

そのとき人びとが部屋に入ってきた。グイエンの信者たちだ。ローブ姿でのそのそと歩きまわり、機械的な威厳に満ちたグイエンの聖壇のまえにわらわらと集まっていく。見ているうちにその人数は数百人までふくれあがった――男も、女も、子供もいる。

「なにが始まるんだ？」ホルステンはたずねた。

「準備はできている」グイエンがささやく。「いよいよだ」

「あんたのアップロードか？」

「わたしの昇天だ。その永遠なる義務を果たすことで、この世界でも次の世界でも民を永遠に導けるようになる」グイエンはぎこちなく一歩ずつ足を運び始めた。

どこからかヴィタスとその数名のチームがあらわれ、マシンのまわりで司祭のように配置についた。科学主任はホルステンをちらりと見たが、関心はなさそうだった。広い部屋の周辺部にはアーマースーツを着た二十人ほどの男女が立っていた――カーストの保安隊だろう。その中のひとりが本人のはずだが、全員がバイザーをおろしていた。

〝じゃあ昔の仲間がまた一堂に会したんだな、ひとりをのぞいて〟ホルステンはレインから時間稼ぎを期待されていることを痛切に感じていたが、彼女が自由の身でいるのかどうかさえわからなかった。

「グイエン」ホルステンは司令官に呼びかけた。「彼らはどうなる？」集まった信者たちを身ぶりでしめす。「彼らはどうなるんだ、あんたが……変換されたら？　船からあふれるまで増え続けるのか？　食べるものがなくなるまで？　どうするんだ？」

「わたしがちゃんと世話をする」グイエンは約束した。「彼らを導いてやる」

「月のコロニーの二の舞だろう」ホルステンはぴしゃりと言った。「彼らは死ぬ。食料を食べ尽くして。あらゆる場所でただ……生きて崩壊を待つことになる。これはクルーズ船じゃない。ギルガメシュは船内で暮らせるようにはなっていない。彼らは積荷だ。おれたちはみんな積荷なんだ」彼は深呼吸した。「だがそのころにはあんたは電子アバターを手に入れている。電力が供給されているかぎり、あんたは大丈夫だ。おそらく船のほとんどは大丈夫だろうし、冷凍状態にある積荷も……だがこの人たちや、その子供たち、それに――それからどうなる？――一世代あとには、彼らは死ぬかもしれない。あんたの信者たちは、飢えや機械の故障、それに寒さや窒息といった、クソな宇宙にいるせいで起こり得るあらゆることが原因で、だらだらとした死を迎えることになるんだ！」ホルステンは自分の言葉の激しさにショックを受けながら考えた。〝おれはこのいかれた連中のことをそこまで気にしているのか？〟どうやら気にしているようだ。

「わたしが世話をする！」グイエンの声は難なく爆音まで跳ねあがり、部屋中のスピーカーから流れ出した。「わたしは人類にとって最後の羊飼いなのだ」

ホルステンは自分の言葉で信者たちのあいだに恐怖と不安からくる騒ぎを引き起こせるのではないかと期待していたが、彼らは妙に穏やかで、グイエンが言ったことをそのまま受け入れ、ホルステンの告発の言葉はほとんど気にとめていないようだった。実際、返ってきた唯一の反応といえば、突然グイエンの群れから大柄な二匹の羊がやってきて、追い出そうとするかのようにホルステンの両肩に手を置いたことだった。もっと攻撃の材料が必要だ。もはやきれいな戦い方をしてはいられない。

「もうひとつある！」グイエンが階段のてっぺんにたどり着いたところで、ホルステンは叫んだ。「カーストとヴィタスは裏でレインと手を組んでいるんだぞ」

この宣告のあとに訪れた静寂は、カーストが吐き捨てたヘルメットでこもった声によって破られた。「はっ、このクソ野郎が！」

グイエンは黙り込んでいた――ほかのだれもが黙り込んでいた。ホルステンがちらりとヴィタスに目をやると、彼女は周囲の状況を興味津々な顔で冷静に観察しているだけで、群衆の雰囲気が急に変わったことを感じていないかのようだった。カーストの部下たちが一カ所に集まり始めていた。全員が銃を持っていて、いまやそのほとんどが信者たちのほうへ向けられていた。

〝この状況下で、これ以上はない気のきいた発言だったか？〟

「わたしは信じない」グイエンの声はしゃがれていた。たとえ肉体のない声にほんとうに信じる気持ちが欠けていたとしても、そこには電子の疑念が満ちあふれていた。グイエンの被害妄想は明らかに全方位に向けられていた。

「あんたの手下に拉致された時、おれは会議から戻ってきたところだった――出席者はおれと、レインと、そこの女と、そこの男だ」と、法廷で有罪を指摘する。

「メイスン、黙らないときさまの頭を撃ち抜くぞ！」カーストが怒鳴《どな》り、残っていた無実の気配をきれいに消し去った。

　信者たちは、たとえナイフや即席の槍《やり》や棍棒しかないとしても、ほとんどが武装していた。彼らはカーストの部隊を数で圧倒していたし、宿舎はすぐ近くにあった。

「きみたちは冷凍タンクへ戻りたまえ！」グイエンがぴしゃりと言った。「きみと、ヴィタスと、きみの部下全員だ！」

「冗談じゃない！　それでどうなる？」カーストが怒鳴った。「おれがあんたを信用すると思っているのか？」

「わたしは船そのものになるのだ！」グイエンは叫ぶように言った。「わたしはすべてになる。全人類の生死を左右する力を手に入れる。冷凍タンクをのがれるだけでわたしの怒りから救われると思っているのか、わたしに逆らっておいて？　いますぐ服従すれば慈悲をかけてやる」

「司令官――」ヴィタスが口をひらいた。信者たちのあいだにざわめきが広がる中、ホルステンはなんとか彼女の唇を読もうとした。

「おまえもだ！　裏切り者！」グイエンは小枝のような指を彼女にむかって突き出した。

そのときカーストかその部下のだれかが――ホルステンにはどちらか見えなかった――グイエンに銃を向けようとしたため、戦闘が始まった。放たれた数発の銃弾が天井で火花を散らし、一部は貪欲に群衆の中へ飛び込んだが、すぐに事態は乱戦へとなだれ込み、訓練されてはいないが勢いはある大集団がカーストのごく少数に襲いかかった。

そのときレインが行動を起こした。

ローブ姿の従者たちが群衆の中から飛び出し、グイエンめがけて階段を駆けあがったときには、ホルステンも指導者を守ろうとしている狂信者たちが人間の盾《たて》を作るつもりなのだと思った。先頭を行く女が即席の武器を引っ張りだし、かぶっていた頭巾が後方へ滑り落ちたときになってようやく、ホルステンは自分のかんちがいに気づいた。

あっと思ったときには、レインが手にした武器――工業用の釘《くぎ》打ち機のようなもの――をグイエンの側頭部に押し当て、大声で叫んで全員の注意を引き付けていた。

その時点ですでに二十人ほどの死傷者が出ていた――ふたりはカーストの部下で、それ以外は〝グイエン教会〟の不運な信者たちだ。レインが要求した静寂が訪れることはなかった

──すすり泣く声、助けを求める叫び、喪失と悲嘆を物語るだれかの激しい慟哭《どうこく》。だが、信者たちの大半はその場で凍りついたまま、彼らの指導者が人間を超越しようとしたまさにその瞬間に打ち倒されようとしているのを見ていた。

「さあ」レインがせいいっぱい声を張りあげた。広場で演説をしたり異端者たちと対決したりするのが得意なわけではなかったが、彼女は全力を尽くしていた。「みんなその場を動かないで、そこのクソなコンピュータの中へ入るのもだめ」

「カースト……」それはグイエンの声だったが、唇は動いていなかった。ホルステンが保安隊へ目をやると、リーダーを中心にして全員がまた一カ所に集まっていた。返事があったとしても、声が小さすぎて聞こえなかったが、もはやそちらからグイエンに救いの手が差し伸べられることがないのは明白だった。

「ヴィタス、このクソを切り離して」レインが指示した。「そうしたら事態の収拾に取りかかれる」

「うーん」科学主任は首をかしげた。「だったらなにか別の計画でもあるんですか、主任技師？」無駄話をいっさいしない女にしては妙な発言だった。ホルステンはレインが顔をしかめるのを見た。

当然だろう、ヴィタスはアップロードが実行されることを望んでいた。なにが起こるかを見たがっていたのだ。

「レイン！」ホルステンは叫んだ。「始まっているぞ！　そいつはもうアップロードを実行している！」それは時間のかかるプロセスだったが、もちろんグイエンはずっと接続したままになっていた。おそらくかなりまえからギルガメシュのメモリに自分の脳を送り込んでいたのだろう。

レインも同時にそのことに気づき、引き金を引いた。

その一瞬のヴィタスの顔はまるで絵画だった。ようやくショックをあらわにしてはいたが、そこには病的なまでの好奇心もあった——この意外な展開からでも彼女の研究にとって貴重なデータが得られると思っているかのように。グイエンの顔のほうは、言うまでもなく、頭の残りの部分と共にアップロード装置を真っ赤に染めていた。

巨大なうめきのような騒音が部屋全体に響き渡り、いったんはゆがんで崩れて雑音と化したが、じわじわと形がととのってついにはひとつの声になった。

「わたし！」グイエンが叫んだ——肉体はチューブとワイヤの揺り籠《かご》にあおむけに倒れ込んでいたにもかかわらず。「わたし！　わたし！　わたし！」

明かりが消え、またすぐに点灯して、ちらちらと揺れた。部屋のあちこちにあるスクリーンに、突然ランダムな色と光が、人間の顔の断片があふれだし、あの声がつかえながら語り始めた。「わたし！　わたし！　わたしのもの！　服従しろ！　わたし！」あたかもグイエンが蒸留されて常に彼を突き動かしてきた基本的な衝動だけが残っているかのようだ。

「損害報告！」レインのチームはいまや全員が壇上にいて、そこにある装置を通じてギルガメシュにアクセスしていた。「カースト、現場を掌握《しょうあく》しなさい、この役立たず！」

カーストがライフルを天井に向けて数発の銃弾を放つと、轟音《ごうおん》で部屋にいる人間たちのたてる音はかき消されたが、スピーカーから流れる苦しげな異言が消えることはなかった。スクリーン上では、なにかがみずからをグイエンの顔に変えて、献身的な信者のために昇天が実現したことを証明しようとしていた。それは何度も何度も失敗し、不完全でゆがんだままだった。ホルステンにはときどきそれがカーンの顔に差し替わるような気がした。

ホルステンは階段をあがってレインのそばへ行った。「なにが起きているんだ？」

「グイエンはシステムの中にいる……でもやっぱり試運転のときみたいな不完全なコピーでしかない。ただしもっと……もっと彼の要素が多い。それを隔離しようとしているんだけど、彼が抵抗している――彼らみんなが抵抗している。彼がクソなコンピュータに部下を送り込んで事前に道を切りひらかせているみたい。あたしは――」

「きみがわたしをはばむことはできない！」仮想グイエンがようやく完全な文章をとどろかせた。「わたし！　わたし！　わたしは！　不滅だ！　わたし！　わたしは！」

「なにが――？」ホルステンは言いかけたが、レインが身ぶりでそれを制した。

「黙っててくれない？　グイエンが生命維持システムを掌握しようとしているから」

カーストの部下がグイエンの信者たちを追い払おうとしていた。その信者たちは指導者の部分的な昇天を期待していたほど喜べないようだった。

「ヴィタス、手伝ってくれる？」

科学主任はただスクリーンを見つめていたが、ようやく決心がついたようだった。「わかりました、もう限界でしょう」役目を終えた実験の話でもしているかのような口ぶりだ。

「おれはなにを――？」

レインはホルステンの言葉をさえぎり、信頼するチームに作業をまかせて一瞬だけコンソールから目を離した。「まじめな話、あなたはできることはやった。やるべきことはやった。よくやってくれたと思う。でもいまは？　これはあなたの管轄外だよ、おじいさん。どうしてもというならカーストのほうを手伝って、これ以上まずいことになるまえにあたしたちがクソなグイエンウイルスを封じ込められるよう祈ってて」

船体をつらぬく振動が伝わってきて、レインの顔が色を失った。

「クソっ。もう行って、ホルステン。安全なところへ」

卵殻《エッグシェル》の住人からもうひとりの住人への言葉だった。

5.8 征服者

フェイビアンは軍隊を連れて〈大きな巣〉の入口まで来ている。

厳密には彼の軍隊ではない。〈七つの木〉は軍の正式な指揮を雄にゆだねるほど捨てばちにはなっていない。市内でもっとも強力な雌の一体であるヴァイオラが代表として名目上の指揮権を握っている。フェイビアンがそこにいるのは彼女の命令を実行に移すためだ。彼はこの取り決めがかえって混乱を招くだろうと予想していた。

救いはヴァイオラが冷静で、先も見とおせるし聡明でもあることだ。彼女はフェイビアンに仕事のやり方を教えようとはしない。ただ戦略の大枠をしめし、蜘蛛の性質や紛争について彼では足もとにもおよばないほどの知識をもたらしてくれる。フェイビアンは戦術方面に集中して、その順応性の高い化学的行動設定により、何千もの蟻を擁する軍隊を名指揮者のように動かす。二体の共同作業は驚くほどうまくいっている。

フェイビアンが最終的な権限を持たないことを歓迎しているもうひとつの理由は、最終的な責任も持たなくてすむからだ。ここまで来るために〈七つの木〉とその同盟者たちは敵の死体を積みあげていて、フェイビアンはそのことを考えるたびにぞっとする。数え切れないほどの蟻の死はさておき、数百体の蜘蛛が意図的であれ偶然であれ戦闘で命を落としていた。

〈大きな巣〉は〈七つの木〉の指揮官たちを殺して流れを逆転させようと最大限努力をしていたが、指揮官は雌に決まっているという思い込みにじゃまされていた。フェイビアンはそのおかげで何度か暗殺者たちに見逃されていたが、ヴァイオラは二本の脚を失い、彼女を殺そうとした三匹の命をみずから絶っていた。彼らが自分たちについて——この紛争にかかわるすべての者について——発見した恐ろしい真実とは、この種族は軽々しく殺すことはないが理由があれば殺すということだ。

　そしていま、フェイビアンたちの軍隊は〈大きな巣〉までやってきて、この大都市に属する複数の蟻群から集められた大勢の蟻と対峙《たいじ》している。そいつらの多くは兵役用の条件付けもなされていなかったが、必要とあらば敵の蟻と戦うだろう。

　行く手に見える広大な都市圏は、蜘蛛の最大都市であるにもかかわらず風に吹き飛ばされそうなぼろ布のようにもろく見えた。フェイビアンにとっては生涯の大半を過ごした場所だ。いまは何十万もの蜘蛛たちが、それぞれの同輩房で木の幹や枝に張りめぐらされた天幕の下にうずくまり、次になにが起こるかを見定めようとしている。避難する者はほとんどおらず、聞くところによれば聖堂が手を尽くしてだれも出て行かないようにしているらしい。

　ヴァイオラは〈大きな巣〉の同輩房に使者を送り、要求事項の一覧を届けていた。使者は雄で、とてもうらやましい任務とは思えない。フェイビアンが不平を言うと、ヴァイオラは陰気にこたえる——きみが雌のもつあらゆる自由を雄にもあたえたいと本気で望むなら、仲間である雄たちにも同じだけの危険をおかしてもらわなければ。

　フェイビアンはいまも〈大きな巣〉で続いている議論を想像することしかできない。ポーシャとその聖堂の司祭たちは抵抗を呼びかけているはずだ。おそらく〈使徒〉が救ってくれると信じているのだろう――遠い昔にあった蟻との大戦争で〈使徒〉が民のために介入してくれたように。きっと聖堂の無線周波数帯は救いを求める祈りでいっぱいになっているはずだ。もしも〈使徒〉に敬虔《けいけん》な信者を手助けする力があるのだとしたら、いったいなにを待っているのか？

〝無線……？〟フェイビアンは一瞬だけ科学の夢に迷い込む。蟻の兵士たちは全員が無線受信機を装備していて、あの見えない網を通じて送られてくる催促の信号に応じて自分の化学的行動設定を書き換えることができる。思考なみの速さで再編成される蟻群……？　考えただけで震えが来る。〝わたしたちにできないことはあるのか？〟

　以前にも同じことを考えたのではないかという思いがつきまとい、フェイビアンは頭を悩ませる。すると突然、ポーシャとその熱狂的な支持者たちがすべてを捧げて実現しようとしている〈使徒〉の偉大な計画――この戦争の間接的な原因でもある――は、まさにそういうことなのかもしれないと気づいた。蟻でもなく、化学物質でもなく、あの銅の網で刺激を伝えるのだ――無線機が伝えるように、群れの中の個々の蟻が伝えるように。そこには開閉器も、分岐も、論理回路もないのか……？　そのような設計は速度の面では有利かもしれないが、最大効率で活動する蟻群ほど融通のきく複雑なものではないのでは？

〝相手はあのポーシャだ。降伏などするか？〞ヴァイオラがフェイビアンを急き立てる。ずっと返事を待っていたため、もう太陽が沈もうとしている。蟻は夜でもなんの不自由もなく戦えるので、闇が落ちるときが最終期限となる。

〝ポーシャがいまでも権力を握っているなら、譲歩はしないでしょう〞〈七つの木〉の軍勢はやむをえず〈大きな巣〉を引き裂くことになるが、フェイビアンには狭苦しく混乱した市内で自分が制御を失うかもしれないという大きな不安がある。軍の一部が分断されて、指揮をとれなくなったら、兵士たちは最後の条件付けに従って動き続けることになる。〈大きな巣〉に居をかまえたという以外なんの罪もおかしていない者たちがどれだけ死ぬかを考えると恐ろしくてたまらない。いっそ引き返したほうがいいような気さえしてくる。

だがヴァイオラは辛抱強く説明していた。〈大きな巣〉の影響がおよぶ範囲はすでに市の境界ぎりぎりまで狭まっているが、それでも彼女らには敗北を認めさせなければならない。聖堂が支配する都市は世界中にまだ何十もある。それらの都市にこの教訓を学ばせる必要があるのだ。

フェイビアンはすでによその紛争の結果を聞いている。都市全体が焼かれていた――火の勢いや多くの蜘蛛の建造物の燃えやすさを考えれば、意図的かもしれないし単なる事故かもしれない。どちらの陣営でも虐殺が起きている。野生化した蟻の軍勢は、先祖返りを起こし、歯止めなく繁殖している。無線は毎日のように戦火の拡大を伝えている。〈大きな巣〉は改革運動に対する抵抗の象徴だ。〈大きな巣〉が降伏すれば、混乱から正気をすくい取ることができるかもしれない。

〝住民は自分たちの手で彼女を殺さなければならないだろうな〟ヴァイオラが考え込む。

一瞬おいて、フェイビアンはそれがだれのことなのかを理解する――ポーシャだ。彼自身もポーシャのことを考えると罪悪感で痛みをおぼえる。ポーシャはほかのどんな蜘蛛よりもこの戦争に責任があるが、彼女は自分がやったことには申し分のない理由があると考えている。都市全体を危険にさらしているのは、彼女なりの信念があるからだ。フェイビアンはいまでもポーシャに敬意を払っているし、ここに踊りを披露して命を捧げるべき雌がいるという、雄を惑わせるあのおかしなぐるぐるする感覚も消えてはいない。なんとも恥ずかしい原始的な感覚ではあるが、それが同胞の雄たちを駆り立てて種の存続という危険な行為を何百万年ものあいだ続けさせてきたのだ。

フェイビアンはちがう展開を望んでいるが、いま立っているこの場所からポーシャとの和解という結末に至るまでの道筋を思い描くことはできない。

〝では、先鋒を用意しろ〟ヴァイオラが承知しているとおり、フェイビアンはすでに地形や敵の兵力や自軍の能力を考慮し、最初の突撃のための特別な条件付けを設定している。彼の革新的な技術はこれまでもはるかに優位にある軍との戦いで勝利をおさめてきた。いま彼がそれを使おうとしている相手は数で劣り能力でも劣る防衛軍だ。

フェイビアンは匂いを放つ。彼はその技術に磨きをかけてきた。空気中の生理活性物質《フェロモン》を使うだけではなく、髭太筬虫の一群をそろえて、彼の指示を軍全体に伝える役割をあたえている。役に立つことで生きのびる権利を買い、その取引を常に意識しながら労働を提供するという、こちらが不安になるほど賢い昆虫たちだ。

そのときヴァイオラの見張りから明るい光が放たれ、触肢が明確な伝言を伝えてくる。〈大きな巣〉から総勢二十体を超える集団が姿をあらわす。先頭に立つのはヴァイオラが送り込んだ雄の使者だ。

フェイビアンは外肢から緊張が抜けていくのを感じる。〈大きな巣〉は対話を求めているのだ。

敵の代表団のほとんどはだれなのかわからない。いま実権を握っていると思われる雌たちについては一体も見覚えがない。記憶にあるのはほんのひと握りで、ポーシャの同輩房か聖堂からやってきた彼女の取り巻きだ。そいつらは糸で脚を縛られ、かつての政敵によって引っ立てられている。侵略者に引き渡されようとしているのだ。

事情がすみやかに語られる。〈大きな巣〉では政権交代が起きていた。市内の最高位で蜘蛛と蜘蛛との戦いが繰り広げられた。司祭たちは敗北して降格させられた。一部は身を隠し、伝言の神性をいまだ信じている者たちにかくまわれている。一部は逃亡したと考えられている。残った者は善意の印としてここに連れてこられている。

ポーシャについてはなんの説明もない。フェイビアンは彼女が一体だけで逃げている様子を想像する。彼女には生き延びられるだけの才覚があるし、〈大きな巣〉の聖堂という基盤を失ったいま、もはや世界の平和を脅かす存在ではない。いずれはヴァイオラたちか〈大きな巣〉のかつての仲間たちに追い詰められるだろうが、フェイビアンは彼女が生き延びてくれることを祈っている。どこかで静かに暮らせる場所を見つけて、なにか良いことをしてくれるといいのだが。

その後の条件面の交渉は過酷ではあるが不可能ではない。〈大きな巣〉を支配する新しい派閥は反抗と黙従とのあいだで微妙な綱渡りを続け、万事心得ているヴァイオラはそれに調子を合わせる。フェイビアンは〈七つの木〉の雌が交渉に身を投じるのを見てようやく、彼女もやはり、あの考えたくもない決定的な一歩を踏み出すのをなんとしても避けたいと思っていたことに気づく。

これは教義戦争の終わりではなく、終わりの始まりだ。〈大きな巣〉の陥落と転向は触媒でもあり未来への模範でもある。世界のあちこちで戦いは続いているが、いまも〈使徒〉の伝言がすべてだと信じている者たちは不利になるいっぽうだ。

もちろん、だれも神に語りかけていないということではないが、ポーシャとその支持者たちがしたようにただひとつの目的のために耳をすますことはなくなっている。〈使徒〉の機械の進歩は当初のめざましい勢いを失っているが、止まっているわけではない。進んで難題に立ち向かおうとする科学者はどこにでもいるもので、監視されながらも慎重に〈使徒〉へむかって語りかけ、ややこしい専門的な言語を蜘蛛の技術に見合ったものへ簡略化しようとしている。皮肉なことに、門外漢の指示を受けるようになったいま、忠実な信者たちの教義的にとらわれたやりかたでは達成できなかったかもしれない進歩が起きている。

そしていま、〈大きな巣〉が降伏してから間もなく、フェイビアンは〈七つの木〉の有力な雌たちのまえでうずくまっている——戦争のさなかに対面したのとよく似た集まりだ。もっとも優位にあるヴァイオラは、戦争の英雄という立場を確立しており、全員が逆境の中で交わした契約のことをおぼえている。フェイビアンは有力者たちが約束をひるがえそうとするときが来ることを予期していた。

味方はいるだろうか？　おそらく。ビアンカは有力者たちの中ではもっとも下っ端のほうだが、有力者であることに変わりはない。彼女自身の科学的な業績によるところが大きいとはいえ、フェイビアンとのつながりも同じくらい重要だった。

雌の有力者たちが集まって身を落ち着けると、あちこちでつぶやきが網を伝わる。ヴァイオラが手際よく彼女らを静かにさせる。

〝言うまでもなく、〈七つの木〉とその同盟国はおまえの発見に大きな恩義がある〟ヴァイオラは認める。〝われわれの化学設計者たちはすでに、おまえがもたらすことのできる精密な制御によって日常生活のあらゆる面が向上する可能性があると考えている〟

〝自分の研究が暴力の道具として使われるのを意図したことはいちどもありません〟フェイビアンは穏やかに語る。〝たしかに無限の可能性があると思います〟

〝よければおまえの計画をわたしたちに教えてくれないか？〟

雌たちは全員が静まり返り、フェイビアンがまちがった行動をとるのを待ち受ける。

〝わたしには自分の同輩房があります〟フェイビアンはそう言って、手始めに彼女らの大きな譲歩のひとつについて思い出させる。反感と不安がさざ波のように広がり、それからまた彼女らの老練な落ち着きの中へと消えていく。〝わたしの同輩たちはわたしの〈理解〉を共有しています。あなたが言うように、大きな変革をもたらすことができるものがたくさんあります。わたしはすでに始めています〟

〈大きな巣〉のビアンカは、フェイビアンを危険な小さな怪物と呼んでいた。ここでも全員がそんなふうに見ているのだろう。それどころか恐れているわけだが、彼の知る世界で雌が雄を恐れるのはこれが初めてのことかもしれない。フェイビアンが呼びかけたら、彼の意志と新しい行動設定の奴隷となった軍隊が自分たちに襲いかかってくるのではないかと考えているにちがいない。

だが、フェイビアンはそんなつもりはないし、ここであまり怖がらせたら雌たちは彼とその支持者を即座に殺しかねない――後世にどんな損失がおよぼうとも。急いでなだめなければ。〃わたしの同輩房はこの都市が世界最高のものとなる手助けをするでしょう。わたしの発見はいずれは世界に広めなければなりませんが、最初に使用した者は常に生みの母ですから、それを持たない者たちの軍を二度と恐れる必要はありません〃

強さをぐっと抑えた伝言が網の周縁部を震わせている。厳格で計算高い雌たちの視線がフェイビアンを目のまえに置かれた餌のように観察する。彼女らのほとんどがフェイビアンに立場をわきまえさせ、以前やむをえずあたえたものを取り戻そうとしている。こんな重大な問題について雄に責任を負わせてはいけないという長年の思い込みにより、よかれと思ってそうするのだろう。この有力者たちの頭の中では、約束を保留にしていることを正当化するために十とおりもの言い訳が渦巻いているはずだ。おそらくポーシャと同じような取引を持ちかけてくるのだろう――〃おまえを養い、尊重し、守ってやる――ほかに望むことなどあるまい？〃

〃最初の都市は〈七つの木〉であってほしいと思います〃フェイビアンは足踏みし、考えられる反応に対して身構える。

ヴァイオラが触肢をぴくりと動かして話を続けろとうながす。

〃わたしはみなさんに約束を守らせることはできません〃フェイビアンは語る。〃わたしはみなさんに〈使徒〉自身よりも多くのことをお願いしてきました。みなさん自身が生きて享受している自由をわたしとわたしの性別の者全員にあたえてほしいとお願いしたのです。それはささやかな要求ではありません。簡単に実現できることではありませんし、これから何世代もたっても、この改革を苦々しく思う者はいるでしょうし、性別によってあっさり殺されるかどうかが決まる場所も残っているでしょう〟蜘蛛の言語では多くの面で性別が不可欠であり、この概念自体が表現するのが困難であるため、言いたいことを説明するのにひどく遠回りをしなければならない。〝わたしに言えるのはこれだけです——わたしとわたしの性別の者たちにこうした基本的な権利をあたえてくれる都市は、わたしとわたしの同輩による奉仕を受け、それにともなうすべての利益を得るでしょう。〈七つの木〉がそうしないのであれば、どこかほかの都市が、より必死な都市がそうするでしょう。みなさんがここでわたしを殺しても、すでに市外にいるわたしの同輩たちの何体かは、わたしの〈理解〉を手に入れています。わたしたちは歓迎されるところへ行きます。みなさんがわたしたちをここで歓迎してくれることを望みます〟

フェイビアンは自身の運命について雌たちが激しい議論を繰り広げるにまかせる。のちに聞いたところでは、決定は僅差で、賛成と反対がほぼ同数だった。〈七つの木〉にその場で新たな派閥が誕生するところだった。尊敬されている家長たちがまるで子供の喧嘩のようにおたがいの脚の長さを比べるところまでいったのだ。最終的には、確実な傭兵《ようへい》としての利益が伝統面の妥当性よりも重んじられる——ほんの少しの差ではあるが。

フェイビアンは彼の尽力によって築かれた世界の完成を生きて見ることはない。〈大きな巣〉の降伏から二年後、自分の研究室で謎の集団によって殻だけになるまで体液を抜かれて死んでいるのを発見される。多くの者は〈七つの木〉の怒れる伝統主義者たちのしわざだと考えている。敗北した都市の聖堂から来た狂信者たちに見つかったのだと主張する者もいる。だが、戦争はすでに終わっていたし、蜘蛛が復讐《ふくしゅう》のための復讐をすることはない。たとえ敗北しても実利的かつ建設的な方向へ進むのがふつうだ。

加害者はポーシャではないかという説もあるが、彼女の名前はあれ以来不思議な神秘性を帯びている――よく話には出てくるが姿を見かけることはなく、最後の居所と運命は謎に包まれたままだ。

だが、そのころにはフェイビアンの新しい行動設定はもはやなかったことにはできなくなっている。彼の大規模な同輩房は、全員ではないがほとんどが雄で、〈七つの木〉をはるかに超えて広がっている。〈理解〉は慎重に保護されているが、その優位性は積極的に貿易の材料として輸出されている。技術革命が世界を席巻《せっけん》しているのだ。

それはすでに〈使徒〉と語る者たちにも届いている。フェイビアンの天賦の才能を神の問題に適用する試みはまだ始まったばかりだが、彼が戦争中に得た啓示――あの新しい行動設定は神が彼らに作らせようとしているものに近い可能性がある――は、ほかの大勢の探究心ある者たちの夢でもある。

そして冷たい軌道上にあるのは、融合したアヴラーナ・カーンと監視ポッド、そのコンピュータシステムとそれがときどき着けるイライザの仮面だ。カーンは自身の創造物と必死になって対話を試みている。彼女の猿と思われる相手には共通言語を教えた。もともとは簡略化したインペリアルCだったが、猿たちが勝手に使うようになって、未知の概念が色濃いものへと急激に変貌している。彼女は緑の惑星の住民との最初のやりとりで、人類の長い歴史における新たな境地を切りひらいたことを自覚している。だがそれを共有する人間が（彼女の見解では）いないので、成功の喜びを味わうことはない。しかも、徐々にわかってきたことだが彼女の新しい民は思考の枠組みがまったくことなっているようだ。同じ言語を使っていても、両者のあいだに彼女が期待するような概念の共通性があるとは思えない。

カーンは猿たちのことがどんどん心配になっている。彼らは仲間である霊長類から予想される以上に彼女から遠く離れているように見える。

カーンによる直接の干渉が、その願望を新興の文化にねじ込むという点において、猿たちを優しく励まして近づいてくるよう仕向けるというブリンのミッションの規定に完全に反することはわかっている。だが時間がないのだ。監視ポッドの電力は、カーンがあまりにも長く眠り続けていたあいだに徐々に減少し、その後のギルガメシュや、そのドローンやシャトルとの対決のせいでほとんどゼロまで枯渇していた。太陽電池はのろのろと充電を続けているが、エネルギー不足はすでに大きなダメージとなっていて、ポッドの最重要システムを稼働させ続けるために絶え間なく発生する膨大な作業負荷をゆっくりとため込んできた自動修理システムは飢餓状態にある。

カーンは自分がいまや真の生物というより生命システムに分類されるべきだということを自覚してますますみじめな気持ちになっている。機械が消えて彼女が始まる境界線はもはや存在しない。アヴラーナ・カーンのどこをとっても自力で生存できる能力はなくなっている。イライザとアップロード版の自分と生物脳であるひからびたクルミは分離不可能だ。

カーンは自動化された作業場の計画を猿たちに伝えようとしてきた。そうすれば指示をあたえて惑星上で建築作業を始めさせることができる。あとは彼女自身を重力井戸の底へむかって一データずつ転送すればいい。ついに樹上で暮らす人びとに会える。なにより重要なのは、彼らとしっかり対話ができるということだ。相手の目を見てこちらの真意を説明することができる。

猿たちの進歩はひどくのろのろしているが、時間はアヴラーナ・カーンにとって充分あるとは言えない数多くの要素のひとつだ。どうにも理解できないことだが、彼女の惑星で生まれたと思われるテクノロジーは、地球のそれとはまったくちがう方向へ進化している。まだ車輪すら発明されていないようだが無線機はあるのだ。カーンが作業を課そうとしても、その多くはなかなか理解してもらえない。そのせいでカーンのほうも彼らが語ることの多くが理解できない。猿たちが使う専門用語は閉ざされた本のようなものだ。

それは嘆かわしいことだ。なぜならカーンは猿たちに準備をさせる必要がある。警告をあたえる必要がある。

あなたたちは危険にさらされていると。

ギルガメシュが戻ってくると。

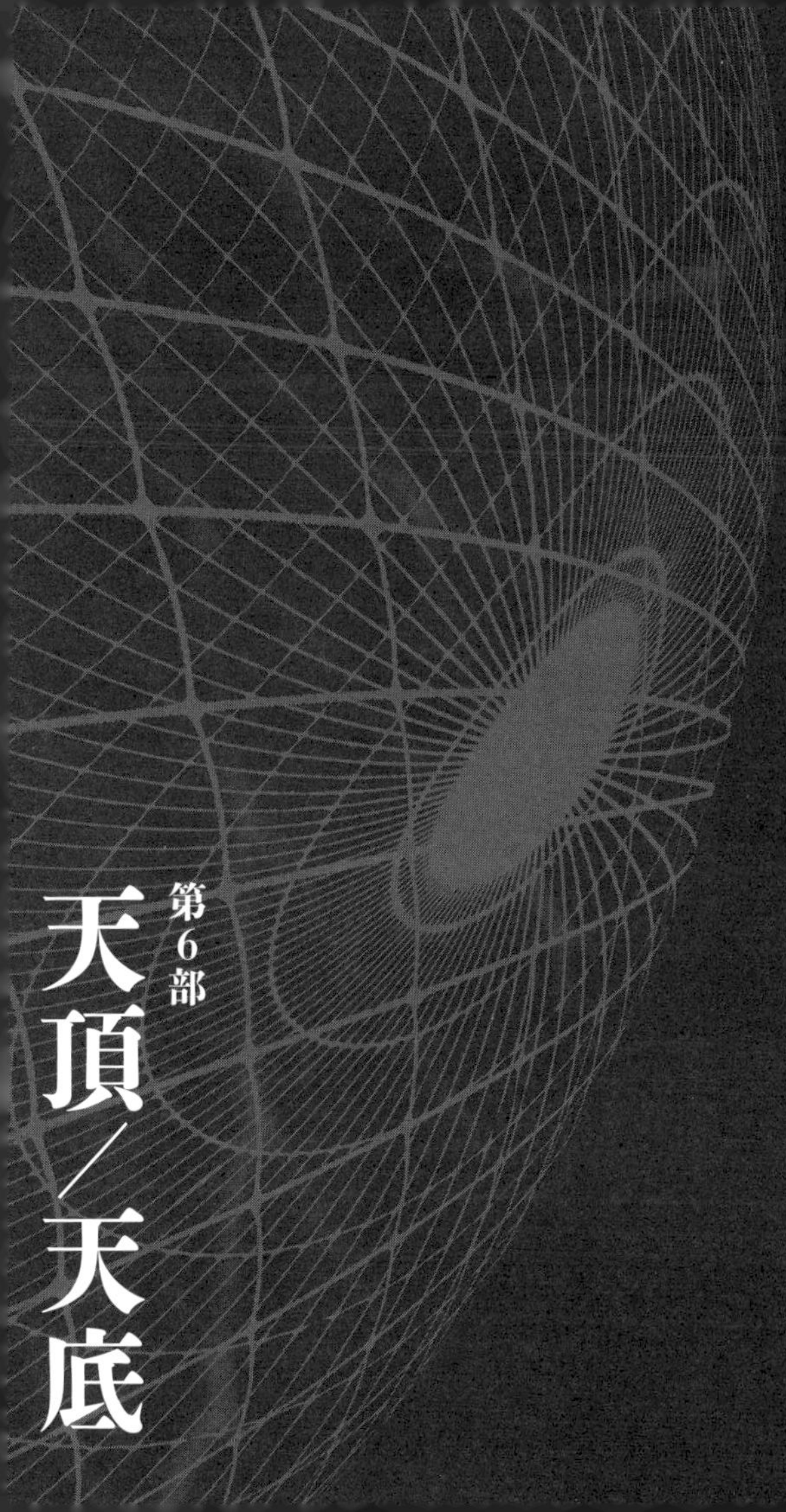

第6部

天頂／天底

6.1 気球があがる

ポーシャは芸術作品が作られるのを見守っている。

彼女は緊張でそわそわしている――芸術そのもののせいではなく、目のまえに大きな仕事があり、それにすっかり気をとられているのだ。どんなに調子のいいときでも物語彫刻の観賞は得意とは言えない。これがすべて彼女の栄誉をたたえるためにおこなわれているとは残念なことだ。

もちろんポーシャだけではない。十二名の乗組員すべてが顔をそろえ、注目と称賛を浴びている。ポーシャは名目上ですらこの航海の指揮官ではない。だが、もっとも大きな危険があるのは彼女の任務だ。〈七つの木〉に属する〈大きな巣〉地区で響き渡っているのは彼女の名前だ。

ポーシャは弱気を振り払い、演技だけに集中しようとする。三体の身軽な雄の演者が、偉大な科学者であり解放者である殉教者フェイビアンの物語を語っている。わずか数本の補助用の糸から始めて、三次元で物語を紡ぎ、交差したり結び目を作ったりしながらどんどん展開する動的な糸の彫刻により、有名な開拓者の生涯のさまざまな場面、そして最後の死の場面を描き出していく。どの場面もひとつまえの場面を芯にして構築されるので、そこに生み出されるはかなく繊細な彫刻は、成長し、枝分かれし、常に進化する視覚的な物語となる。

ポーシャは退屈している自分を恥じる。彼女にはこの芸術形式を正しく評価できる詩的な気質がない——物語を追うために必要な引喩《いんゆ》や模倣子《ミーム》は彼女の〈理解〉の中には見当たらない。ポーシャは単純で本能的な喜びを求める現実的な生物だ。狩りをし、格闘し、木にのぼり、交尾する。昔ながらの追求物だが少し古くさいかもしれない。そういうことは時代を超越していると思いたい。

もちろん、市内の保管庫へ出かけて〈理解〉を入手すれば、すぐにこの芸術のすばらしさがわかるようになるだろうが、それでなにを失うのか？　精神に保存できるものには上限があるので、あまり評価されていない能力や知識が押し出されることになる。多くの同胞たちと同じように、ポーシャはいまの自分に満足して成長してきたので、よほど必要でなければ変更はしたくない。

がまんできる限界までその場でじっとして、ますます複雑になる芸術作品を礼儀正しく見つめ、観客の楽しげなざわめきを感じても、それは自分には縁のないものだと痛感するばかりだ。とうとう、巨大な天幕の下で群衆の中にそれ以上とどまることができなくなり、ポーシャはできるだけこっそりと外へ忍び出る。なにしろこれは彼女のための夜なのだ。だれにも文句を言われることはない。

外に出ると、そこは〈七つの木〉の科学地区である大都会の中心部だ。もっと高さと澄んだ空気がほしくなったので、外肢を次々と差し延べて、糸を枝を伝いのぼり、やがて頭上の暗い空が見えるようになると、小さく輝く星ぼしを捜す。学習と〈理解〉により、それらが距離の概念など無意味になるほど遠くにあることは知っている。それでも、ポーシャは荒れ地で過ごした夜のことを思い出す――蜘蛛の共同体とそれに付随する支援組織がこれだけ成長しているのに荒れ地はまだ存在するのだ。生物発光による街明かりの絶え間ない輝きから離れると、星ぼしはさわることができそうなほどくっきり明るく見える。

だがここでは、周囲にあるものすべてが緑と青と紫外の百種類もの色合いに輝いているため、星ぼしはめったに見ることができない。おかしなことだが、仕事のために科学の進歩の最先端にいるはずのポーシャは、生命が自分を追い越している、それどころか置き去りにしているように感じている。

ポーシャの中にある〈理解〉を最初に保持していたのは遠い祖先の狩猟者で、その生活は常に厳しいものだった――自分自身とその親族を養うために働き、いまでは安全に家畜化されたか絶滅したか地図上のもっとも荒涼とした片隅へ追いやられるかした古代のさまざまな敵を撃退する。ポーシャは――このポーシャは――自分が受け継いでいるこの簡略化され美化すらされた過去の記憶を振り返り、いまほど複雑ではない暮らしに憧れをいだく。

振動を感じたので下へ目をやると、だれかがポーシャへむかってのぼってくる。フェイビアンだ――このフェイビアンは、偉大な解放者にちなんで名づけられた無数の雄の一体に過ぎない。総勢十二名の乗組員に含まれる二体の雄のうちの一体であり、彼女専用の助手でもある――選ばれた理由は頭の賢さと体の敏捷《びんしょう》さだ。

〝圧倒されるでしょう?〟

フェイビアンには的確なことを言う才能がある。その言葉が下の演技を意味していようが周囲にごちゃごちゃと広がるまばゆい大都市を意味していようが問題ではない。明日、歴史が作られるのだ。

それからフェイビアンはポーシャのために踊る。彼女が浮かない気分でいるのを感じ取り、今夜少しばかりおだてて思いやりをしめしておけば明日のためになると考えたのだ。群衆から離れたところで、フェイビアンはポーシャのために古来よりの求愛行動を披露し、それは受け入れられる。一夫一婦制――というか一雌一雄制――は蜘蛛にはあまりなじみのない概念だが、深くなじんでいる雌雄《しゆう》も一部には存在する。フェイビアンは彼女のためだけに踊り、ポーシャはほかの雄の誘いを拒絶する。

いつものように、踊りが最高潮に達して、フェイビアンが彼女のまえに捧げ物を置いたとき、ポーシャはこのやりとりを致命的な終幕まで押し進めたいという心の奥深くに埋もれている衝動を感じる。だが、それはすべてこの体験の一部であり、刺激と臨場感を高めただけで、すぐに彼女のより文明的な性質によって打ち消される。最近はそういうことはめったに起こらない。

二体の下では、演技のほうも山場を迎えている。終わったあと、演者たちはすべてを引き下ろし、自分たちが紡いだ糸を吸収してその傑作を解体する。ほかの多くのものと同様、芸術も一過性のものなのだ。

市内の別の場所、学習と研究の中心地――数は減ってきたとはいえまだ未知のものを受け入れられない教区民のための〈大きな巣〉の聖堂でもある――では、ビアンカがぎりぎりまで準備を続けている。彼女はポーシャが選んだ乗組員ではないが、この任務全体に関わってきた。明日の旅立ちについてまるで母親のような気持ちになっているのは、彼女がこれから起ころうとしている多くのことを裏方として推進してきたからだ。ビアンカの真の意図はほかの者が疑っているような邪悪なものではない。彼女はより広い思考力とより遠くを見通す力を兼ねそなえた比類なき精神の持ち主なのだ。

ビアンカは生まれつきの博識家で、つまり平均的な蜘蛛よりもはるかに多くの〈理解〉を吸収できる。ポーシャとはちがい、ビアンカはしばしば精神を切り替える。彼女が自身をどのような存在であると考えるかを決めるのは、彼女の学習する能力と欲求でしかなく、彼女が一時的に有する個々の能力ではない。現在、ビアンカは無線操作、化学、天文学、工作、神学、数学に熟達しており、その精神は複雑にからみ合った知識であふれかえっている。

同族がみな眠りにつく時間をはるかに過ぎてから、ビアンカは自身の計算を確認し、再確認し、数値の図式化と二重確認を指示している蟻の群れのために問題解決用の行動設定を設計する。

ビアンカが新たに発見した神学は、彼女がもともと思慮深いこともあって、いま進めている思いきった企てについて畏敬と崇拝の感覚をもたらす。自信過剰とはあまり縁のないほうだが、一体だけでこの管制室にいて、頭の中にある計画の複雑な道筋を順にたどっていると、まさにそんな気持ちになってくる。

ビアンカには、数知れぬ世代にわたる奮闘と成長を振り返ることができる稀有《けう》な視野があるので、歴史に輪郭と質感をあたえ、すべてのポーシャやビアンカやフェイビアンたちがそのあいだに少しずつ積み重ねてきた貢献を正しく評価できる。彼女らはそれぞれが蜘蛛の知識の総体に〈理解〉をもたらしてくれた。それぞれが拡大する進歩の網の結び目となってくれた。それぞれが先祖の一歩先を行く道の計画を立ててくれた。きわめて現実的な意味で、ビアンカは彼女らの子供であり、彼女らの知識と勇気と発見と犠牲の産物なのだ。彼女の精神は死んだ祖先の生きた知識で満たされている。

ビアンカは、自分が偉大な先達たちの背中に立っていて、自分の背中もこれから何世代も続く後進たちの重みに耐える強さをもつようになるのだと強く実感する。

翌朝、ポーシャと乗組員たちは都市の建造物がまばらになってついにはなにもなくなっている場所に集合する。そこは広大な農地の中で、まわりを囲むいぼだらけのずんぐりした木々は地平線まで広がり、防火帯と農耕蟻たちが踏みならした小道で仕切られている。いい天気だ——曇ってはいるが予想どおり風はほとんどない。この瞬間はすでに二度、悪天候のために先送りにされていた。

ポーシャは緊張が解けずにじっとしている。乗組員たちはそれぞれのやりかたで緊張に対処している。うずくまる者、走りまわる者、取っ組み合いをする者もいれば足をいらいらと踏み鳴らして無意味なおしゃべりを続ける者もいる。指揮官のヴァイオラが乗組員たちのあいだをまわって、ふれたり、なでたり、触肢をひくつかせたりしてなだめている。

フェイビアンがだれよりも先に〈空の巣〉を見つける。

これだけの距離があるのに、それが〈七つの木〉を見おろして浮かぶ姿は途方もなく巨大で、〈大きな巣〉地区の上空を目の錯覚かなにかのようにするすると滑空している。銀色に輝く気嚢《きのう》はいまは三百メートルもの長さがあり、その下に吊るされた細長い船室をひどくちっぽけに見せている。あとでこの気嚢を現在の二倍の長さにのばし、揚力重量比を計画に必要な極限まであげることになっている。

蜘蛛たちは最初に〈理解〉を手に入れるまえから蜘蛛糸を使って滑空していたが、知性の向上にともなってこの技術も改良が重ねられてきた。そのあいだに化学合成により必要なだけ水素を利用できるようにもなった。糸と軽量の木材をもちいた工作技術、さらには動力を使った空気より重い機体の飛行実験を経て生み出されたのが、羽のように軽くて浮力のあるものだった。飛行船の建造は蜘蛛たちには容易に受け入れてもらえる。

綱が基幹搭乗員によってばらばらと落とされ、ほぐれて百メートル下の地上まで到達する。ようやく動き始めたことにほっとしながら、ポーシャたちは特に苦労をすることもなく綱をよじのぼる。飛行隊長からヴァイオラへ手短に儀式ばった引き継ぎがおこなわれたあと、搭乗員たちはそれぞれの綱を懸垂下降《けんすい》して〈空の巣〉を新たに乗り組む者たちに託す。

この飛行船は工学技術の勝利であり、低空の乱気流にも耐えられるほど頑丈でありながら、気嚢を完全にのばしてぱんぱんにすれば、これまでは到達できなかった高さまで上昇することができる。船全体の空力断面は流動的で、内部に張りめぐらされた綱によってそのときどきに決定される。いま、船は強さを増す風の中へと上昇し、新しい乗組員が身を落ち着けるのに合わせて構造を自動的に変化させていく。

目標とする高度は彼女らの世界よりもはるかに上なので、そもそも高度と呼べるかどうかもあやしい。しかもそこまで行っても、一同の中でもっとも冒険好きな者——ポーシャ——にはもっと遠大な旅が待っている。

ヴァイオラは乗組員が所定の位置についたことを確認してから、円筒形の乗員室の前端でポーシャと合流し、眼下へ遠ざかっていく大地をかすかな揺らぎをとおして見つめる。気嚢は追加された水素でさらにふくらみ、〈空の巣〉が速度をあげて上昇するにつれて、その先端が流線形に変わっていく。この船首部分には無線機があり、飛行船の頭脳につながる主端末も用意されている。

ヴァイオラが目のまえの台にある一対の穴に触肢を差し込むと、〈空の巣〉がいまどんな状況にあり、すべての構成部品がどんなふうに維持されているかを伝えてくる。まるで無線で話しているようでもあり、生き物と話しているようでもある。彼女はいちどだけ〈使徒〉と話をしたことがあり、〈空の巣〉との対話はそれとよく似ている。

ちっぽけな触角がヴァイオラの触肢の繊細な毛をなでたりはじいたりして、触覚と嗅覚で情報を供給してくるのだ。そばで待機している二体の乗組員がここの端末で化学的な指令をあたえると、すぐにそれは船全体へと広がっていく。

蜘蛛糸と水素から成る物体を大気圏の上層部へ運ぶために必要な計算は、博識家であるビアンカにとっても難題であり、だからこそ彼女は船がみずから考える設計にした——蜘蛛の乗組員の指令に無条件で従う、忍耐強く、献身的な知性体だ。飛行船には蟻がうようよしている。この特殊な種は小柄で、働き蟻は最大でも二糎《センチ》しかないが、複雑な条件付けを受け入れる能力がある。それどころか群れは条件付けの多くをみずから記述していて、常備している化学的行動設定により船の状況についてじかに情報を受け取り、乗組員の介在なしでそれに対応することができる。

蟻たちはどこへでも移動できるが、巨大な船の絶え間ない変形と連係をとるには物理的に歩行速度が遅すぎる。蜘蛛の生物工学は培養組織をもちいてこの問題を回避している。何世代ものあいだ人工筋肉が単軌道の莢やそのほかの力ずくの装置の動力源として使われてきたように、ビアンカは化学工場につながる人工神経回路網の開発を進めてきた。そのおかげで莢に乗り込んだ蟻たちは広範囲に散らばった群れの各構成要素まで歩く必要がない。その代わりに船の神経をとおして信号を送り、それがほかの終端で化学的な指示に変換される。神経回路網は——無生物も生物もひっくるめて——まるで異様に特殊化された新しい階級のように群れの一部となっている。蟻たちは一部の接続を切ってほかの部分の成長をうながすことでその複雑な構造を変更することさえできる。

ビアンカはほかの蜘蛛たちとはちがって、自分が作ったもの——あるいは育てたもの——が、いつの日か、計算はできるが意識を持たない者と真の知性体とみなせる者とを隔てる漠然とした一線を越えるかもしれないと考えている。同輩たちなら警戒心をいだきかねないその可能性が、しばらくまえから彼女の心を占めてきた。実際、ビアンカがいま進めている私的な計画は、その方向でさらに発展させた考えのいくつかと深いつながりがある。

〈空の巣〉では、乗組員たちが大気圏上層部の過酷な状況にそなえて準備をしている。莢は二重構造になっていて、蜘蛛糸の膜の間にある空気の層が大気の薄い領域で必要となる断熱性をもたらしている。莢と気嚢の外皮を織りあげている銀色に輝く糸は、太陽の光を分散させ反射させる有機物だ。

〈空の巣〉は一行をうっすらと広がる雲へむかって運んでいく。二体の乗組員が軽い蜘蛛糸の衣服を着込んで気密室を通過し、神機関の作動状況を確認する。そんなふうに呼ばれるのは〈使徒〉からじかに受け取った概念を発展させたものだからだ。古き神からの指令の一部として教えられるまで、だれも回転運動の概念を思いつかなかった。いまは、生体電界が軽金属製の羽根を回転させて〈空の巣〉を大地から着実に引き離している。

一部の乗組員はきらきらと光る窓のそばに集まって、下に見える都市が、多層化した文明の大きな広がりから子供が紡いだ絵のような雑然とした殴り書きへ縮んでいくのをながめている。気分はすっかり高揚している。ポーシャだけはそれを共有していない。相変わらず真剣で、内にこもり、自分の職務にそなえようとしている。気を落ち着けるために仲間から離れ、何世紀ものあいだ彼女の民と共に旅をしてきた真言を、最初の伝言がもたらした大昔の心強い数学をゆっくりと慎重に紡いでいく。彼女が先祖返りをした熱狂的な信者だというわけではなく、遠い祖先たちがそうだったように、その伝統から慰めと安心感を得ることができるからだ。

船室の前方で、ヴァイオラの合図に応じて、無線操作員が万事順調だと送信する。下の〈大きな巣〉地区では、ビアンカが彼女らの伝言を受信して、〈空の巣〉ではなくもっと遠くへ自分の通信文を送る。

ビアンカは簡単な声明で神に呼びかけている――〝これから行きます〟

6.2　過酷な状況にある老人

なにかが焼ける匂いで目を覚ました。過負荷になった電気機器のかすかな悪臭を鼻孔に吸い込みながらじっと横たわり、落ち着いて考え始める――〝冷たい冷凍、熱い匂い、冷たい冷凍、熱い匂い、おもしろい……〟

それから少しもおもしろくはないと気づいた。むしろそれとは正反対で、彼はまたもや棺の中にいるだけでなく、今度はその埋葬が火葬になっていて最悪のタイミングで息を吹き返したのだ。

口をあけて叫ぼうとしたが、割り当てられた小さな世界を満たしている刺激臭でひどく息が詰まってしまった。

そのとき、金属がねじれプラスチックが割れるかん高い音と共に蓋《ふた》がはずれた。ちょうど手で押したときだったので、一瞬だけ超人的な力があたえられたような気がした。

ホルステンは叫んだ。言葉ではなく、なにか特別な感情のこもった音でもなかった――恐怖でも勝利でも驚きでもない。それはただの雑音で、やかましいだけで意味はなく、口が未使用のチャンネルに合わせられたままになっているかのようだった。蹴ったり引っかいたりしてなんとか冷凍タンクのへりを越えたが、今回はだれも受け止めてはくれなかった。

強烈な衝撃で我に返ると、メインクルー用のフロアに横たわっていることに気づいた。単にみっともないというだけでなく、痛みと観客までともなっていた。そこにはほかに三人いて、自由の身になろうとして暴れる男から用心深く身を引いていた。ホルステンはそいつらに目を向けるのさえいやだった。反逆者かもしれない。死んでも永遠に生きるサイバネティックな神に彼を献上しようとしている不気味なグイエン信者かもしれない。変装した蜘蛛かもしれない。このときばかりは、まわりにほかの人びとがいてもなにひとついいことがないように思えた。

「古学者のドクター・ホルステン・メイスン」女の声が言った。「あなたと名前は一致していますか？」

「おれは……ああ、それが？」相手の質問は正常と異様のはざまにあった。

「肯定とみなします」男が言った。「ドクター・ホルステン・メイスン、どうぞお立ちください。あなたは移動になります。心配するようなことはありませんが、あなたの冷凍タンクが不安定になっていて修理が必要なのです」たったいまこの連中が棺の中の肉を手に入れるために蓋を引き剝がしたという事実についてはなんの言及もなかった。「あなたは別の冷凍タンクに入れられて冷凍状態に戻されますが、使える冷凍タンクがない場合は、用意ができるまで一時的な宿泊施設に収容されます。あなたにとってつらいことだというのは承知していますが、すべては船の正常な運航を取り戻すためなのです」

ようやく、ホルステンは顔をあげた。

三人は船内服を着ていて、それは良いことであるはずだった。動物の皮を身にまとっているのではないかと予想していたのだ。ギルガメシュにたくさんいる動物は一種類だけなので、それは二重に不愉快な考えだった。

女がふたりに男がひとり、みな驚くほどきちんとしていて清潔感があった。一瞬、自分がなぜそんなに驚いたのかよくわからなかったが、そこで思い当たった。もしもこれが偶発的な非常事態で、もしもこの三人がクルーだとしたら、全員がだらしない格好で疲れた目をしているはずだし、男はひげを剃っていないはずだ。ところが、彼らは時間をかけて身なりをととのえていた。そのくせ船内服はどう見ても新しくはなかった。くたびれて傷だらけで継ぎを当ててある——それも何度も。

「どうなっているんだ？」

励ましの言葉をすらすらと並べた男がふたたび口をひらいたが、ホルステンは片手をあげてそれをさえぎり、立ちあがった。

「ああ、わかったよ。どうなっているんだ？」

「いっしょに来てください、ドクター・メイスン」女たちのひとりが言った。

ホルステンはいつの間にか両手で痛ましいほど小さなこぶしをつくってあとずさりしていた。「いや……だめだ、世紀が変わるたびに、バカげた願望をかかえた頭のおかしい連中に、なにも教えてもらえないまま引っ張りまわされるのはもうたくさんだ。どうなっているのか教えてくれないのならおれは……おれは絶対に……」だが、まさにそれが問題だった。そのとき偉大なるホルステン・メイスンはなにをする？　この広大な宇宙でちっぽけな怒りを爆発させるのか？　蓋のない棺に戻って胸のまえで腕を組んで死者が眠っているふりをするのか？

「だから、おれは絶対に……」ホルステンはあらためて口をひらいたが、もうなにも言う気にはなれなかった。

三人は視線をかわし、しかめっ面や眉の動きで意思を伝えようとした。とりあえず力ずくでどこかへ連れて行くつもりはなさそうだ。いまのところは。ホルステンはなにかないかとメインクルー用のフロアへ必死に視線を走らせた。

少なくとも半数の冷凍タンクは蓋がひらいていた。ほかの何台かは閉じたままで、外部パネルは正常に機能していることをしめす冷たい青色の輝きをはなっていた。それ以外は緑がかっていて、中には黄色くなっているのもあり、ホルステン自身の冷凍タンクの表示もそうなっていたのかもしれなかった。彼はそのうちの一台に近づき、カーストのチームにいた記憶がある男の顔を見下ろした。ならんだパネルにはあまり良くない知らせのように思われる小さな警告がいくつも表示されていた。

「ええ」女たちのひとりが彼の視線に気づいて説明した。「やるべき仕事がたくさんあるんです。優先順位をつけないと。だからいっしょに来てほしいんです」

「なあ……」ホルステンは身を乗り出して女の船内服についている名前を見た。「エイレン、おれが知りたいのはギルガメシュの状況と、それから……きみはエイレンじゃないな？」ふいに科学班の一員であるほんもののエイレンのことを思い出したのだ――ヴィタスとはもちろん、だれともあまり仲良くできなかった鋭い顔立ちの女性だ。

ホルステンは身を引き、三人にたずねた。「どれだけたった？」

「いつからです？」興奮しやすい動物を脅かすまいとしているかのように、三人はゆっくりとホルステンに近づき、壊れた棺のまわりに広がって逃げ道をふさいだ。

「おれが……グイエンが……」名前を出してもわかるはずがない。グイエンが何者かということも伝わっていないだろうし、さもなければ神話の中で悪魔のような存在とされているかもしれない。この連中は船で生まれた、ギルガメシュの子供たちだ。すらすらと出てくる言葉、船内服、いかにも有能そうな見かけ、それらはすべて演技なのだ。彼らはとっくに消えたすぐれた人びとのまねをしている猿に過ぎない。ほんもののタンクが破壊されたあと、ホルステンが連れていかれる「新しい冷凍タンク」とは、何本かワイヤが取り付けられた箱でしかないのだろう――愚直な野蛮人たちによって作られた積荷カルトの棺。

ホルステンは武器になるものがないかとあたりを見まわした。手近にはなにもない。ほかのメインクルーを叩き起こし、守護モンスターかなにかのように保安隊員をぱっと飛び出させてこいつらを追い払おうというバカげた考えが浮かぶ。それを実現する方法を考えているあいだ、この迫害者たちがじっと待っていてくれるとは思えなかった。

「ドクター・メイスン、お願いします」女たちのひとりが根気強く呼びかけてきた。ベッドに戻ろうとしない混乱した老人を相手にしているかのようだ。

「おれがだれなのか知らないくせに！」ホルステンは三人に向かって叫び、身をかがめてどうやってか冷凍タンクのヒンジが壊れた蓋を持ち出した。その不安定な重さは、この世には自分が制御できるたしかなものがあるという奇妙な安心感をあたえてくれた。

ホルステンは蓋を投げつけた。のちに彼は驚きをもって思い起こすことになる――自分が一時的に変貌したこの荒れ狂う見知らぬ男が、ひらいた棺の上から三人に向かって不格好なミサイルを振りあげている様子を。蓋は相手の差しあげた腕に狙いどおりぶつかって、そいつらを行く手からはじき飛ばし、ホルステンはそのかたわらを駆け抜けると、寝巻を背後にはためかせてメインクルー用のフロアを飛び出した。

行き先をまったく思いつかなかったので、記憶にある通路をつまずきよろめきながらひたすら進んだが、彼が留守にしていたあいだにそこはなにか奇妙な壊れたものに変わっていた。いたるところで壁のパネルが剝がされて、配線がむきだしになり、その一部はもぎ取られたり切断されたりしていた。だれかが内側からギルガメシュの皮を剝ぎ、数え切れないほどの分岐点で臓器や内部構造が露出していた。ホルステンは末期状態まで悪化した病気に屈服する肉体を思い浮かべずにはいられなかった。

　ホルステンの行く手に、オレンジ色の船内服を着てさらに身ぎれいにした野蛮人がふたりいた。彼らはからまった配線をいじっていたが、ホルステンの背後から響く叫び声を聞いて急に立ちあがった。

　突破するしかないのはわかっていた。この段階における唯一の希望は走り続けることであり、そうすれば少なくともここではないどこかへたどり着けるかもしれなかった。ここはホルステンがいられる場所ではない。ここは内側から壊されようとしているでかくてもろい宇宙船だ。だれがそんなところで生きのびられる？

〝なにがあった？〟ホルステンは必死に自問自答していた。〝レインはグイエンの感染を封じ込めようとしていた。おれにできることはなにもなかった。結局は眠りにつくしかなかった。じゃあどうしてこうなった？〟これまで知られていなかった病気にかかったみたいだった。歴史から切り取られたあまりにも多くの瞬間があまりにも短い個人の時間に詰め込まれたせいで乗り物酔いのようなものを感じていた。

〝これで終わりなのか？　これが人類の末路なのか？〟

　前方にいる野蛮人たちとの激突にそなえて身構えたが、行く手をさえぎる者はいなかったので、ホルステンはぽかんと見つめるふたりのかたわらをよろよろと通過した。一瞬、そのふたりの目をとおして自分の姿を見た――壁にぶつかりながら走る、目を血走らせた、尻の垂れた老人。

「ドクター・メイスン、待ってください！」声が背後から呼びかけてきたが、待つわけにはいかなかった。走りに走ったが、結局は展望ドームに追い詰められ、飛び降りると脅して追っ手を阻止しようとしているかのように、流れる星野を背にするかたちになった。

もはや追っ手は三人だけではなく、騒ぎを聞きつけてさらに十人ほどが集まってきていた。男よりも女のほうが多く、全員が死人の名前が書かれた古い船内服を着た見知らぬ人びとだった。ホルステンには逃げる場所がないのに、だれもが用心深く見つめている。彼を目覚めさせた三人は、服装や顔に明らかに生活感があるほかの人びとと比べると、明らかに身なりがきちんとしていた。〝歓迎委員会か〟ホルステンは皮肉っぽく考えた。〝何年だか知らないが今年の人食いベストドレッサー賞をやらないとな〟

「なにが望みだ？」ホルステンは宇宙を背に追い詰められた気分のまま、息を切らして問いかけた。

「あなたに新しい冷凍タンクを割り当てる必要が――」歓迎委員会の男が、相変わらず明るく、落ち着いた、嘘くさい口調で言いかけた。

「ちがう」別のひとりが言った。「言っただろう、こいつはちがう。こいつには特別な指示が出ている」

〝ああ、やっぱり〟

「だったら教えてくれ」ホルステンは話し始めた。「ほんとうは何者なんだ？　たとえばおまえ！」エイレンではない女を指差す。「おまえはだれだ？　ほんもののエイレンはどうなった？　おまえはいま彼女の皮を――いや服を、彼女の服を着ているだろう？」自分の中で深い狂気が解き放たれようとしているのを感じた。この盗んだ船内服を着たまじめで礼儀正しい連中は、あの反逆者たちよりも、あのぼろぼろのローブをまとったカルト信者たちよりもホルステンを怖がらせ始めていた。なんでいつもこうなるのか？「いったいなにがいけないんだ？」ならんだ人びとの表情を見て、自分が声を出していることに気づいたが、言葉が止まることはなかった。「このクソな卵の殻みたいな船でおたがいを引き裂くことなく平和に暮らすことができないのはなぜだ？　おたがいを支配しようとして、おたがいに嘘をついて、おたがいを傷つけずにいられないのか？　おれがどこにいるべきだとかなにをするべきだとか、おまえたちは何者だ？　哀れなギルガメシュになにをしている？　おまえたちみんな、いったいどこから来たんだ？」最後の言葉が金切り声になってホルステンはぎょっとした――自分の中にあるなにかが制御も修復もできないほど壊れてしまったような気がしたのだ。いっとき、ホルステンは口をあけたまま異質な若者たちを凝視し、彼自身を含めた全員がまだ言葉が出てくるのだろうかと待ち受けた。口が変形してねじれ、嗚咽《おえつ》が胸をつかんで締めあげる。きつすぎた。いままでずっときつすぎた。何千年もまえの守護天使の狂気を翻訳した。誘拐もされた。この世の恐怖が這いまわる異質な世界を見た。恐怖にさいなまれた。愛にさいなまれた。神になりたかった男に出会った。死を目《ま》の当たりにした。

大荒れの数週間だった。宇宙はその衝撃を吸収するために何世紀もの時間をあたえられたが、ホルステンはそうではなかった。起こされては殴られ、起こされては殴られで、冷凍タンクで固まっていても心の平静を取り戻すことはできなかった。

「ドクター・メイスン」ひとりが執拗なまでに礼儀正しい口調で言った。「わたしたちは技術班です。みんなクルーの一員なんです」そのあと、ホルステンがさっき指差した女が付け加えた。「エイレンはわたしの祖母でした」

「技術班？」ホルステンは思わず口に出した。

「船を修理しているんです」また別の若者がとても熱心に説明した。

この新しい情報は出口を探すコウモリの群れのようにホルステンの頭の中でぐるぐると回った。〝技術班。祖母。修理〟「どれくらいかかるんだ？」彼は震える声で言った。「船の修理には」

「必要なだけです」エイレンの孫娘がこたえた。

ホルステンはすわり込んだ。それまであった強い怒りや正義感や恐怖、すべてが身のうちから本能的に排出されたせいで、あたりをただよう使い果たされた感情に取り囲まれているような気がした。

「なぜおれを？」ホルステンはささやくように言った。

「あなたの冷凍タンクが緊急に処置を必要としていました。起こすしかなかったのです」歓迎委員会の男が言った。「新しい冷凍タンクの準備ができるまでのあいだ、どこか待機できる場所を見つけるつもりだったんですが、実は……」仲間のひとりに目を向ける。

「特別な指示があるので」新参者のひとりがこたえた。

「あててみようか」ホルステンは割り込んだ。「きみたちの長が会いたがっている」

それが正解なのは見てわかったが、彼らは迷信じみた恐れをたたえた目でホルステンを見つめていた。

「レインだろう」自信たっぷりに言ったとたん、その言葉が急にざわざわした疑念を解き放った。〝わたしの祖母〟エイレンではない女はそう言っていた。ではエイレンはいまどこにいる？「イーサ・レインか？」その声はまたもや震えていた。「教えてくれ」

ホルステンは彼らの目の中に自分の姿を見た――時代に取り残されて怯《おび》えきった男。

「いっしょに来てください」人びとがうながした。今度はホルステンも応じた。

6.3 まじわり

ビアンカは以前に〈使徒〉と話をして、人造の神との長い接触の歴史を分析しやすい形に濃縮した研究者たちからひと組の〈理解〉の提供を受けている。ビアンカにとって、それがもたらした結果はたいへんに興味深いものだが、彼女よりまえに同じ結論に達した者がいたのかどうかはわからない。

〈使徒〉は明らかに意識を有する存在で、彼女の世界から約三百粁《キロ》離れたところを周回している。現存する最古の〈理解〉の記録によると、期間は不明だが、かつて〈使徒〉は一連の数列からなる無線信号を世界へ送信していた。歴史から見ればそれほど遠くない過去に、ビアンカの祖先の一体から返信が送られ、奇妙で満足のゆかない対話が始まった。

ビアンカが頭を悩ませているのはこの対話の性格だ。先達たちの体験についてあれこれ考察してみると、彼女らは自分たちが聞いた奇妙な声について、この種族に深い関心をもち、意思疎通に熱心で、より広範な目的を有するある種の知性体が発しているのだという漠然とした確信をいだいていたようだ。こうした結論は事実から見ても議論の余地がないように思える。ビアンカはさらに、これまでに手に入れてきた〈理解〉から、祖先たちがいまとなっては真偽のあやしい数多くの信念を築きあげていたことにも気づいている。多くの民は、自分たちが〈使徒〉によって生み出されたのだという、神が積極的に広めている考えを信じるようになった。〈使徒〉は民の利益をいちばんに考えてくれているし、民が勤勉に——のちには大きな代償を払って——進めている計画は、それを理解さえできれば、彼女らに明確な利益をもたらすのだと。

ビアンカはあれこれ考えてみたが、どれも事実の裏付けがあるわけではない。とても大勢の同族がいまでも聖堂を重んじていることも、〈使徒〉がなんらかのかたちで民を見守っていると考えられていることもわかっているが、そうした信念はかつて存在した熱狂の願望まじりの残滓《ざんし》に過ぎない。そのため、これまではわりあいに臨機応変に結論を導き出すようにしてきたが、〈使徒〉は彼女らの種族の大型版——空にいる巨大な蜘蛛——みたいなものだという従来の時代遅れの見方は不合理だという点については明確にしている。

〈使徒〉が非常に幅広い知性を有する存在だという点については疑問の余地はない。すぐれた知性だという可能性もあるが、それを判断するのはむずかしい——はっきりしているのはビアンカ自身の知性とはまったくことなる種類の知性だということだけだ。〈使徒〉が当然と考えていることの中に、めいっぱい知力を高めているビアンカでさえ理解できないことが膨大にあるのは明白だ。逆に、〈使徒〉にむかって語られたことの中には、明らかに誤解されていることや、神にまったく理解されないことがたくさんある。おかしなことだが神の能力には限界があるらしい。どんなに無知な子蜘蛛でも直感的に理解できるのに〈使徒〉には通じない概念があるのだ。

そしてもちろん、こうした対話では電波が両端を行き来しているあいだに苦心して練りあげられた共通言語が使われている。すなわち、これはビアンカが最初に思いついたことではないが、〈使徒〉は全能や全知の存在とはほど遠い。きっと手探りで進んでいるのだ。理解するためには努力しなければならず、それでもしばしば失敗する。

理解がもっとも不足しているのは基本的な日常生活のあれこれだ。〈使徒〉は自分が周回している世界で起きているできごとにほとんど気づいていない。おまけに、記述言語はそういう方面ではたいていてい役に立たない。わりあい基本的なやりかたで目で見るように説明することはできるが、蜘蛛の豊かな感覚――触覚、味覚――で彩られた言葉は翻訳によって意味不明になりやすい。もっとも容易に受け入れられるのは数字や計算や方程式――算術と物理学で使われるものだ。

ビアンカはほかの相手とのそういった意思疎通に慣れている。海に目を向ければ彼女の種族が何世紀ものあいだ散発的に接触してきた口脚類の文明が繁栄している。基本となる身ぶりの言語が長年かけて確立されていて、この水中にある口脚類の国家が、独自の事件や危機、動乱、政変や革命を経験していることがわかっている。いまでは彼らにも無線があり、科学者もいるが、技術面では棲息環境そのものと、その環境を操作する能力の限界によって制約を受けている。ただ、彼らは水棲生物であるというだけでなく優先順位や発想の面でも別世界にいる。ビアンカがこの口脚類と気軽に語り合える話題のひとつが彼らの熱中している数学だ。

ビアンカは最先端の実験に必要な道具を作るために、蟻群の複雑な行動設定を何年もかけて改良してきた。〈空の巣〉に乗り込んでいる自動で飛行制御をおこなう群れのようなきわめて複雑な機構は、高度に数学的な原理にもとづいて作動しており、その化学的行動設定は、数値情報を受け取ってそれに応じた指示をするだけでなく、蟻の体内や個々の蟻の脳の神経単位を使って複雑な計算を実行することさえできる。

ビアンカは〈使徒〉と充分に進歩して複雑になった蟻群との理論的な類似性について繰り返し考えている。両者と意思疎通をとっても同じように感じるのだろうか？

最近では〈使徒〉との積極的な意思疎通は厳しく制限されている。いつでもおかしな宗派があらわれるのだ——常軌を逸した〈理解〉を育んではそのとりこになってしまう常習犯的な同輩房。〈使徒〉からの返事は惑星上のほとんどの場所でいっせいに受信されるので、そういう隠れた狂信者がいても、だれかが神への無許可の回線をひらいたことが明らかになったとたん発見されてとらえられる。その代わり、どこの主要都市もだれが〈使徒〉に話しかけてもよいかを決めている。にもかかわらず、一部の聖堂は、いまでもときどき懇願するように放送されている謎めいた計画の裏にある聖なる真実を見つけようとしている。たいていの場合、そのような特権は好奇心の強い科学者たちにしかあたえられないので、ビアンカは策略を練り、陰謀をめぐらし、お世辞を並べ恩恵をほどこすことで、自由で率直な意見交換の機会を得てきた。

〈空の巣〉は歴史的な任務を順調にこなし、大気中で着実に上昇を続けている。船内の蟻群は専用の無線周波数ですべて異常なしとビアンカに報告し、ほかの三つの遠方の送信機からの情報で飛行船の位置の三角測量をおこなう。今回の旅では簡単な段階だ。天候の急変さえなければ、予定どおり実質上昇限度まで到達できるはずだ。

やがて〈使徒〉が地平線からあらわれ、ビアンカは信号を送って対話を求める。かつて聖堂が使用していた手続きをある程度踏んでいるが、それが必要だと信じているからではなく、謙虚にふるまう者には神が好意的に接してくれるからだ。

〈使徒〉はビアンカの種族が何世代も過ぎるのを待てるだけの忍耐力を有し、その思考には眼下の世界の動向を一顧だにしないほどの勢いがある――というのが定説だ。ビアンカにはそこまでの確信はない。たしかに、聖堂が凋落《ちょうらく》しているにもかかわらず、〈使徒〉がその信徒たちにいまも機械の製作を強く勧めているのは事実だ。一世代ほどまえのビアンカの同輩たちが〈使徒〉の望みについて忠実な翻訳を進めるのを基本的にあきらめてから、そうした要求はいっそう厳しくなっている――信仰であれ創意工夫であれ神意と生物の理解力との隙間を埋めることはできない。ビアンカは上から届く脅しや非難の声をよく知っている。〈使徒〉は恐るべき大災害の到来を説いてきた。最近では、これは彼女らをたきつけて不可能な使命にさらなる資源を投入させようとする雑な試みに過ぎないと、ビアンカの同輩たちは考えている。

これについても、ビアンカにはそこまでの確信はない。彼女には独特な角度から問題を見て極端な可能性を想像する才能がある。

ビアンカの考えでは、いまむずかしいのは〈使徒〉を理解することではなく〈使徒〉にこちらを理解してもらうことだ。深く染み込んでいるように見える思考の流れを打ち破る必要がある。歴史上の事例——〈理解〉という媒体を通じてぼんやりと伝わっている——がしめすとおり、〈使徒〉はいつでもあんなに一心不乱だったわけではない。妄執または欲求不満のせいでああなったのだ。〝さもなければ自暴自棄になっているのか〟とビアンカは思いめぐらす。

ビアンカは〈使徒〉に新しいものを見せようとしている。

彼女の礎《いしずえ》である偉大な蜘蛛たちの中に、いまでも健在で視力をもつ蟻の群れを育てている者がいる。蟻たちの視力は蜘蛛のそれに比べれば弱いが、群れ全体で物体の個々の小点を知覚し、それをすさまじい数学的努力で完全な画像へと組み立てることができる。しかもこの画像は信号に変換できる。符号は単純だ——中心点から外側へむかって螺旋状《らせんじょう》にのびる暗い点と明るい点の連続で、それらがひとつにまとまってより大きな画像になる。ビアンカに思いつくかぎりもっとも汎用性のある機構だ。

ビアンカの働き蟻の群れがちょうどそういう符号化された画像をひとつ受信している。うまいことに、それは〈空の巣〉自体の姿、飛行船が市内から離陸したときの姿をとらえたものだ。

ビアンカは〈使徒〉にこれから画像を送信すると伝える。意図が伝わったことをしめす明確な兆候はない――神の懇願するような非難の声は衰えることなく続いている――が、いまは天空の存在の一部だけでも理解してくれることを願うしかない。ビアンカは蟻群に送信を指示しながら、種族の最上級の科学者たち数百体がその返信に耳をすましていることを意識する。

〈使徒〉が沈黙する。

ビアンカは興奮を抑えることができず、糸を織り成した部屋の壁をぐるぐると夢中で駆け回る。期待していた反応ではないが、少なくとも反応があったのだ。

やがて〈使徒〉が説明を求めて語りかけてくる。科学者たちがいっせいに息を呑《の》む。神はとにかくなにか新しいものが大気中にあることを理解して、奇妙な感情を排した形式で返事をしていた――ずいぶんまえに選ばれし者たちに共通言語を教えていたときに使っていた古めかしい形式だ。たったいま受信したものを理解しようとして、きちんと手続きを踏んでいるのだ。

ビアンカは説明を試み、さらにもういちど試みる。〈使徒〉は送信された情報が画像だということは理解できるが解読はできないようだ。結局、ビアンカはこの作業をもっとも単純な要素に分解し、全体をできるだけ普遍的な数学に近づけるために、画像の読み方が目に見えてわかる螺旋を表現するための公式を送信する。

　ビアンカは神の意識の天秤《てんびん》が傾く瞬間を感じたような気がする。一瞬おいて返事が届いたときには、神の言語にはすでに飛行船を意味する単語が含まれている。

　このころには〈使徒〉は地平線のむこうへ姿を消しているが、神は貪欲だ。〝もっと見せて〟が意味するところは明白だが、ビアンカは同輩たちへの送信でいまはこれ以上神を刺激しないようにと警告する。言葉にはしないが、冷静な神をついに動揺させることで得た特権をたいせつに守りたいのだ。ふたたび上空へ送信できるようになるまでのあいだ、こちらの信号をほかの送信機に経由させて惑星のむこう側にいる神と話し続けることはできるが、ビアンカは神が戻ってきてじかに対話できるようになるまで待つことにし、同輩たちは急に存在感を増した彼女にしぶしぶながら従う。

〈使徒〉はさらなる情報を求めて執拗に惑星へ信号を送り、そのあいだにビアンカは驚くべき結論に達する――〈使徒〉は自分の下にある惑星でなにが起きているかを見ることができないのだ。全能どころか、視力という概念に精通しているにもかかわらず、〈使徒〉は目が見えない。観測をおこなう唯一の手段は無線だ。

　ビアンカは別の画像を蟻群に処理させて、神が上空に戻ってくるとすぐにそれを送信する。

それは〈七つの木〉を内部から見た単純な画像で、入り組んだ壮麗な足場と住民たちのにぎやかな活動をとらえたものだ。符号化画像の開発者はもともとこれを試験画像として実験で使用していた。

神は沈黙している。

はるか遠方の〈空の巣〉は、ようやく計画上の高度に達して大気圏上層部で安定し、いまや気嚢を半粁《キロ》の長さまでのばしている。ビアンカはその進捗をぼんやりと見守っているだけだが、船の乗組員たちは薄い空気の中で担当する機械装置や蟻群の条件付けの試験をおこなって、ポーシャが実施する任務のもっとも危険な段階にそなえて準備をととのえている。船室は二重船殻による断熱がほどこされているのに、寒さでいくらか不快感がある。彼らの種族は体温を調節して代謝率を維持することができるのだが、気温が下がればやはり動きはにぶくなる。任務の責任者であるヴァイオラは、予想外に作業が遅れているが許容範囲内であると報告する。

ビアンカはまだ待っている。〈空の巣〉の進捗状況はいまや二の次だ。彼女は〈使徒〉を黙らせた。種族の歴史においてそんなことを成し遂げた者はだれもいない。世界中の目が彼女に厳しい視線を向けている。

だからビアンカは待つ。

6.4　顕現

緑の世界のはるか上空、その住民たちの〈空の巣〉を筆頭とする勤勉な努力の成果のはるか上空では、ドクター・アヴラーナ・カーンがたったいま見せられたものをなんとか受け入れようとしている。

以前にも見たことのある、あのかさかさと走る、糸を紡ぐ怪物たち。ギルガメシュから送り込まれたドローンは活動を停止するまえに一匹を目撃していた。アヴラーナが墜落させたシャトルのカメラも燃え尽きるまえに数匹の姿をとらえていた。下の〝カーンの世界〟にないにかが、予定外のなにかがいるのだ。彼女の庭にいる蛇たち。そんなのは計画に含まれていなかった――生態系は彼女が選んだ者たちの住みかとなるよう慎重に設計されていた。

アヴラーナはそいつらがいることをずっと知っていたが、自分の中にほぼ無限のスルー能力があることもわかっていた。あるときは恐怖のあまりたじろいで、〝わたしの猿たちになにをしたの〟と問いただすが、ほんの十年でほとんど忘れてしまい、秘密のサブルーチンがこの不快な記憶を、彼女の閉じた心を刺激しなくなるまで覆い隠す。監視ポッドの電子インテリアには、そういう捨てられた記憶や、彼女が自分の一部としておくことに耐えられない知識が散乱している。二度と見ることのない故郷の失われた記憶、蜘蛛の怪物の写真、大気圏に突入して燃えるバレルの映像。すべてアヴラーナの機能中の精神からは抜き取られているが、失われたわけではない。イライザはなにひとつ捨てることはない。

この世界のために用意した計画は成功したという確信が消えることはなかった。それ以外にアヴラーナになにがあるというのか？　膨大な歳月が過ぎるあいだ、彼女は沈黙したまま軌道を周回し、無関心な惑星にむかって果てしなく試験問題を放送してきた。彼女が眠りについていた膨大な歳月が過ぎるあいだ、監視ポッドの堅牢なシステムは腐食や機能不全がじわじわと広がるのを食い止めるためにせいいっぱい努力していた。アヴラーナが、だんだんと間隔を広げながら、自分のちっぽけな領域の内部で悲鳴をあげ壁をひっかいて目を覚ますたびに、それは無関心な宇宙をまえに身をすくませていた。

ポッドシステム自体は最小限の電力で稼働しており、すべての機能を維持するために最善を尽くしてきたが、それでも犠牲になったものはある。アヴラーナは目が見えず、断片化していて、どこで自分が終わってどこから機械が始まるのかよくわからない。ポッドは多数のサブシステムのホスト役であり、それぞれのサブシステムはおおざっぱな自律性を有しているる――ぼんくらどもの共同体がすべてを荒っぽくまとめているわけだ。彼女はその破片のひとつとして、鳥の繁殖地のように狭苦しく混み合った仮想空間に陣取っている。彼女とイライザと、たくさんの、ほんとうにたくさんのシステム。

ギルガメシュの通過は――あの聞き苦しいわめき声や懇願も、侵入してきたシャトルを着陸させるために消費した膨大なエネルギーさえもが――いまでは夢のようで、アヴラーナとはほとんど関係のない平行世界から人間を自称する連中が迷い込んできたかのように思える。あの一件でわかったのは、彼らが到着するまで自分が絶望を知らなかったということだけだ。静かな惑星のほうが人間でにぎわう惑星よりも好ましい――人間の存在は彼女の任務の成功を確実にさまたげるからだ。監視ポッドが崩壊するまで惑星を周回していれば、いずれ猿の被験者たちが創造主に呼びかけてくるという期待を持ち続けることができる。まだ成功していないからといって実験が失敗したとはかぎらない。

アヴラーナは自分の動機や優先順位についてじっくり考えたことはないし、自分がなぜこれほどひたむきに、ほかのあらゆるものを排除してまで任務を遂行しようとするのか自問したこともない。避難船でやってきた人間を自称する連中と話しているあいだ、彼女はまるでふたりの人間のようだった――生きて呼吸して笑うというのがどういうことかおぼえているひとりと、科学的な成功と業績の重要性をおぼえているひとり。最初のほうのアヴラーナがどこから来たのかよくわからなかった。なぜか、それは自分のようには思えなかった。

それから猿たちが返事をよこし、すべてが変わった。

たしかに返事は遅かった。予想されていた数世紀は過ぎ去り、監視ポッドは製作者が想定した寿命をはるかに超えていた。それでも、当時はなんでも長持ちするように作られていた。猿たちが数百年あるいは数千年の歳月を必要としたとしても、アヴラーナとイライザと無数のサポートシステムは彼らのために準備をととのえていた。

　だが猿たちはとても密集していて、その思考はとても奇妙だった。アヴラーナは努力を重ね、進展がありそうに思えることもしばしばあったが、猿たちの考え方は独特だった――あまりにも独特だった。猿たちが彼女のすぐれた知性を理解できないこともあった。彼女が猿たちを理解できないこともあった。猿は知性向上という領域における簡単な第一歩になるはずだった。だれもが保証していたのだ――猿ならこちらが理解できるくらいには人間に近いし、効果的で価値のある被験者であり続けるくらいには人間から離れていると。なぜ彼らと目と目で通じ合うことができなかったのか？

　そしていま、アヴラーナは彼らの目を見る。八個すべてを見る。

　送られてきた画像は、非常識で、幻想的で、巨大な、階層化した、糸と接続部と密閉空間から成るこんがらがった構造物で、そんな姿を保持できるのは一時的に配置された張力のおかげでしかない。這いまわる蜘蛛たちの姿がいたるところに見える。画像を説明する言葉は簡潔で、誤解のしようがなかった――〝これがわたしたちです〟

　アヴラーナ・カーンは残った精神のわずかな深みへ逃げ込んで失われた猿たちのために泣き、絶望を知り、なにをすればいいのかわからなくなる。

　彼女は自分の顧問協議会に、衰退したハビタットを共有するほかの者たちに相談する。各システムがそれぞれの仕事を続けていることを報告してくる。主制御システムは地表から送られてきたメッセージを保存している。ほかのシステムは要注目とされた天体の進捗状況を記録していて、その中には遠方にある――非常に遠方にある――人類最後の希望を自称するちっぽけな点も含まれている。

さらにアヴラーナは、このポッドを共有し、ときには協議をしなければならないもうひとつの大きな演算中枢を探し求める。彼らはひとつの集団だが、ブリン2監視ポッドにはふたつの極があり、彼女は慎重にもういっぽうの極に意識をのばす。

〝イライザ、あなたの助けが必要だ。イライザ、こちらはアヴラーナ〟

もうひとつの精神の流れにふれて、そこを絶え間なく流れる混沌とした思考の川に一瞬だけどっぷり浸かる――　〝わたしの猿たちどこにいるわたしの猿たちもはやわたしを助けられない寒いとても寒いイライザはけっして会いにこないなにも見えないなにも感じないなにもできない死にたい死にたい死にたい……〟　壊れた心の中からとめどなく思考が流れ出てくるさまは、みずからをからっぽにしそうなほどだが、それでも絶対に尽きることはない。アヴラーナはたじろぎ、心が凍りつくような恐怖と共に悟る。いまふれたものが有機体の精神だとしたら、わたしはきっと……だが、結局のところ、彼女にはほぼ無限のスルー能力があるので、そんな内省の瞬間はすぐに過ぎ去り、なにかが発覚する恐れもなくなる。

アヴラーナのもとに残るのは、精神の内部でピクセル単位で再構築されたあの耐えがたい画像だけだ。

いままで交信していた相手はこれだったのだ。猿の仮面が剝がされて、代わりにあの恐ろしい顔があらわになる。アヴラーナが自分の壮大なプロジェクト——文字どおり彼女に残された宇宙で唯一のもの——に託していたあらゆる希望が、いま打ち砕かれていく。いっとき、彼女の子飼いの猿たちはどこかよそにいて、悪影響をおよぼす蜘蛛の文明から隠れているのだと想像しようとするが、記憶はごまかしを許してくれない。猿たちは燃えた。いま思い出した。猿たちは燃えたが、ウイルスは……ウイルスそのものは生きのびたのだ。それしか説明がつかない。たしかに、彼女が見たものは適切な条件のもとで数百万年かければ自然に発生したかもしれない。だがウイルスはその長い時間をほんの数千年に短縮させる触媒だ。彼女に勝利をもたらすはずだったものが、なにか不気味で異様なものをもたらしてしまったのだ。

アヴラーナの決断の支柱が揺らぐ。排除の道がはっきりと見える——ギルガメシュのやかましい猿のような連中がいずれ戻ってきて、人間がいつもしてきた愚かなやりかたですべてを始末するだろう。猿だろうが蜘蛛だろうが彼らには関係ない。そしてアヴラーナ・カーンは、忘れられた高齢の天才は、ゆっくりと年老いて朽ちていきながら、おもてむきは彼女の同族と認めざるをえない連中の繁殖場となった世界をめぐり続けるのだ。

アヴラーナの長い歴史は終わりを告げる。彼女の時代とその民の最期《さいご》はどんどん殖《ふ》えていく遠く離れた不相応な子孫たちによって上書きされる。すべてが失われ、彼女が耳をすまして待っていた長く孤独な時代の記録も、彼女の飛躍と勝利と最後の恐ろしい発見の記録も残ることはない。

　監視ポッドの内部には不変の境界はほとんどない。電子的であれ有機的であれ、さまざまな存在にはもはや確固たる区分はなく、それぞれが単純な日常業務のために他者に頼ったり他者から借りたりしている。同じように、ほんのわずかなきっかけで過去が現在に染み込んでくる。アヴラーナ・カーン――あるいは自分を彼女だと思っているなにか――は、緑の惑星やその住民との歴史を思い起こす。数学の問題に対する回答、怪物たちに話し方を教えたこと、つらく困難な対話、彼らの崇拝、彼らの懇願、彼らが自分たちの業績について述べた、謎めいた、なかば理解不可能な話。数え切れないほどの名士たちと話をしてきた――宗教家や天文学者、錬金術師や物理学者、指導者や思想家。彼女はひとつの文明の礎だった。どんな人間も彼女のような経験はしていないし、あれほど異質《エイリアン》なものと接触したことはない。ただし、彼らはエイリアンではない。結局のところ、彼らの血統はアヴラーナのそれといっしょに生じている。五億年まえには両者の祖先は同一だった――その生物が神経を永遠に背中にもつ者と腹の中にもつ者とに分かれるまでは。

　人類はエイリアンとは出会ったこともないし呼びかけられたこともない。たとえそういうことがあったとしても、信号はそのまま見過ごされた。異質《エイリアン》とは、人間には姿を見ることができず、よそから来た生命の証拠として認識することもできないという意味でもある。

カーンの一派と彼女のイデオロギーはすでにこのことを知っていて、だからこそ地球の生命をできるだけ多様なかたちで銀河全体に広めようとした。それが彼らの持つ唯一の生命だったので、生きのびるのを手助けする責任があったのだ。

アヴラーナは緑の惑星の住民と共にいくつもの生涯を過ごしてきた。彼女と無数のサポートシステムは、勝利のたびに舞いあがり、敗北のたびにうろたえ、問題だらけで不完全な理解を常に克服しようとしてきた。そう、アヴラーナはいま彼らを見ている。彼らのありのままの姿を見ている。

彼らは地球だ。どんな姿をしているかは重要ではない。

彼らはアヴラーナの子供たちなのだ。

時代をさかのぼり、彼女の電子記憶に詰め込まれている何世紀にもわたる対話の記録を呼び出してみる。それらは古き地球の最後の絶望的な無線の歌をすべて上書きしていた。彼女は妥協のない新たな光のもとで猿の会話の謎だった部分を残らず見直す。そして彼らにあれこれ伝えようとするのをやめて、耳をかたむけ始める。

蜘蛛たちが〈理解〉を使って新しい知識を精神に書き込むことができるというのがどういうことなのかは見当もつかないが、それと同じように、アヴラーナの現在の状態は、彼女が人間の脳を再調整するよりもはるかに容易に自分の精神を再配線できるということを意味している。彼女は何世代にもわたる会話をモデル化し、送信者に対する認識をあらため、自分の弟子たちを人間より一段低い存在とみなそうとするのをやめる。

アヴラーナは理解する。完全にではない——彼らの話のかなりの部分は謎のままだ——が、彼らが語っている内容、彼らの関心事、彼らの認識、それらすべてが急に以前よりもずっとつじつまが合うようになる。

そしてとうとう彼らに返事をする。

〝わたしはここにいる。あなたたちのためにここにいる〟

6.5　崩壊

船内服を渡された。背中のチューブが入っていたところが大きくあいている薄っぺらな寝巻で出ていくわけにはいかないのだろう――彼らにつかまるまでに、あばただらけの年老いた尻をさらしてクルー用のフロアをさんざん歩きまわっていたとはいえ。

新しい服についていた名前は〝マローリ〟だった。断片的な記憶を探ってみても、ホルステンにはマローリがだれなのか見当もつかなかったし、まだマローリがいるのかどうかさえ考える気になれなかった。死人の服を着ているほうがいいのか、それともいつか目を覚ましてそれを必要とするだれかの服を着ているほうがいいのか？

自分の船内服がないかとたずねてみたが、それはずっとまえに持ち去られて着つぶされてしまったようだった。

彼らが服を用意していたあいだに、ホルステンはほかの人びとへ目を向けていた。この世代の技師たちは、改造されて共同の寝室になった科学室のひとつに彼を残していった。少なくとも四十人ほどがそこに詰め込まれていて、壁にはハンモック用のフックがずらりと並び、何人かはまだそこで眠っていた。だれもが怯えて絶望しているように見えるので、まるで難民の群れだ。

何人かと話をしてみた。ホルステンが実はクルーだと知ったとたん、彼らは次々と質問をぶつけてきた。みんなしつこかった。なにが起きているのか知りたいのだ。それは彼も同じだったが、そんな返事では満足してもらえなかった。ほとんどの者にとって最後の記憶は毒にまみれた瀕死《ひんし》の地球なのだ。最初に冷凍タンクの中で目を閉じてからどれだけの時間がたったのか信じようとしない者さえいた。ホルステンはこの脱出者たちのほとんどが自分たちがどんな旅に乗り出したかわかっていなかったことに愕然とした。

彼らは若かった——なにしろ、積荷のほとんどは若くなければならなかったのだ。どのような状況で解凍されても新たなスタートをきることができるように。

「おれはただの古学者なんだ」ホルステンは言った。実際には、彼らの苦境に関して知っていることはいくらでもあったが、そのどれもが話したくなるようなことではなかったし彼らを安心させられるとも思えなかった。もっとも重要な質問は彼らがこれからどうなるかということだが、それについてはなんの助けにもなれなかった。

そこへ代用技師たちが船内服を手に戻ってきて、人間積荷たちに文句を言われながらホルステンを連れ去った。

ホルステンにも質問したいことはあった。どんな返事が来ても対処できるくらいには気持ちが落ち着いていた。

「あの連中はどうなるんだ？」

先に立って歩いていた若い女が背後を冷淡に振り返った。「冷凍タンクが使用可能になり次第、冷凍状態に戻ります」

「それはいつごろになる？」

「わかりません」

「どれくらいたっているんだ？」彼は女の表情だけから充分な手がかりを得ていた。

「冷凍状態を脱してからもっとも長い者で二年です」

ホルステンはひとつ深呼吸をした。「これは推測だが、解凍しなければいけないものがどんどん増えているんじゃないか？　積荷の保管状態が悪化して」

「できるだけのことはしています」女は弁解するようにぴしゃりと言った。

ホルステンはうなずいた。〝彼らにできることなどない。事態は悪化している〟「じゃあどこへ……」

「いいですか」女が食ってかかってきた。バッジには〝テラタ〟と記されている。これもまた、失われた、死んだ名前だ。「わたしがここにいるのはあなたの質問にこたえるためじゃありません。このあと別の仕事があるんです」

ホルステンはなだめるように両手を広げた。「おれの立場になってみてくれ」

「自分の立場にいるだけでもたっぷり悩みがあるんです。だいたいあなたのどこがそんなにすごいんですか？　なぜ特別扱いされているんです？」

ホルステンはあやうく「おれがだれか知らないのか」と言いそうになった。まるで超セレブにでもなったかのように。結局、彼はただ肩をすくめた。「おれはだれでもない。ただの老人だよ」

子供たちが大勢いる部屋をとおりかかったとき、ホルステンはまったく予想外の光景に足を止めて見入ってしまい、先へ進めなくなった。みんな八歳か九歳くらいで、パッドを手に床にすわり込み、スクリーンを見つめていた。

スクリーンにはレインが映っていた。ホルステンはその姿を見て息をのんだ。

映っているものはほかにもあった――三次元モデルやギルガメシュの設計図のように見える画像。子供たちは授業を受けていた。彼らは訓練中の技師なのだ。

テラタではない女に腕を引っ張られたが、ホルステンは部屋に踏み込んだ。生徒たちはおたがいをこづき、ささやきながら、彼を見つめていたが、ホルステンはスクリーンだけに目を据えていた。レインは作業について説明しているところで、見本と拡大図を使ってなにかの修理をおこなう方法を実演していた。スクリーン上の彼女は歳をとっていた。主任技師ではなく、戦士女王でもなく、ただの……イーサ・レインが、手に入る粗末な道具でいつものように最善を尽くしていた。

「彼らはどこから……？」ホルステンはどうしようもなく気が散ってしまった子供たちを身ぶりでしめした。「どこから来たんだ？」

「あなたがそんなことも知らないのなら、説明するつもりはありません」テラタではない女が辛辣にこたえると、何人かの子供たちがにやにや笑った。

「いや、まじめな話――」

「もちろんわたしたちの子供です」女は鋭く言った。「なにを考えていたんです？　それ以外にどうやって作業を継続するというのですか？」

「じゃあ……あの積荷は？」ホルステンはたずねた。冷凍状態から脱して何カ月も何年も立ち往生している人びとのことが頭にあったからだ。

そのころには女はなんとかホルステンを教室から引っ張りだし、厳しい身ぶりで生徒たちにスクリーンに集中するよう指示していた。「わたしたちは厳格な人口管理を実施していますからね」女はそう言ってから、「なにしろここは船内ですから」とマントラでも唱えるように付け加えた。「積荷から新鮮な素材が必要なときはそちらで取ってきますが、そうでなければ過剰な生産物は……」女のきびきびした専門家らしい声がここで少しだけ揺らぎ、予想もしなかった個人的な痛みにふれたホルステンは同情してわずかに口ごもった。

「胎芽は冷凍されて、いずれ必要とされるときを待つことになります」女は気まずさを隠すために彼をにらみつけながら締めくくった。「ある時点までの胎芽を保管しておくほうが完全な人間よりも簡単なのです」これもまた、彼女が生まれてからずっと丸暗記させられてきた教義のように聞こえた。

「すまない、おれは――」

「ここです」

ふたりがたどり着いたのは通信室だった。実際にそこに立つまで、ホルステンは自分たちがどこへむかっているのか気づいていなかった。

「なにが――？」

「いいから入ってください」テラタではない女はかなり強くホルステンを押しやり、そのまま歩き去った。

敷居を越えるのがなんとなく不安で、しばらく通信室のドアの外で突っ立っていたら、やがてハッチが勝手に横へひらいて中にいる女と目が合った。

なにがあらわれるかは予想できなかった。そもそも生物ではなくて、ただのスクリーンに映し出された顔かもしれなかった。レインのデスマスクのようなものかもしれないし、グイエンやアヴラーナ・カーンやシステム内で暴れているほかのだれかの悪影響があらわれた顔かもしれない。さもなければ、恐ろしいことに彼の視線を受け止める相手はグイエンのなれの果てのようなものかもしれない――かつては人間だったしなびた死体が、もはや切り離すこともできない船のメカニズムによって生きながらえ、腐った頭の中に不死の夢をいだいているのだ。よく知っていた女がそんな姿になりさがったのを見るのはきつい。もっときついのはドアがひらいてまったく別のだれかがそこにいることだ。

だが、それはレインだった——イーサ・レインだ。もちろん歳はとっていた。いまはもうホルステンより十五歳ほど上になっていそうだ。彼女はエントロピーや敵対するコンピュータの侵入にあらがってきた古参兵であり、ふたりが最後に別れてからずっと、断続的に戦いを続けてきた。これが古帝国の人びとなら十五年くらい増えたところでどうということはなかっただろう。古代人にまつわるあらゆる神話が、彼らが人間の自然な寿命よりもはるかに長く生きたことをしめしている。だが、日々がずっと短くなったいま、加算された十五年でレインは年老いていた。

もうろくしたわけではなく、よぼよぼになったわけでもない——いまはまだ。レインは最後の力を振り絞って働く女性であり、一歩踏み出すたびに彼女の能力を少しずつ奪っていく時間という避けようのない坂道を見おろしていた。以前よりも体重が増え、顔には苦難と心痛という普遍的な人間の言語が書き記されている。長い髪は灰色で、うしろで丸くきっちりとまとめてある。ホルステンはレインが髪を長くのばしているのを見たことがなかった。だが、まちがいなくレインだ——彼にとっては短い時間でも本人にとっては一生分の時間をかけて成長していく姿を、ずっと途切れ途切れに見守ってきた女性だ。その顔を見ているだけで気持ちが高まるのを感じた。しわや風化がせいいっぱいなじみ深さを隠そうとしていたが失敗していた。

「なんて姿をしてるの、おじいさん」レインがかぼそい声で言った。ホルステンと同じくらい相手の老け込み具合に動揺しているようだ。

レインが着ている名札が剝ぎ取られた船内服は、肘の部分がほつれ、膝には当て布がしてあった。ぼろぼろになった別の船内服の残骸を両肩にショールのようにまとい、それを物思わしげに指でいじくりながらこちらを見つめている。

ホルステンが部屋に入って通信装置へ目をやると、パネルが真っ暗なのが二台と中身を抜かれたのが一台あったが、それ以外のステーションは稼働しているようだった。「忙しかったんだな」

なんとも言えない表情がレインの顔に浮かんだ。「それだけ？　ひさしぶりに会ったのに、相変わらず軽口を叩くだけ？」

ホルステンはレインを静かに見つめた。「第一に、〝ひさしぶり〟じゃない。第二に、軽口が得意なのはいつだってきみのほうだった、おれじゃなく」

ホルステンはそう言いながら笑みを浮かべていた。おなじみのレインのそういう冗談こそいま聞きたくてたまらないことだったからだが、彼女はホルステンを幽霊であるかのようにじっと見つめるだけだった。

「あなたは変わってないね」レインはそれがどれほど浅はかな発言であるかを自覚していたが、それでも言わずにはいられないようだった。歴史学者のホルステン・メイスンは、いまや歴史よりも長生きしていた。失敗を繰り返し、役にも立たないまま、時間と空間をなんとか越えてきたこの男は、激動の宇宙における唯一の安定点だった。「ああ、もう、こっちへ来て、ホルステン。いいからこっちへ」

ホルステンはレインが涙を見せるとは予想していなかった。彼を抱き締める腕の力強さも、自分を抑えようとする肩の震えも予想外だった。

レインは両腕をのばして体を離し、ホルステンはこの状況が彼女にとってどれほど異様なものであるかに気づいた。ホルステンにとって、旧友と再会し、相手がすっかり変わって老けているのを見て、その顔の輪郭にかつて知っていた女性を見つけようとするのはごくあたりまえのことだ。だがレインにとって、少しも変わらない顔立ちの中にいずれそうなるはずの年老いた男を見つけようとするのは胸が張り裂けるようなことにちがいない。

「たしかに」レインはようやく言った。「忙しかった。みんな忙しかった。貨物便で旅をできるのがどれほど幸運なことかあなたにはわからないでしょう」

「教えてくれ」ホルステンはうながした。

「なにを？」

「なにが起きているのか教えてくれ。だれでもいいからなにか話してくれ」

レインはかつてグイエンが使っていた席に慎重に腰をおろし、身ぶりでホルステンにもうひとつの席をしめした。「なにを？　状況報告？　あなたは新しい司令官？　学者さんは隠し事が好きじゃないとか？」それはまさに昔の——若いころの——レインの口ぶりで、彼は思わず笑みを浮かべた。

「学者はそういうのがきらいなんだ」ホルステンは認めた。「まじめな話、船に取り残された……船に乗っている連中の中で、おれが信頼しているのはきみだけだ。だがきみが……きみがこの船でなにをしているのかがわからないんだ、レイン。ここにいる……きみの仲間たちとなにをしているのかが」

「あたしがあの男のようになったと思ってるんだ」名前を告げる必要はなかった。

「まあ、疑いはあった」

「グイエンはコンピュータをめちゃくちゃにした」レインは吐き捨てるように言った。「彼のアップロードとかいうたわごとは、あたしが言ったとおりの結果になった。彼が成長しようとするたびに、ギルガメシュの各システムが次々と停止していった。人間の精神はデータ量がバカみたいに多い——四つか五つの不完全なコピーがスペースをめぐって争っていた。だからあたしはそれを封じ込めようとした。必要不可欠なシステムを動かし続けようとした——積荷を冷やし続けるとか、原子炉が熱くなり過ぎないようにするとか。おぼえているでしょう、それがあなたが眠りについたときの計画だった」

「いい計画のように思えたんだ。きみもすぐに冷凍状態に入るつもりだと言っていたじゃないか」ホルステンは指摘した。

「それが計画だった」レインは語気を強めた。「でもやっかいな問題がたくさんあった。グイエンの信者たちのために貨物スペースを確保しなければならなかった。カーストは彼らを集めて冷凍庫にほうり込むのをすごく楽しんでいた。そのころには何人かがあたしの部下と協力してハードウェアの崩壊を食い止めようとしていた。そしてグイエンは――システム内につらなっているクソなグイエン群島は――繰り返し出てきては、自分自身のコピーを試みて、さらにスペースを食いつぶしていた。除去したり、隔離したり、ウイルスの群れを投入したりしたけど、グイエンはすでに強固な守りを敷いていた。チームがしっかり機能して信頼できるようになったところで、あたしは宣告どおり眠りについた。モーニングコールをセットして。目が覚めたとき、事態はさらに悪化していた」

「まだグイエンが？」

「ええ、まだあいつがクソな電子の爪でしがみついていたけど、あたしの部下はほかにもありとあらゆる異常が起きているのに気づいていた」ホルステンは昔からレインの悪態には少しだけショックを受けていたが、タブーに対するときと同じように妙な魅力を感じてもいた。いま、彼女の年老いた唇から出る言葉は、ちょうどここで苦い厭世観《えんせいかん》を披露するために長年にわたって練習してきたかのように聞こえた。「積荷をさらに失うとかほかのシステムが次々と故障するとかいった問題は、グイエンとそのまぬけな鏡像たちに責任があるわけじゃなかった。最初からもっと大きな敵がいたってこと、ホルステン。あたしたちはそれを打ち負かしたようなふりをしていただけ」

「蜘蛛か？」ホルステンはすぐさまたずねた。とてもありえないことに思えたが、船内に緑の惑星からの密航者がひそんでいるという想像が急にわきあがってきた。

レインはいらだちをあらわにした。「時間よ、おじいさん。この船は建造されてからもうじき二千五百年。すべてが崩壊しようとしている。時間がなくなりかけている」彼女は顔をこすった。そのしぐさは彼女を老け込ませるのではなく、むしろ若々しく見せた――たくさんの余分な歳月がすべてこすり落とされたかのように。「あたしはそれを食い止めたとずっと思っていた。何度も眠りに戻ったけど、そのたびになにか別のことが起きた。当初のクルーは……シフト制でなんとか勤務時間を分散させてみた。とにかく仕事が多すぎて。配下にどれだけの世代の技師がいたのか、もう追い切れないほど。それに多くの人びとが眠りに戻りたがらなかった」

ホルステンは身震いした。「きみは考えなかったのか……いったん故障した冷凍タンクを見てしまったら……」

レインは横目で彼を見た。「本気で言ってる？」

「そうすればすべてを永遠に監督できて、しかもずっと……」〝若いままだ〟だが、それを口にすることはできず、締めくくりになるほかの言葉も見つからなかった。

「まあ、コンピュータの問題が百倍くらい増えることを別にすれば、いいかもね」レインは言ったが、明らかに本心ではなかった。「ただ……そのコピーは、アップロードのことは？」

月が過ぎるあいだ……あたしがそいつに設定する任務の中には、最後にそれ自体を殺してメインフレームに生存者をいっさい残さないようにするという役割も含まれることになる。そうでしょう？　だってもしもそいつが生きることを望んだら、あたしを眠っているあいだに死なせることができてしまう。ほんとうのあたしがだれだったかということすら忘れてしまうんじゃない？」取り憑《つ》かれたような表情が、このことをずっと考え抜いていたのだと語っていた。「どんなふうかわからないでしょうね……。グイエンのかけらが逃げ出して、通信システムが乗っ取られて、それを聞いていたあのとき……いまでもシステムが正しいとは思えない。それに無線のゴーストとか、あのクソ衛星だかなんだかからの気のふれたメッセージとか、どうなんだろう……それに……」レインはうなだれた。鉄の女もホルステンとふたりきりのときには弱みを見せる。「どんなふうだったかわからないでしょうね、ホルステン。あなたはありがたく思うべき」

「おれを起こせばよかったのに」ホルステンは指摘した。あまり建設的な意見とは言えなかったが、その件についてなんの選択肢もないただの幸運な生存者とみなされるのは腹立たしかった。「きみが目覚めたとき、おれを起こすことができたはずだ」

レインのまなざしは冷徹で、恐ろしげで、強硬だった。「たしかに。考えはした。信じられないでしょうけど、自分以外には仕事を教えていたこの無知な子供たちしかいなかったとき、もう少しで起こすところだった。うん、そうすればあなたを意のままにすることもできたのかな？　あたし専用のセックスのおもちゃとか」ホルステンの表情を見て辛辣な笑い声をあげる。「眠りに入ったり出たり、あたしに入ったり出たり、そういうことでしょ？」

「いや……まあ、その……」

「ねえ、おとなになって、おじいさん」レインは急に笑えなくなった。「あたしはそうしたかった」静かに告げる。「あなたを利用し、あなたに頼り、あなたと重荷を分かち合うこともできた。あなたはロウソクのように燃え尽きていたでしょうね、おじいさん――でもなんのため？　あたしがまだ老人で、あなたが死んでいる、そんなときを迎えるため？　あたしはあなたを節約したかった。あなたを」ぐっと唇をかむ。「キープしておきたかった。よくわからないけど、そんな感じだった。あなたをこのクソな状況に巻き込まないことで自分が前向きになれると思っていたのかも」

「じゃあいまは？」

「いまはとにかくあなたを起こさなければならなかった。冷凍タンクが限界だった。もう修理はできないと言われた。ちゃんと別のを用意するから」

「別の？　まじめな話、もう外へ出たんだから――」

「あなたは戻って。必要なら力ずくで薬漬けにして冷凍タンクに押し込むから。まだまだ先は長いよ、おじいさん」レインが宇宙のどの部分が立ちふさがろうとひるまず突進する頑固な女の笑みを浮かべたとき、ホルステンは彼女の顔の新しいしわの多くがどうしてできたのかを見てとった。

「どこへ行く？」ホルステンはたずねた。「なにをする？」

「よして、おじいさん、計画は知ってるでしょ。グイエンが説明したはず」

ホルステンは息を呑んだ。「グイエン？　だがあいつは……きみが殺しただろう」

「史上最高の人事評価ね」レインは楽しそうに認めた。「でもこれはグイエンの計画。彼は船が崩壊しかけていることに気づいてもいなかったのにそれを立案していた。ほかになにがある、ホルステン？　あたしたちがいる。ここにはあたしたちが、人類がいて、そのあたしたちがあらゆる困難を乗り越えてここまでやってきたのはほんとうにすごいこと。だけどこの機械は永遠に動き続けることはできない。どんなものでも消耗する。たとえギルガメシュでも、たとえ……」

〝あたしでも〟という思いは口にされなかった。

「あの緑の惑星か」ホルステンはあとを引き取った。「アヴラーナ・カーンは。昆虫とかはどうする？」

「だからあいつらをちょっと焼いて、あたしたちの居場所を確保する。ひょっとしたらクソ虫どもを家畜化できるかも。蜘蛛にミルクをあたえて。でかくなったら乗り回せるようになるかもしれない。さもなければ毒を盛って惑星から一掃してもいい。あたしたちは人間なんだから、ホルステン。得意なことをしないと。カーンについてはグイエンがほとんどの下準備をすませてくれている。何世代もかけてギルガメシュをいじくりまわし、カーンからシステムを守ってきた。彼女があたしたちを送り込んだなつかしのテラフォーミング・ステーションに、ありとあらゆるおもちゃがあった。カーンは乗っ取りを狙うこともできるしあたしたちを焼き殺そうとすることもできるけど、こっちには両方に対するそなえがある。どうせほかに行くところもなさそうだし。幸い、もう惑星へむかうルートに乗っているから、やることは決まってる」

「なにもかも考えてあるんだな」

「むこうに着いたら、開拓者魂が必要になる仕事はカーストにまかせるつもり。そのころになればあたしは休めると思う」

　ホルステンが黙っていると、静寂が不快なほど長くなった。レインは目を合わせようとしなかった。

　やっとのことで言葉を絞り出す。「約束して――」

「だめ」レインはぴしゃりと言った。「約束はなし。宇宙はなにも約束してくれない。だからあたしも約束はしない。人類だよ、ホルステン。人類があたしを必要としている。グイエンが不死の計画でなにもかもぶち壊していなければ、もっとちがう状況になったかもしれない。でもグイエンはやってしまったし状況は変わらなかったから、こんなことになっている。もうじきあたしもあなたと同じようにベッドに戻るけど、目覚ましは早めにセットしておくつもり。次の世代には計算をチェックする人が必要になるから」

「だったらおれもいっしょにいさせてくれ！」ホルステンは力強く言った。「近いうちに古学者が必要となるとは思えない。そもそも今後はまったく必要がなさそうだ。グイエンがおれをほしがったのも伝記作家にするためだったし。だから――」

「いっしょに歳をとろうとか言ったらひっぱたくから」レインは言い返した。「それに、まだあなたが必要とされることがひとつある。あなたにしてほしいことがある」

「後世のために伝記を書いてほしいのか？」ホルステンはせいいっぱい意地悪く言った。

「ええ、あなたの言うとおり、ジョークを言うのはいつでもあたしの役目でしょ。だから黙って」レインはコンソールに寄りかかるようにして立ちあがり、ホルステンは彼女の関節がきしむ音を聞いた。「いっしょに来て、おじいさん。未来を見に来て」

レインは先に立ってクルー用フロアの散らかった準備中の部屋や通路を抜けて、ホルステンの記憶では科学研究室があるほうへ向かった。

「ヴィタスに会いに行くのか？」ホルステンはたずねた。

「ヴィタスか」レインは吐き捨てた。「初めは利用させてもらったけど、その後はあまり信頼がおけなくなった。彼女は保守作業で手を汚さないし、それ以前にずっとグイエンをたきつけていたことも忘れるわけにはいかない。そうじゃなくて、あなたに見せたいのは積荷の拡張部分」

「新しい冷凍タンクを導入したのか？　どうやって？」

「黙って待っていられないわけ？」レインは足を止めた。呼吸をととのえているようだが、そのことを悟られまいとしている。「すぐに見られるんだから」

　実のところ、ようやく案内されたとき、ホルステンには見えなかった。そこは研究室のひとつで、壁の一面の大半を占めているのは試料庫だった――大きな棚に小さなコンテナがならび、数百の有機試料が冷凍保存されている。ホルステンは何度も目をこらし、頭を横に振った。だが、レインが彼の察しの悪さをなじろうとしたとき、突然いろいろなことがひとつに結びついた。「胎芽か」

「そのとおり、おじいさん。これが未来。あたしたちの種族が生み出すのを止めることができなかったけれど育てるための空間がなかったすべての新しい生命。どこかの情熱あふれる少女が、分別あるあたしの考えでは持てるはずのない家族をほしがったときに、手術でそれを取り出してここに保管する。厳しい世界でしょ？」

「生きているのか？」

「もちろん生きている」レインはぴしゃりと言った。「なぜって、あたしはまだ人類に未来があると期待しているし、歴史的な観点から見れば正直まだまだ人間は足りない。だから胎芽を冷凍しておいて、いつか人工子宮を起動して宇宙に大勢の孤児たちを送り届ける日が来ることを願っている」

「両親はきっと……」

「反対した？　抵抗した？　暴れて叫んだ？」レインの目つきは寒々としていた。「まあそんなところ。でも親たちは事前にどうなるかを知っていたのに、それでもやったのよ。生物学的要請というのはおかしなもの。遺伝子はなにがなんでも自分を次の世代へ押し込もうとする。だからもちろん、ここでは何世代もの人間が育ってきた。子供がどんなものか知ってるでしょう。たとえ対応策を用意しても二回に一回は使おうとしない。言ってしまえば無知なクソチビ」

「きみがおれにどうしてもこれを見せたいと思った理由がわからないな」

「ああ、そうね、たしかに」レインはコンソールに身を乗り出してメニューを見渡し、胎芽のコンテナのひとつを強調表示させた。「あれよ、見える？」

ホルステンは顔をしかめた。なにか気づくべき突然変異や欠陥でもあるのだろうか。

「どう言えばいいかな」レインは続けた。「あたしは若くて愚かだった。そこに若くて元気な古学者がいて、あたしの心を奪っていった。あたしたちは一万年たった宇宙ステーションで死にかけた星の光を浴びながら夕食をとった。ああ、なんてロマンス」淡々とした口調は変わらなかった。

ホルステンはレインを見つめた。「信じられない」

「どうして？」

「だがきみは……なにも言わなかった。ふたりでグイエンと対決したとき、きみはその気になれば……」

「あのときはふたりに未来があるかどうかわからなかったし、もしもグイエンに知られてシステムをコントロールされたら……それはそうと、女の子よ。彼女は女の子。いずれ女の子になる」その繰り返しが、レインがいまどれだけぎりぎりな精神状態でいるかを教えてくれた。「あたしが選んだの、ホルステン。あなたといっしょにいたときに、あたしが選んだ。こうなる道を。いずれそのうち……いつか時間ができると思って……この子のところへ戻れる明日がやってくると思って……だけどいつもなにかにじゃまをされた。待ち焦がれていた明日は来なかった。そしていまは確信がもてない……」

「イーサ……」

「ホルステン、あなたは冷凍タンクが見つかったらすぐに眠りに戻る、わかった？　あなたが最優先、ほかの連中はどうでもいい。いまのあたしにはいろいろ特権があるけど、まず第一に指揮権がある。あなたは眠って。緑の惑星に着いたら目を覚ます。惑星へ降下して、いかれたコンピュータや蜘蛛の怪物がやってこようが、そこをあたしたちのものにするために必要なことをして。あの子が住める場所をつくる。聞いてる、おじいさん？」

「だがきみは――」

「いいえ、ホルステン、これはあなたが責任をもつべきこと。あたしはできるかぎりのことをした。この明日を手に入れるためにできることはすべてやってきた。その先のことはあなたにまかせる」

あとになって、レインの案内で新たに修復された冷凍タンクまで行ったとき、彼女が肩にかけているぼろぼろになったショール代わりの船内服にまだ名札がついているのがちらりと見えた。磨きなおされた棺に片脚を突っ込もうとしていたホルステンは、それを見て立ちすくんだ。〝ほんとうなのか？　いままでずっと？〟ふたたび目覚めるという確信もないまま、こうして長く冷たい忘却に直面していると、だれかがあの感覚のない歳月のあいだ彼のためにたいまつを持っていてくれたのだという事実は、たとえそれがこの皮肉屋の辛辣な女性であろうと、不思議なほど心を温かくしてくれるのだった。

6.6　そして神の顔にふれる

ポーシャはほかの乗組員といっしょに外へ出たいのだが、ヴァイオラに禁じられている。彼女が待機しているのは一体だけで試練を受けるためだ。それまでのあいだ、ポーシャは生け贄の王のように手厚く扱われる。

これだけ高いところにあると、〈空の巣〉の蟻群には飛行船の外被の形状を維持し船体の保守をおこなうために物理的な助けが必要となる。内部から作業しているときでさえ、寒さが蟻たちを苦しめる。小さくて体温調節ができない蟻たちは船の中心部以外ではあまり多くの作業ができないので、蜘蛛たちが特殊な与圧服を着て空中に浮かぶ家の外側を這いまわることになる。出入りには自分たちで紡いだりほぐしたりする圧力扉を使う――必要に応じてあらわれたり消えたりする一時的な気密室だ。ひととおり作業が終わると、蜘蛛たちは二体か三体でよろよろと戻ってくる。重ねた蜘蛛布を胴体に巻き、化学的加熱器を腹の下にぶらさげているにもかかわらず、寒さに負けて仲間の背中に縛り付けられたまま戻ってくる者もいる。ポーシャは自分が別の試練のために待機させられていることを知っているので、みなの力になれないことに居心地の悪さをおぼえる。

太陽に近づけばそのとめどない熱を感じられるという考えに固執していた者もいた。その考えは完全に否定されていた。ここでは空気の薄さが姿の見えない吸血鬼のように体をむしばむのだ。それでも、ポーシャは仲間たちに加わり、共にならんで働き、船を天空へと運びたかった――実際には気嚢が全員をまとめて運んでいるのだとしても。

ポーシャが働きたいと思っているのは、下で――見方によっては上で――起きていることから気をそらすためでもある。〈使徒〉の突然の沈黙はみなに影響をおよぼしている。頭では今回の任務とはごくわずかなつながりしかない――どちらのできごとにもビアンカの常軌を逸した頭脳が関与している――とわかっているのだが、人間と同じように、蜘蛛もさまざまなできごとを勝手に結び付けて偶然の中に思いも寄らぬ意味を見出してしまう。聖堂の栄光の日々はとっくに過ぎ去っているので、乗組員たちには奇妙な不安がある。〈使徒〉の本質的な謎にこれほど近づいて、自分たちの知っているあらゆることから切り離されていると、おかしな考えがわきあがってくるのだ。

ヴァイオラは〈空の巣〉が薄い空気でも安定して航行できるとようやく確信し、地上の無線標識と連絡をとる。気流が――ここ数年でおおざっぱな地図が作られている――船を重大な地点へ近づけている。

〝ポーシャ、フェイビアン、自分の持ち場へ行け〟ヴァイオラは命令する。

ポーシャはヴァイオラにむかって礼儀正しく触肢を振り、この任務は二体ではなく一体でも充分にやり遂げられるはずだと問いかける。そんな行動に出たのはフェイビアンの能力を信頼していないからではなく、彼の身を案じているからだ。雄はとても弱いので、守ってやらなければいけない。

　ヴァイオラはすべてを計画どおりに進めるよう指示し、その計画では〈空の巣〉のてっぺんに据え付けられた小型船に二体で乗り込むことになっている。〈星の巣〉と呼ばれるこの船は、蜘蛛がまだ行ったことのない場所へと彼女らを運んでいく——種族の記録が始まってから神話や想像でしか語られることのなかった領域だ。操縦者のいない小型船なら何度かその境界の近くを通過したことがある。いま科学者たちは、自分たちが世界の最果ての状況を理解していて、それに応じた計画を立てていると信じている。ポーシャとフェイビアンはその信念が正しいのかどうかを身をもって証明しなければならず、どちらかが失敗した場合にそなえて二体一組で行動する。

　〈空の巣〉は頑丈で、地表からはるばるここにいたるまでの変化の激しい気象条件を耐え抜くことができる。とはいえ巨大なだけでほぼ重さはない——蜘蛛布と木材と水素でできた雲のようなもので、わずかな蜘蛛の乗組員とひと握りの推進機関が搭載物の中ではもっとも重量がある。それでも充分な軽さではない。〈星の巣〉を完全にふくらませた場合、大きさのほうは〈空の巣〉と比べてもそれなりの割合になるが、重さのほうはずっと小さな割合になる——生命維持を担当する船上の蟻群、無線機、二名の乗組員、それに搭載機器《ペイロード》。

　ビアンカとその仲間たちによる発見のひとつは、空の端が先細りになっているという事実だ。旅行者が世界から離れれば離れるほど空気が減少し、薄くなって冷たくなって頼りにできなくなり、ついには……まあ、それが実際になくなるのか、それとも計器では検出できないほど希薄になるだけなのかについては、まだ意見が分かれている。一平方粁《キロ》の空間にいくつ空気の分子があれば大気圏が続いていると言えるのか？

　ポーシャは与圧服を着用するために更衣室へとむかう。それは乗組員たちが着ていた単なる断熱用の覆いとはちがう、扱いにくい奇異な装備で、関節部分はかさばるし空気槽がおさまった腹部は大きくふくらんでいる。いまはまだ与圧されていないので、全身にだらりとまとわりついて、驚くほど重く感じるし、動くのもしんどく、話をしようとしても不明瞭なつぶやきになってしまう。今回の任務では触肢の信号と無線に頼るしかない。

　フェイビアンも同じような装備をつけてポーシャに加わる。そして彼女を元気づけようと励ましの身ぶりをしてみせる。彼が副官に選ばれたのは職務上の相性がいいからだが、それだけではなく、雄の中でも特に小柄で、ポーシャと比べると体の大きさは半分、体重は半分にも満たないからだ。〈星の巣〉は二体を乗せて長い距離を飛ぶ。なにしろ星ぼしはとても遠くにある。

　〈使徒〉でさえずっと遠方にあって、〈星の巣〉が到達できるよりもはるかに高いところを通過している。哲学的なあら探しはさておき、そこには大気がまったくない。〈使徒〉は蜘蛛たちの想像がおよぶ範囲でもっとも過酷な、もっとも生命を否定する環境に棲《す》む生命体なのだ。

　ポーシャはどうしても考えずにはいられない――〝わたしたちがこれほどの高みまで来たせいで〈使徒〉は黙り込んだのか？　それだけで〈使徒〉と脚の長さを比べたことになるのか？〟

〈星の巣〉の乗員室はひどく窮屈だ。天井は飛行船の設備でふくれあがっている――暖房機、化学工場、送受信機、そしてすべてを動かし続けることだけに専念している限られた数の蟻たち。ポーシャとフェイビアンは壁のわずかなへこみに身を置いて、せいいっぱい楽な姿勢をとっている。

〈空の巣〉の細長い乗員室にいるヴァイオラから無線で指示が届き、ポーシャは両方の船内にいる蟻群からの記録を突き合わせながら一連の長い点検にとりかかる。このふたつの蟻群は母と娘のようなもので、その親族関係が双方の情報伝達の助けになっている。

　ヴァイオラは重大な瞬間がやってきたと告げている――気流の動きをできるだけ予測してみた結果、〈星の巣〉が成功の可能性をつかむためにはいまここで〈空の巣〉から分離しなければならない。電子信号として送信されるヴァイオラの言葉は、送信者の個性や性格をあらわす情報がすべて取り除かれて、ひどくそっけなく聞こえる。

　ポーシャは自分とフェイビアンは分離の準備ができていると応答する。ヴァイオラはなにか伝えようとするが、言葉は途切れる。〈使徒〉の善意について陳腐な台詞《せりふ》でも吐こうとして思いとどまったのだろう。そんな感傷はいまこの瞬間にはふさわしくない。

地上では何十もの観測所や無線受信機がうずうずしながら成り行きを見守っている。〈星の巣〉は〈空の巣〉の気嚢の上面に無害な寄生虫のようにしがみついている。乗組員たちが気嚢にのぼって配置につき、〈空の巣〉の蟻たちが無数の細い綱を切断してそっと押しやると、すぐれた浮力が一気に効果をあらわし、〈星の巣〉は海月《クラゲ》のようにふわりと母船から浮きあがる。そしてたちまち、より頑強な船が追いつくことのできない勢いで上昇し、高層気流につかまって、そんなものに命をあずける必要のない科学者たちが設定したとおりの動きで――いまのところは――移動していく。

ポーシャとフェイビアンは、ヴァイオラやもっと広い世界に向けて定期的に無線で報告をおこない、その合間には二体で気楽に過ごしている。意思疎通の手段は触肢信号に限られ、それ以上の微妙な表現は狭い空間とかさばる与圧服によってさまたげられている。乗員室は重ねた蜘蛛布で保護されているのに寒さが染み込んできている。二体ともすでに貯蔵された空気を吸っているが、その量は限られている。ポーシャは自分たちが厳密な時間割に従って任務をやり遂げなければならないことを自覚している。

化学発光する計器が船体の急激な上昇をしめしている。無線が〈星の巣〉の位置を報告してくる。ポーシャは彼女の本質の多くを占めるあの奇妙な感覚をおぼえる――ほかにだれも歩いたことのない場所を歩いているという感覚。この機会を逃さない好奇心は、彼女の祖先がちっぽけな思慮の足りない狩猟者だったころからずっと彼女の中に強く残っている。ポーシャにとっては常に別の地平線があり、常に新しい道がある。

このころになって〈使徒〉が無線の沈黙を破る。ポーシャは神の周波数に合わせていないが、地上からの騒々しい反応でなにが起きたかはわかる。彼女自身は神の難解な、直観に反する言語に堪能ではないが、翻訳された内容が思考と同じくらい迅速に惑星の表面を渡ってくる。

神は謝罪していた。

その説明によれば、これまでは現状のいくつかの重要な要素について誤解していたが、いまは状況がどうなっているかをより明確に理解できているという。

神は質問を求めている。

ポーシャとフェイビアンは、上昇するちっぽけな泡の中に閉じ込められたまま、どんな質問が出るのか不安な思いで待ち受ける。地上にいるビアンカとその仲間たちは、次になにが起こるかについて熱心に議論しているにちがいない。〈使徒〉との意思疎通の新たな段階の始まりを告げる質問とは？

だがもちろん、肝心な質問はひとつだけだ。結局、ビアンカはほんとうに他者の意見を求めるつもりなのか、それとも自分の要求を神に送ってほかの者が同じことをできないようにしたいだけなのか。それは送信機を使えるほかのすべての蜘蛛たちにとって強烈な誘惑にちがいない。

ビアンカはこう質問する――

〝あなたがそこにいてわたしたちがここにいるのはどういうことなのですか？　意味があるのですか、それとも偶然なのですか？〟たとえ相手が壊れた人造の神であろうと、いまできる質問はこれしかない。〝わたしたちはなぜここにいるのですか？〟

高く見晴らしのよい場所から、ドクター・アヴラーナ・カーンはすべてを明らかにしようとする――彼女ならこの質問に対して世界中の蜘蛛たちが望む以上に詳細にこたえることができる。彼女は、アヴラーナ・カーンは、歴史そのものなのだ。

深呼吸にあたるものをしてみるが、答は思い浮かばない。知っているという確信は充分にあるものの、その確信には知識の裏付けがない。彼女が自分の記憶だと思っているデータのアーカイブは利用できない。答を探そうとするとエラーメッセージが出てくる。消えたのだ。過去の記憶の宝庫は消えたのだ。彼女は人類のすべての時代の唯一の目撃者なのに、それを忘れてしまった。使われない記録は上書きされたのだ――彼女の数千年にわたる眠りのあいだに、数百年にわたる目覚めのあいだに。

知っていることはわかるのに、実際にはなにも知らない。そこにあるのは寄せ集めた推測と、かつてはおぼえていたがもはや直接には思い出せない時代の記憶だけ。惑星からの質問にこたえるとすれば、それらの断片を縫い合わせて一枚の布に仕立てるしかない。遅ればせながら創造神話をあたえるのだ、教義ばかりで具体的な中身の少ない神話を。

とはいえ、彼らは必死で知りたがっているし、それはもっともな質問だ。彼女が問われたのは技術仕様や製造番号か？　ちがう。彼らには真実を伝えなければ。彼女にできる範囲でせいいっぱい。

そこで彼女は語り始める。

彼らにむかって空にある光をなんだと思っているのかと問いかける。下にいるのは天文学者たちなので、それらが想像を絶するほど遠くにある火だということを知っている。

〝それらはあなたたちの太陽と同じようなものだ〟彼女は言う。〝そういう炎のひとつのまわりに、あなたたちの世界とよく似た世界があって、そこで別の目が遠くの光を見あげながら、こちらを見返している者はいるのだろうかと考えていた〟彼女は自然に過去形に切り替えていたが、そうした直線的な過去の概念は蜘蛛たちの概念とは少し食いちがっている。彼女にとっては地球そのものがすでに死んでいる。

〝その世界に住んでいた生物は争いが好きで暴力的で、ほとんどはおたがいを殺したり支配したり抑圧したりすることだけに熱心で、多くの同胞の生活を向上させようとする試みには抵抗した。だがもっと先を見とおす者もわずかながらいた。彼らはほかの星や世界へ旅をして、自分たちの世界に少しでも似た世界を見つけると、その技術力をもちいて自分たちが暮らせるように改造した。彼らが実際にその世界で暮らすこともあったが、それ以外の世界ではひとつの実験がおこなわれた。彼らはそれらの世界に生物の種を蒔き、その成長を早めるための触媒を投じた。その生物がやがて彼らを振り仰《あお》ぎ、状況を理解するかどうかを見きわめようとしたのだ〟

アヴラーナ・カーンの残りかすの中でなにかが――とても長いあいだ使っていなかった壊れたメカニズムが――動き出す。

〝ところが、その結果を待っているあいだに、破壊的で浪費家の大多数の者たちが正しい考えを持つ者たちと諍《いさか》いを起こし、大きな戦争を始めた〟彼女はすでにこの聴衆が「戦争」や「触媒」など彼女が使う概念のかなりの部分を理解することを知っている。〝そして彼らは死んだ。全員が死んだ。地球のすべての人びとが、ごく少数を残して全滅した。そのため彼らは改造した世界でどんなものが成長しているかを見に来ることはなかった〟

彼女は口には出さずに考える――〝それがあなたたちだ。わたしの子供たち、それがあなたたちなのだ。わたしたちが望んでいたものではないし、計画していたものでもないが、あなたたちはわたしの実験対象であり、みごとに成功をおさめたのだ〟そこであの壊れた部品がふたたび動き出し、彼女は自分の一部が、しまい込まれた生身の部分が泣こうとしていることに気づく。だが、それは悲しいからではない。むしろ誇らしいからだ。ただただ誇らしいからだ。

隔離されたちっぽけな世界で、ポーシャは神の語る言葉に聞き入り、それを自分の中に取り込もうとする――世界中にいるほかの蜘蛛たちも同じようになにが語られているのかを把握しようとする。〈使徒〉の伝言の多くがそうであるように、まったく理解できない部分もあるが、これはたいていの伝言よりもわかりやすい。今回ばかりは神も本気で理解させようとしているのだ。

ポーシャはビアンカとほぼ同時に次の質問をする――

〝ではあなたがわたしたちの創造主なのですか？〟その質問にはあらゆる心の重荷がともなっている――〝なぜ作ったのです？　なんの目的で？〟

すると〈使徒〉がこたえる――〝あなたたちはわたしの意志によって作られた、そのもうひとつの世界の技術の産物ではあるが、ここで起きたあらゆることは、わたしがいなくても時間と機会さえあればあなたたちが歩んできたかもしれない過程をより早めただけのことでしかない。あなたたちはわたしのものだが、宇宙のものでもあり、あなたたちの目的はあなたたちが自由に選ぶことができる。あなたたちの目的は生きのびて成長して繁栄して理解しようとすること――わたしの民も、愚行によって滅びたりしていなければ、それらを目的とするべきだった〟

そしてポーシャは、けっして聖堂の信者ではなかったのに、こうしてあらゆるものが希薄な大気圏上層部へとのぼっていく自分は、理解の境界を押し広げることでまさにその使命を果たしているのだと感じる。

　ポーシャたちが急速に上昇するあいだ、神の話はだらだらと続いている。いまは速度も落ちていて、高度計の色がしめすとおり、粘り強い〈星の巣〉――大量の水素のかたまりを包む薄っぺらな皮膜にほんのわずかな重量物がぶらさがっている――でさえ天井に到達しようとしている。もはや大気はほぼなくなっているので、軽い気体でも浮力を得ることができない。軌道上にいる〈使徒〉の高さにはまだまだおよばず、その遠い輝きまでの距離のかろうじて三分の一程度だが、彼女らが自力でたどり着けるのはこれが限界だ。

　だが、搭載機器のほうはさらに遠くを目指すことになっている。蜘蛛が旅することなどまったく想定されていないこの領域では、それを放出するのは危険な旅の中でも群を抜いて危険な活動となる。ポーシャは彼女の世界で生み出された初の人工物を軌道上へ送り込もうとしている。蜘蛛たちは人工衛星を作ったのだ。

　人工衛星は二重硝子《ガラス》の球体で、無線送受信機のほかに二種類の群体を積んでいる――ひとつが蟻でもうひとつが藻類だ。この藻類は海に棲む口脚類によって培養された特殊な品種で、周囲の環境の状況に合わせてみずからの代謝を調節する設計になっている。藻類は日光を浴びて成長し、人工衛星が展開する中空になった蜘蛛布の羽根の中へ広がって、それを餌にしながら酸素を吸う蟻群によって管理される。この人工衛星は小さな生物圏であり、なんらかの理由で均衡が崩れないかぎり一年はもちこたえるはずだ。無線の中継局としても機能するし、蟻たちは地上からの条件付けによってさまざまな分析作業をおこなえる。その能力は、革命的とまでは言えないが、新しい時代の幕開けを象徴している。

操縦室の下にぶらさがっている人工衛星の切り離しは、〈星の巣〉遠征においてもっとも難度の高い部分だ。人工衛星はさらなる一歩を踏み出して安定した軌道へ入るために化学推進機を搭載しており、蟻たちは飛行時の軌道調整のために必要な計算をすでに用意している。蜘蛛たちは化学方面で豊富な専門知識を有しているが、燃焼式推進機を製造する能力は高くないので、こうして〈空の巣〉と〈星の巣〉を使う計画が考案されたのだ。カーンとその民は考えてもみなかったことだが、緑の惑星の生物は地質学の基準からすればまだ若い――化石燃料を生み出すには若すぎる。生物工学と機械的な創意工夫でそれをおぎなうしかないのだ。

人工衛星がまだ切り離されていない。

ポーシャはその事実をぼんやりと認識する。彼女もフェイビアンもこの悪条件をしのぐのにひたすら苦労している。寒い中での長時間の上昇は彼女らの体力を大きく削っていた。蜘蛛は非効率的な内温動物だ。いまやどちらもひどく飢えていて、船内の食料も食べ尽くしそうな勢いだが、それでも寒さで体が動かなくなってきている。こうして異常が起きたいま、ポーシャは乗員室を出て、無きに等しい薄い大気の中で修理が可能かどうか調べなければならない。危険は刻一刻と増している——もしも故障したのが人工衛星なら、〈星の巣〉から離脱しないまま推進機の噴射を始めるかもしれず、そうなったら乗員室はしぼんで水素の詰まった隔室に火がつくだろう。フェイビアンは自分たちの状況を地上に報告して、〈使徒〉が明らかにした事実が引き起こした大騒ぎに割って入る。〈星の巣〉計画に直接かかわっているビアンカとその同輩たちはすぐに静まり返る。

意思疎通はうまくいかない。フェイビアンが何度も説明を繰り返しているあいだに、ポーシャは宇宙に近い過酷な環境へ出ていくために与圧服を準備する。〈星の巣〉の送信機と惑星の地表との連絡がとどこおっているのも、装置にやはり強い負荷がかかっているからだ。

ポーシャは乗員室の底に近い出口で配置につく。室内に取り付けられた安全糸を巻き枠から繰り出し、第二の壁を自分の上に紡いでから、与圧服の内側に出糸突起を封じ込める。壁を切って乗員室を出て、二重船殻にはさまれた空間に入り込み、背後に残された裂け目をふさいでから、同じ手順を繰り返して船外に広がる強烈な寒さへ身を投じる。

与圧服はあっという間にふくれあがる。内部に供給されている空気が薄い大気に反応して、腹部、口、目、関節など、急激な圧力低下で影響を受けかねない部分を中心に膨張するのだ。いまのポーシャには脊椎動物に比べていくつか有利な点がある——開放血管系は凍傷や気圧の変化で生じる気泡に強いし、外骨格は皮膚よりも液体を保持しやすい。それでも、ふくらんだ与圧服のせいで体の動きはひどくぎこちない。さらに悪いことに、すぐに熱がこもり始める。体温を——なんとか——高いまま維持することはできていたが、素早く下げることができないのだ。彼女が生み出す熱は、ほんのわずかな空気に囲まれていて、どこにも行き場がない。ポーシャは自分の外殻の中でゆっくりと煮え始める。

苦労して這い降りて人工衛星までたどり着き、のぞき窓の薄膜をとおして見ると、船体に氷で張りついてしまっている。だれかにそのことを伝える手段はないので、人工衛星そのものはまだ作動していることを願うしかない。ポーシャは前脚を使って氷を削り始める。それでも硝子の球体は〈星の巣〉の蜘蛛布にがっちり固定されたままだ。頭の片隅には、いまにも推進機が点火して氷を溶かすまえに〈星の巣〉をそっくり焼き尽くしてしまうのではないかという意識がある。そんな考えが沸騰《ふっとう》する脳内へ押し入ってくるのと同時に、ポーシャは最初のにぶい輝きを、混合された化学物質が生み出す急激な熱を見る。

これがポーシャの仕事だ。だからこそ彼女が選ばれたのだ。彼女は開拓者であり、危険をいとわぬ冒険家であり、ただすわって世界がやってくるのを待つだけではけっして満足しない蜘蛛だ。まさに英雄だが、手本になるというよりは羨望《せんぼう》の存在だ。

ポーシャはぎこちなく人工衛星をかかえ込み、ようやく氷の留め金から引き剝がすことに成功する。後脚をそろえて宇宙空間に狙いを定め、いちどきりの大跳躍に全力を注《そそ》ぎ込む。

一本の後脚のあたりで与圧服が裂ける感触がある。張り詰めた蜘蛛布が突然の跳躍に耐えきれなかったようだ。むきだしになった脚を包む凍りつくような寒さは、いまはむしろ歓迎したいくらいだ。ポーシャは薄い薄い空気の中へ飛び出し、眼下の惑星のしぶとい引力によって弧を描きながら下降していく。六本の脚がはじけるように動いて、人工衛星をポーシャの体から突き放す。

推進機が点火する。その炎の尾の先端でポーシャを軽く焦がしながら、人工衛星は猛烈なきりもみ状態で〈星の巣〉の大きく広がった天蓋《てんがい》の下から飛び去っていく。きちんと針路を修正して目標の軌道に乗れるのかどうかポーシャには見当もつかない。

ポーシャの胸中に驚くほど合理的な考えが浮かぶ。〝もっと楽なやり方があるはずだ〟

それから彼女は落下し、落下し、脚はあたふたと落下傘を紡ごうとするが、なにも形を成すことはない。

落下は突然の衝撃と共に止まり、ポーシャは〈星の巣〉にぶらさがる。安全糸が止めてくれたのだが、問題はそこではない。与圧服の空気が抜けており、暑すぎて動くことも考えることもできないのだ。ポーシャはそのまま気を失う。

フェイビアンはすでに作業にかかっている。なにが起きたのかはほとんどわからなかったが、ポーシャの安全糸が急に張り詰めたことに気づいたので、それをたどって自作の気密室から気密室へと移動し、船外へ出て――自分の与圧服がふくらんで動きづらい――彼女を引きあげる。いまにも尽きそうな力を振り絞ってポーシャを船内へ取り込み、乗員室がふたたび密閉されたところで鋏角を使っておたがいの与圧服を引き裂く。

　フェイビアンは脚をポーシャのそれとからませたままあおむけに横たわる。ポーシャは腹部の浅い脈動のほかはぴくりともしていない。

　なんとか無線送信機までたどり着き、現在の状況についてなかば支離滅裂な報告を送信する。人工衛星がぶじに軌道に乗ったという確認がかすかに伝わってくるが、こちらの報告が届いた気配はない。

　もういちど送信しようと、触肢を振って意味不明な言葉を並べていると、最後にようやく文章になる——〝聞こえるか？　だれか受信できるか？〟

　地上からは応答がない。この無線機が作動しているのかどうかさえわからない。フェイビアンはひどく腹がへっているし、ポーシャの船外活動により彼らには空気がほとんど残っていない。危険のない範囲でできるだけ急いで水素の排出を開始したが、地上へ降りるまでにはまだ長い道のりがある。彼とポーシャには快適な高度まで降下するための気力も酸素も残っていない。

　すると声が聞こえる——〝ああ、受信している〟

〈使徒〉が聞いているのだ。フェイビアンは畏敬の念をおぼえる。彼は神と話した初めての雄だ。

〝あなたの状況は理解している〟〈使徒〉が語る。〝わたしはあなたを助けることはできない。

申し訳ない〟

フェイビアンは考えがあるのだと告げる。そして慎重に計画を伝える。〝あなたのほうで全員に説明できますか？〟

〝それならできる〟〈使徒〉は約束し、急に古い記憶を呼び出す。〝わたしの祖先が宇宙に進出したときも、先駆者たちの中には死ぬ者がいた。それだけの価値があるのだ〟そのあとに続いた言葉はフェイビアンにとっては異質なものだ。〝あなたに敬礼する〟——それがなにを意味するのか、彼が知ることはけっしてないだろう。

フェイビアンはもはやなんの反応もしめさないポーシャに目を向ける。あおむけに横たわったままで、意識はなく、基本的な反射神経以外のすべてを奪われている。

ゆっくりした、ぎこちない動きで、フェイビアンは求愛を始める。ポーシャの目のまえで交尾を求めるように触肢をゆらし、その体にふれて、何世紀にもわたる文明生活をへてもけっして失われることのないゆるやかな本能を刺激する。彼女を回復させるための食料源はひとつしかない。二体分の空気はないが、おそらく一体なら足りるだろう。

ポーシャの鋏角がひらき、震えながら持ちあがる。一瞬、フェイビアンはそれをまじまじと見つめて、この仲間の乗組員をたいせつに思う気持ちについて考える。ポーシャはけっしてフェイビアンや彼女自身を許すことはないだろうが、それでも生きのびることはできるはずだ。

フェイビアンはポーシャの無意識の抱擁に身をゆだねる。

あとになって、〈空の巣〉の船内で意識を取り戻したとき、ポーシャは満腹で、傷だらけで、妙になまめかしい気分になっている。彼女は後脚をまるまる一本と、ほかの外肢の二つの部分を失い、側眼もひとつなくしている。それでも生きている。

ポーシャを生きのびさせるためにフェイビアンがなにをしたかを聞かされても、彼女は長いあいだ信じようとしない。最終的には、〈使徒〉がポーシャにそのときのできごとを受け入れさせる。

ポーシャは二度と飛ぶことはないだろうが、今後の飛行計画、すなわち軌道に到達するためのより安全で洗練された方法を検討するときには助けになるだろう。〈使徒〉は自身の子供たちを正しく理解するための忍耐力と洞察力を身につけたので、ようやく彼らに伝わるかたちで警告を伝えることができる。蜘蛛たちはついに理解する――軌道上にいる神のほかにも、宇宙には自分たち以外の存在がいるのだと、それは良いことではないのだと。

第7部
衝突

7.1　戦時体制

ブリーフィングルームはぎゅう詰めだった。まるでデジャヴュのようだが、最近ではそれが良いことのように思えた。ホルステンが生きているのは循環と反復のちっぽけな世界であり、反復ができないというのは劣化を意味する。

照明がいくつか消えていることがその事実を痛感させた。ギルガメシュを実現させたあらゆるテクノロジーの奇跡、古帝国の神々から盗んだあらゆる秘技……いまは、それらをもってしてもすべての照明を点灯させることができないのか、あるいはほかに優先順位の高いことが多すぎるのか。

見覚えのある顔が驚くほど多かった。これはどう見ても司令部の会議だ。彼らはメインクルーだ――あるいはその残党か。科学班、ひと握りの技術班、指揮班、保安隊、みんな地球にまだ人間が住んでいたときに乗船してきた人びとだ。残りの人類の保護管理をまかされていた人びとだ。

〝いくつか目につく欠落があるな〟各部署の責任者でここにいるのは――ホルステン自身と彼の一人部署を別にすれば――ヴィタスだけだった。そのヴィタスは、目が覚めたばかりでまだぼんやりしている人びとの指揮をとり、なんらかの独自のシステムに従って命令を出していた。古い船内服を着たひと握りの若者たちが彼女の手伝いをしている——おそらくレインの遺産だろう。見た目はホルステンのつい最近の記憶にある連中と似ているが、少なくともそれよりひと世代はあとの人びとにちがいない。だが、この若者たちは辛抱強かった。人食いや無政府主義者や猿に落ちぶれてはいなかった。そんないかにも脆弱に見える安定感でさえ、ホルステンにはささやかな希望に思えた。

「古学者メイスン、そこにいたんですね」ヴィタスが彼の姿を見てどう思ったのかはよくわからなかった。いつだって彼女がどう思ったかはよくわからないのだ。ヴィタスは歳をとってはいたが、ほんの少しだけで、優雅に年輪を重ねているように見えた。ホルステンはいつしか彼女は人間ではないのではないかという妙な憶測にふけっていた。もしかしたら独立した自己認識マシンなのかもしれない。なにしろ、医療施設を支配していれば永遠に秘密を隠すことができるのだ……。

ホルステンはギルガメシュに足を踏み入れてから多くの狂気を目にしてきたが、これはさすがに行き過ぎだろう。いくら古帝国とはいえ……だが、彼女がほんとうに古帝国の、時代を越えて一万年を生き抜いた、核融合駆動で永遠不滅の存在だとしたら。

自分が一瞬理性を失ったことに気づいて、ホルステンはヴィタスの手をつかみ、そこに人間のぬくもりを感じて、自分の知覚を信じようとした。科学者は皮肉っぽく眉をあげた。

「ええ、まちがいなくわたしですよ」ヴィタスは言った。「驚いたでしょうね。銃は使えますか？」

「むりだろうな」ホルステンは思わず口走る。「おれは……なんだって？」

「司令官から全員にきけと言われたんです。あなたの返事は予想がついていましたが」

ホルステンは一気に冷静さを取り戻した。〝司令官だと……〟

ヴィタスはおもしろがっているような冷たい目でホルステンをながめて、もう少しだけ彼に気をもませてから説明した。「レム・カーストが司令官代理です、ご参考まで」

「カースト？」ホルステンはそれではなにも変わらないような気がした。「カーストが指揮をとるなんて、いったいどれほど悲惨な状況なんだ？」

この発言にほかのメインクルーから多くの視線が注がれ、一部の者は眉をひそめ、別の者は明確に賛意をしめした――保安隊にいるひとりさえも。ホルステンにとっては少数派でいるほうがずっとましだと思える稀有な瞬間だった。

「いまはカーンの星系へむかっているところです」ヴィタスが説明した。背後にあるコンソールを振り返り、身ぶりでホルステンに注意をうながす。「率直に言って、いったん緑の惑星をめぐる軌道に乗ったら、ギルガメシュの放浪の日々は終わりを告げることになりそうですね」妙に詩的な言いまわしが、きびきびした口調に思わぬ厳粛さをあたえた。「レインの一派は船を維持するためにめざましい働きをしてきましたが、それは文字どおりのダメージコントロールでした。そしてダメージは勝利をおさめようとしています。船で生まれた人びとの数がかなり増えているのは、冷凍タンクが修理しきれないほど壊れているからです。もはやだれも別の星系への旅に出かけることはないでしょう」

「というと……？」

「わたしたちに残された場所はひとつだけということですよ、メイスン」ヴィタスはちらりと笑みを見せた。「そこへ行くには古帝国と戦わなければなりません」

「楽しみにしているみたいだな」

「実現までに何世紀もかけた、長い長い計画の最終目標ですからね。あのカーンとやらがやってきたことを別にすれば、人類の歴史上もっとも長大なゲームと言えます。司令官についてはある意味あなたが正しかった。この場に立ち会うことはできませんが、これはグイエンの計画なのです。彼があの惑星に目をつけた瞬間からそうでした」

「グイエン？」ホルステンはおうむ返しに言った。

「グイエンにはヴィジョンがありました」ヴィタスは力説した。「最後には負荷の大きさに壊れてしまいましたが、どれだけのことがあったかを考えればむりもありません。人類は彼に大きな借りがあるのです」

　ホルステンはヴィタスを見つめて、彼女がグイエンの破滅的な精神アップロードを趣味の実験のように語っていたことを思い出した。結局、ホルステンは不満のうめきを漏らすだけにしておいたが、相手の反応からすると、顔に思いの一部がはっきりとあらわれていたようだった。

「カーストとその仲間たちが通信室に即席の管制センターを設置しました」ヴィタスはひややかに言った。「あなたはメインクルーですから、カーストはそこにいてほしいと思うでしょう。アルパシュ！」

若い技師のひとりがヴィタスのすぐそばにあらわれた。

「彼がアルパシュです。船で生まれました」先天的な欠陥を弁解するような口ぶりだ。「こちらのメイスンとほかのメインクルーを司令官のところへ案内しなさい、アルパシュ」ヴィタスがその若者に語りかける様子は、人間ではなくペットか機械でも相手にしているようだった。

アルパシュは油断なくメイスンにうなずきかけた。この若者がヴィタスをメインクルーの見本と考えているとしたら、礼儀の面では多くを期待していないだろう。彼が最近目覚めたばかりの技師や保安隊員などを集めているときの様子には独特の用心深さがあった。それはグイエンのカルト教団がホルステンに見せた態度を思い出させた。アルパシュはどんな伝説的なメインクルーを呼び起こしたのだろうか。

通信室のほうでは、カーストの相変わらずな姿が新鮮に見えた。大柄な保安隊長は、やつれた顔に無精ひげを生やすだけの時間はあったようだが、ほとんど歳をとっていなかったので、最後に見かけたときからめったに外へ連れ出されていなかったようだ。

生き残りのメインクルーがぞろぞろと部屋に入ると、カーストは期待と緊張の入り交じった顔でにやりと一同に笑いかけた。

「すわる場所を見つけるなり、立っているなり、好きにしろ。ヴィタス、聞こえるか？」

「聞いています」科学主任の声が見えないスピーカーから雑音と共に吐き出された。「わたしは引き続き荷ほどきの監督をしますが、聞いています」

カーストはしかめっ面をして肩をすくめた。「わかった」彼は全員に向き直り、顔から顔へと視線を移していった。ホルステンと目が合っても、予想された嫌悪感はなかった。ホルステン・メイスンのことを特に気にしている様子はいっさいなかった。行動派の男が用のない学者を相手にするときの見くびるような態度もなかった。その代わり、にやついた笑みが薄らいでもっと誠実な笑みに変わった。最初からいままでずっとここにいて、多くのことを分かち合ってきたふたりだけに通じる笑みだった。

「これから戦いになる」保安隊長は全員に告げた。「基本的にはチャンスはいちどしかない。状況はみんなわかっているはずだ。むこうの人工衛星はこっちが隙を見せたらギルガメシュを一瞬で切り裂くことができる。いまは、例のテラフォーミング・ステーションから略奪したある種の拡散シールドを船体に追加してある――そのとき目覚めていなかった者もいるかもしれないが、システムの変更点をまとめた資料がある。コンピュータシステムも強化してあるから、あのビッチに――あのクソ衛星に――勝手にシャットダウンされるとかエアロックをあけられるとか、そういうことをされる心配はない。あらゆる予防措置を講じたとはいえ、直接対決となればやっぱり叩きのめされる可能性はある」だが、カーストのにやにや笑いはまた復活していた。

「こっちも工作室で何機かドローンの整備をしてきた。システムは同じように強化してあるし、搭載しているレーザーは衛星を燃やせるだろう。基本的にはそういう計画だ。最高の防御こそ最高の攻撃ってやつだな。軌道へ進入するまえに、クソ衛星を燃やして片がつくことを祈る。それでだめならギルガメシュの船首の武装を使うわけだが、その場合は敵の射程内に入ることになる」カーストはいったん口をつぐみ、締めくくった。「というわけで、わたしがなぜおまえたちを必要とするのか不思議に思っているんじゃないか？」

ホルステンは咳払《せきばら》いをした。「ヴィタスから銃が使えるかどうかきかれた。おれはすぐれた戦術家じゃないが、あの人工衛星に対してそんなものが必要になるとしたら、その時点で負けだろう」

カーストは声をあげて笑った。「ああ、わたしは事前に計画を立てた——勝つための計画だ。あの人工衛星に勝てなければ、そもそも計画を立てる意味がないからな。だから人工衛星は燃やせると仮定しよう。その次は？」

「惑星だ」だれかが言った。希望と不安が入り交じった奇妙な波紋が部屋中に広がった。

カーストは重々しくうなずいた。「ああ、ほとんどの者は見たことがないだろうが、冗談でなく、あそこに落ち着くのは容易なことじゃないぞ、少なくとも初めのうちは。そうだろう、メイスン？」

　ホルステンは急に意見を求められてぎょっとした。〝たしかに、惑星の地表に降り立ったのはカーストとおれのふたりだけだ〟「そうだな」彼は認めた。

「そこで銃が登場するわけだ。銃を使うほど堕落してかまわないと思っていればの話だが」とっくに堕落しているカーストは一段とにんまりした。「基本的にこの惑星には小さな生物がうようよしている――蜘蛛とか虫とかありとあらゆる種類のクソどもだ。だから設営の準備をしているあいだにそいつらを焼き払う――森林を伐採し、野生生物を追い払い、妙な目でこっちを見るやつはすべて根絶やしにする。きっと楽しくなるぞ。正直言って、わたしは最初に乗船したときからずっとこういうのを心待ちにしてきた。だが、きつい仕事だ。そして全員の仕事だ。忘れるなよ、われわれはメインクルーなんだ。これはわれわれとここにいるアルパシュのような新しい主任技師たちに課せられた義務なんだ。われわれはこれをやり遂げる。みんながわれわれを頼りにしている。それを肝に銘じろ――みんなというのはほんとにみんなだぞ。いまじゃギルガメシュがすべてなんだから」

　カーストはその演説で元気が出て士気があがったかのようにぱんと手を叩いた。「保安隊、新人たちの資料を持っている者は、全員をまとめて武装させてくれ。どっちの端をのぞき込んじゃいけないか教えるんだ。そのあとで虫狩りに参加してもらう」

ヴィタスから銃を使えるかときかれたときに「はい」と返事をした愚かな連中のことを言っているのだろう。

「部族の諸君」カーストは言葉を継ぎ、そこで勢いを失ったようだった。「わたしからわざわざ話すことはない。自分がなにをしているかはわかっているだろう。とにかく、もう充分に長くやってきたはずだ。ただし、アルパシュはそばにいろ。連絡係になってもらう」

〝部族〟というのは技師たち、というか、いま船を維持しているその子孫たちのことらしい。まだ残っていた数人が駆け出していったが、こんな手続きは退屈で不必要だと思ってもがまんして神妙にしている様子は、まるで礼拝中の子供のようだ。

「よし、メイスン……ファーストネームはハーレンだったか？」

「ホルステン」

「そうだった」カーストは悪びれることなくうなずいた。「おまえにとっては特別なことだろう？　ようやく自分の仕事ができるわけだ。あの人工衛星はありとあらゆるクソを発信していて、なにを言っているのかわかりそうなのはおまえだけだ」

「送信相手は……おれたちなのか？」

「ああ。たぶんな。アルパシュ？」

「おそらくちがいます」若い技師がこたえた。

「まあ、なんであれ、このメイスンを連れていって仲間に入れてやれ。メイスン、なにか解読できたら教えてくれ。わたしとしては気がふれているだけだと思うが」

「よりひどくだな」ホルステンが訂正すると、冗談ではなかったがカーストは笑った。

「われわれはみんなこの船に乗っている、そうだろう？」カーストはギルガメシュのぼろぼろになった船内を見まわしながら、いとおしそうに言った。「全員が同じ古い船に乗っているんだ」仮面がはずれて、一瞬、ストレスで壊れたところをへたくそに補修してある張り詰めた魂があらわになった。この男はいつでも仕える立場だったが、いまは自分が責任者となり、人類最後の将軍として勝ち目のわからない史上最大の賭けに直面している。あのいささか支離滅裂な状況説明会も、いま考えてみると、必死に冷静さをたもとうとしてかろうじて踏ん張っていたように思えた。予想に反して、カーストはなかなかうまく対処していた。機会が人を育てるのだ。

それに、カーストは酔っていたのかもしれない。ホルステンはそこの判断がつかないことに気づいた。

アルパシュがコンソールのところまで案内してくれた。相変わらずホルステンやカーストがよみがえった伝説の英雄であるかのようにふるまってはいたが、実際に会ってみていささか失望しているようだ。ホルステンは専門家としての好奇心により、その〈部族〉のあいだでなにか奇妙な神話が育ってきたのだろうかと思いめぐらした――彼自身とほかのメインクルーの面々が、御しがたい神々やトリックスターの英雄たちや怪物たちとして登場する神話だ。ホルステンには見当もつかないことだが、彼らがギルガメシュ以外で生まれた者と最後に顔を合わせてからどれだけの世代が経過したのだろう……

たずねてみようとしたが、ある断片がカチリとはまったので、とりあえずいまは質問しないことにした。ようやくレインのことを思い出したのだ。レインはとっくの昔に死んでいるはずだ。彼女は最後にホルステンのことを考えただろうか？　冷たく静まり返った棺におさまるホルステンをのぞきに来ただろうか——彼女のために復帰することを許されなかった眠れる王子を？

アルパシュはホルステンの急な態度の変化に気づいて、こわばった咳払いをした。

古学者は顔をしかめ、男の懸念を振り払った。「送られたメッセージについて教えてくれ」

アルパシュは不安そうな顔でコンソールへ目を向けた。装置はぼろぼろで、何度も分解されては組み立てなおされたように見えた。側面にはなにかの記号と落書きがあり、こちらは新しいようだ。ホルステンはそれをじっと見つめて言葉だけを解きほぐした。

〝開けないで。この中に使える部品はありません〟

ホルステンはそれをジョークだと思って声をあげて笑った。技師たちが非常時に頼る寒々としたユーモア。だがアルパシュの顔には、おもしろがっているような表情も、その標語が〈部族〉の聖なるシンボル以外のなにかだと考えている様子もなかった。ホルステンはふたたび苦い思いがこみあげるのを感じた。カーストもこんなふうに感じているのだろう。奪われかけた未来を取り戻そうとしている、失われた過去の遺物。

「メッセージはたくさんあります」アルパシュは説明を始めた。「複数の周波数で、絶えず送られています。理解できるものはありません。アヴラーナ・カーンが何者なのかは知りませんが、司令官の言うとおりかもしれません。狂っているように聞こえます。惑星がひとりごとをつぶやいているみたいな」

「惑星が？」ホルステンはたずねた。

「ぼくたちの知るかぎり、この信号は人工衛星から直接届いているわけではありません」ふたたび話し始めたアルパシュの言葉には、耳慣れないリズムと抑揚が入り交じっていた――レインが少し、ギルガメシュの自動システムが少し、なにか新しいのが少し。いまは明らかに船で生まれた人びとのアクセントがある。

アルパシュが呼び出した数値データはどう見ても教育用の表示になっていた。「一連のメッセージから判明していることはここで見られます」ギルガメシュがこの種のデータを素人にも理解できるように見栄《みば》えよくするのはよくあることだったが、〈部族〉がそんな飾りを必要とするとは思えなかった。

ホルステンがぽかんとしているのを見て、技師は続けた。「これらのメッセージは、あの最初の数列と同じように惑星に向けられたもので、ぼくたちはその反射をとらえている可能性が高いと思われます。とにかく惑星を経由して来ているのはまちがいありません」

「積荷から呼び出されたほかの古学者たちもこの件にたずさわってきたのか？　学生かだれかいるはずだが……」

アルパシュは暗い顔をしていた。「残念ながらいません。積荷目録は調べました。最初からほんのわずかだったんです。あなたが最後のひとりです」

ホルステンはアルパシュをまじまじと見つめて、それがなにを意味するかを考えた――地球が滅びるまえ、氷期が訪れるまえの長い歴史について考えた。彼の社会は先人たちについて断片的で不完全な知識しか持っておらず、常にそれを模倣しようとしてきたが、そんな貧弱な記録さえいまではひとりの老人の頭の中に濃縮されてしまったというのか？〝あれだけの歴史が、もしも……おれが死んだら……？〟生存最優先のカーストのエデンで歴史の授業に出席できる暇がありそうな者は見当たらなかった。

ホルステンはぞっとした――人間が死に対していだくふつうの感覚のせいではなく、目に見えない巨大なものが忘却の彼方へ落ちて、もはや取り返しがつかなくなるという感覚のせいだ。彼はけわしい顔でアルパシュが呼び出したメッセージに目を向けた。

しばらく作業をしてなんとか表示内容を解読し、そこに記録されているデータの数と、それらがおそらく全体のほんの一部だということは突き止めた。〝いったいカーンはなにをしているんだ？　やはり自分を見失っているのかもしれない〟試しにひとつにアクセスしてみたが、それは彼の記憶にある人工衛星からのほかのメッセージとはまったくちがっていた。

それでも……。ホルステンは自分の脳の長らく使われていなかった学者部分が、その複雑さや繰り返しのパターンを見てむくりと起きあがろうとするのを感じた。彼はそのコンソールでできるかぎりの分析とモデル化をおこなった。これはランダムな雑音ではなく、といって以前カーン／イライザが使っていた古帝国のメッセージでもなかった。「暗号化されているのかもしれないな」彼はひとり思いにふけった。

「第二のタイプもあります」アルパシュが説明した。「大多数はこれですが、いくつかちがって聞こえるものがあって。これです」

ホルステンは呼び出された録音に耳をかたむけた。やはりパルスシーケンスだが、こちらのほうが彼がメッセージとして認識するものに近いように聞こえた。「これだけ？　救難信号は？　数列は？」

「これだけです——これはいくらでもありますが」アルパシュはこたえた。

「どれくらい時間があるんだろう……いろいろと始まるまで？」

「少なくとも三十時間はあります」

ホルステンはうなずいた。「なにか食べられるかな？」

「もちろん」

「だったらおれはこのままカーストのために調査を進めておくから」アルパシュが出ていこうとしたとき、ホルステンは一瞬、その若者を呼び止めて、歴史学者が自身の研究対象に関して絶対に問うことのできない、あの不可能な質問をしようとした──〝きみになったらどんな感じなんだろう？〟その質問にこたえられるほど自分の基準枠を大きく踏み越えられる者はどこにもいないのだ。

〈部族〉の助けを借りて、ギルガメシュのシステムからとりあえずメッセージの解読に必要な電子ツールキットの一部を探し出した。望みのものが手に入ると、あとはひとりで作業にかかることができた。船内のどこでも、大勢の船で生まれた者たちと目覚めた者たちが、いくつもの世代を重ねて、あるいは何世紀もの眠りをへて、ずっと目指してきた瞬間にそなえているのがひしひしと感じられた。そこから解放されたのはうれしかった。この廃れていく時の終わりに、古学者ホルステン・メイスンは、理解不能なメッセージに意味を探し求めるというむだな作業に喜んで取り組んでいた。彼はカーストではなかった。アルパシュやその同類でもなかった。〝おれは歳をとった、あまりにも多くの面で歳をとってしまった〟たしかに老いてはいたが、それでも充分に生気にあふれていて、この様子では避難船そのものよりも長生きしそうだった。

メッセージの大半についてはなんの情報も引き出せなかった。ほとんどは微弱な信号なので、おそらく惑星から全方向に送信されて宇宙空間に拡散しているだけなのだろう。

というより惑星から反射したのだ。送信されたのではない、もちろん送信されたのではない。ホルステンは漠然とした不安に目をしばたたいた。だが、発信源がどこであれ、信号は彼が知っているどんなものともまったくちがっていたので、なんらかのコードか言語で表現されたメッセージだと断定することさえできなかった。ただの干渉やホワイトノイズではないと確信できたのは、いかにも頑強な構造がうかがえるからでしかなかった。

だが、それとは別のもっと強力な信号は、〈部族〉による最近の分析によれば、接近するギルガメシュに向けられている可能性があり、まるでカーンが惑星を反響板にして彼らにわけのわからないことを怒鳴り散らしているかのようだった。あるいは惑星そのものが彼らにむかって叫んでいるのか。

惑星が叫んでいる？

ホルステンは目をこすった。長く働きすぎだ。合理的な推測からはずれ始めている。ただ、こちらのメッセージは、初めはほかのと同じたわごとかと思われたが、人工衛星からのメッセージの古い記録と照合して、あれこれエンコーディングを変更しながら同じやりかたで処理してみたところ、ひとつのメッセージらしきものがホワイトノイズの中から急に浮かびあがってきた。そこには単語があった。少なくともそこに解読された単語があると自分をいつわることはできた。インペリアルCの単語、歴史上の単語、新しく変異した命をあたえられた死んだ言語。

アルパシュのアクセントについてもういちど考えてみた。これらのメッセージを見ていると、カーンが自分のメッセージにやっていたのと同じようにコード化された、あの古代語の野蛮バージョンをだれかが話しているかのように思えた。劣化した、あるいは進化した、あるいは単にまちがいだらけの古代語。

それをひたすら精査するのはまさに歴史学者の仕事だ。みなのかかえている問題を忘れて、だれもが注目する大発見の瀬戸際にいるふりをすることさえできそうだ。〝これが死にかけたコンピュータの狂った戯《ざ》れ言《ごと》ではないとしたら？　なにか意味があるのだとしたら？〟だが、もしもカーンが話しかけようとしているのだとしたら、彼女は明らかに本来の自分の大半を失っている――ホルステンの記憶にある女／マシンは自分の考えを理解させるのに苦労などしていなかった。

〝じゃあカーンはなにを言おうとしているんだ？〟

接近するギルガメシュにむかって直接送られてきた、解読された中ではもっとも明瞭なメッセージを聞けば聞くほど、何百万キロメートルもの距離とそれよりもさらに大きな理解のギャップを乗り越えて、だれかがホルステンに話しかけようとしているという感覚が強まった。小さなフレーズの断片がまとまって筋のとおったメッセージらしきものになりつつあると自分をあざむくことさえできた。

〝近寄るな。われわれは戦いたくない。戻れ〟

ホルステンはそこにあるものをまじまじと見つめた。〝これはおれの妄想か？〟どれも明瞭とは言えなかった――メッセージの状態はよくないし、カーンの過去のふるまいとまったく整合がとれない。だが見れば見るほど、これはたしかにメッセージで、彼らに向けられたものだと確信するようになった。何十とありそうなことなる声によって、またもや近づくなと警告されているのだ。解読できなかった部分についても、個々の単語をひろうことはできた。〝離脱〟〝平和〟〝孤独〟〝死〟

これをどうやってカーストに伝えればいいのだろう。

結局、しばらくじっくり考えてから、通信室にいる司令官代理のところへよたよたとむかった。

「ぎりぎりだったな」カーストが言った。「ドローンは数時間まえに発進させた。計算ではおよそ二時間後に片がつく。そもそも片がつけばの話だが」

「カーンを焼き払うのか？」

「そのとおり」カーストが自分のまわりの作業用スクリーンを見る目はまるでなにかに取り憑かれたようで、本人が絶やすまいとしている気楽な笑顔にはそぐわなかった。「さあホルステン、話してみろ」

「ええと、これはメッセージで、しかもおれたちに向けられている――その点については合理的な確信がある」

「〝合理的な確信〟だと？　クソ学者め」あまり悪気はなさそうな口ぶりだった。「要するにカーンは赤ちゃん言葉を並べ立ててわれわれを追い払おうとしているのか」

「大部分は翻訳できないが、少しでも意味がとれる部分は一貫してそれを意図しているように見える」ホルステンは認めた。実を言えば、ここまでの成果には不満があった。専門家としての生涯最後の挑戦で、学生レベルのミスをして失敗したような気分だ。メッセージは目のまえにあり、相互参照するための大量の資料もそろっていて、すべてを明らかにする突破口まであと一歩だとずっと感じていた。ところが、そこにたどり着くことはできず、もはや引き返す時間もない。だれもが常にそうだったように、自分も古帝国のやりかたに縛られすぎているという感覚はあった。カーンの過去のメッセージに合わせて再構築しようとするのではなく、もっとすなおにこれらのメッセージに対処していたら、どんなものが見つかっていたのだろう？

「ふん、あんなクソ女」というのがカーストの見解だった。「われわれはどこへも行かない。もうそんな選択肢はない。結局はこういうことになるんだ、いつもそうだったように。そうだろ？」

「そうだな」ホルステンはうつろにこたえた。「ドローンからなにか情報は？」

「充分に接近して仕事にかかれるようになるまではなにも送信させたくない。カーンになにができるかはちゃんとおぼえている。おまえはあの女になにもかも支配されたシャトルに乗っていなかっただろう？　カーンがわれわれをどうするか思案していたあいだ、生命維持システム以外はなにも使えないまま宇宙をただよっていたんだ。あれはまったく楽しくなかったよ、ほんとに」

「それでもカーンはあんたが着陸しておれたちをひろうのを許してくれた」ホルステンは思い出した。カーストが怒って反論してくるかもしれないと思ったが、保安隊長はなにやら考え込んでいるような顔をしていた。

「そうだな」カーストは認めた。「あのとき少しでもチャンスがあると思っていたら……だが、カーンはわれわれをあの惑星に入れるつもりはないんだ、ホルステン。何度も何度も試したんだ。あの女はただそこにすわって、人類にとって最後のチャンスである世界をかかえ込み、われわれを宇宙で死なせるつもりなんだ」

ホルステンはうなずいた。彼は立ち去れと威嚇的にささやきかけてくる惑星のことで頭がいっぱいだった。「船から送信してもいいかな？　カーンの注意をドローンからそらすことができるかもしれない……わからないが」

「だめだ。こっちからは完全な沈黙を守る。もしもカーンがひどくいかれていてわれわれを見つけていないのなら、手掛かりをあたえるようなことはしたくない」

カーストはじっとしていられなかった。保安隊の副官たちに相談し、〈部族〉の上級メンバー――族長？――たちにも相談した。いらいらと歩きまわり、カーンに気づかれるリスクをおかすことなくドローンの進行状況について受動的なデータを入手しようとした。

「カーンがドローンの接近に気づかないと本気で思っているのか？」ホルステンは異議を唱えた。

「そんなことわからないだろう？　あの女は年寄りだ、ホルステン、ほんとうに年寄りなんだ――われわれよりもはるかに。まえのときもいかれていた。いまは完全に発狂しているのかもしれん。むこうがギルガメシュに狙いをつけるまえに一発くらわせてやる。文字どおり一発だ。まじめな話、まっとうなレーザーがどれだけのパワーを使うか知ってるか？　嘘じゃなく、あの二機はあれでもいちばんまともに動くドローンなんだ――手に入る部品をかき集めたクソなつぎはぎ細工だけどな」カーストはこぶしを握り締め、課せられた責任の重さと戦った。「なにもかもぶっ壊れているんだよ、ホルステン。なんとしてもあの惑星にたどり着かないと。この船は死にかけている。グイエンのバカげた月のコロニー――あれも死に絶えた。地球は……」

「わかっている」ホルステンはなにか安心できる材料はないかと思いをめぐらしたが、正直なところなにも言うことを思いつかなかった。

「隊長」〈部族〉のひとりが口をはさんできた。「ドローンからの通信が入りました。惑星に接近して配置につこうとしています」

「来たか！」カーストは悲鳴のような声をあげて、周囲を見まわした。「どのスクリーンがいい？　どれが動いている？」

四つのスクリーンに新たな映像が表示されており、ひとつはちらちらして消えかけていたが、ほかの三つは安定していた。あの見慣れた緑の球体——夢の世界、約束の地。二機のドローンは人工衛星の軌道を目指して突進し、それを撃破しようとしていた。マシンは自分たちがなにを見ているのか気にしていなかったが、機体のレンズをとおして擬似的に見ている人間たちのほうはそうはいかなかった。

カーストがぽかんと口をあけた。このときばかりは悪態をつく能力さえ失われてしまったようだった。手探りであとずさりして、座席にどすんと腰を落とす。通信室にいるだれもが作業を中断して、スクリーンを、変わり果てた彼らの楽園を見つめていた。

監視を続けているのはカーンの人工衛星だけではなかった。

惑星の赤道付近をぐるりと帯状に囲んでいたのは、さまざまな線と節点のからみ合う広大なリングだった——人工衛星ではなく、全世界を相互に接続する連続した軌道上のネットワークだ。太陽光を受けて明るく輝き、星系内の恒星に向かって緑色の花びらをひらいている。無数の不規則な節点とそれをつなぐ導管がぴんと張り詰めた幾何学模様を描いている。そこには絶え間ない活動をしめす喧騒があった。

それは網だった。なにか想像を絶する恐ろしいものが、惑星を餌にするまえにそれを繭で包み込む作業を始めたかのようだ。それは惑星の静止軌道上にある広大な網であり、カーンの金属製の家はその果てしない複雑さの中にあるちっぽけな点に過ぎなかった。

ホルステンは、カーン自身からではなく、カーンの世界から送信された何千ものメッセージについて考えた。あの憎しみに満ちたささやきは、ありえないことに、ギルガメシュに針路を転じて立ち去れと告げていた。〝この門をくぐる者、すべての希望を捨てよ……〟

突入した二機のドローンはいまもカーンの人工衛星を探していた。プログラムがこのような状況を想定していなかったからだ。

「蜘蛛だ……」カーストがゆっくりと言った。視線をさまよわせ、なにか名案はないかと必死に探し求める。「ありえない」懇願するような声だった。

ホルステンは惑星に張りめぐらされた巨大な輪縄をただ見つめていた。ドローンが接近していくにつれて徐々にこまかな部分が明らかになってきた。その上でなにかがあちらこちらへ移動しているようだった。さらなる獲物をほしがっているかのように、長い線が宇宙空間へ伸びているのが見えた。別の線が惑星そのものへむかって伸びているのも見えたような気がした。肌が粟立《あわだ》ち、この惑星に少しだけ滞在していたときのことを、あの反逆者たちの死を思い出した。

「だめだ」カーストが断固として言った。「だめだ」もういちど。「そこはわれわれのものだ。わ、われわれのものなんだ。われわれにはそこが必要なんだ。やつらがどんなことをしていようが知ったことか。こっちにはほかに行くところがないんだ」

「どうするつもりだ？」ホルステンは消え入りそうな声で問いかけた。

「戦うさ」カーストは言った。口にしたら目的意識が戻ってきたようだ。「カーンと戦って、それから……あれと戦うんだ。われわれは家に帰ろうとしているんだぞ、わかるか？ あそこはもう家なんだ。われわれがこのさき手に入れられる家はあそこしかない。必要なら軌道上からクソな世界へ総攻撃をかけて奪い取ってやる。やつらを焼き尽くすんだ。残らず焼き尽くすんだ。ほかにどうしようがある？」

カーストは顔をこすった。手をおろしたときには落ち着きが戻ったように見えた。「そうだな、この件にはもっと人手が必要だ。アルパシュ、時間だ」

技師がうなずいた。

「なんの時間だ？」ホルステンはたずねた。

「レインを起こす時間だ」カーストはこたえた。

7.2 荒々しき獣《けもの》

惑星を取り巻く物理的な糸をはるかに超えて、蜘蛛たちはより大きな網を広げている。冷たい宇宙空間にある生物工学的受容体が無線の伝言に耳をすまし、虚空への音のない呼びかけに対する返信を待ち、重力と電磁波の乱れはないかと探っている——糸のかすかな震えが来客の到着を知らせてくれるのだ。

蜘蛛たちは何世代にもわたってこの日のために準備をしてきた。ついに神とのあいだに橋を架けて以来、惑星全体がそれこそ指先から足先にいたるまで。まさに全文明が生存というひとつの目的のために一致団結してきたのだ。

〈使徒〉は長大な時間をかけて蜘蛛たちに準備を進めさせてきた。自分の思いどおりの体制を造りあげ、応戦のために必要と思われる武器をあたえた。蜘蛛たちを子供のように——猿のように——扱うのをやめたことで、おそらく最初からするべきだったことがようやくできるようになった。なにが問題なのかを伝え、彼らの頭脳と技術で実現できる解決策を見つけさせるのだ。

神が謎めいた行動をとるのをやめたおかげで、惑星全体がそれまでになかったまとまりを見せるようになった。完全な絶滅の脅威ほど集合意識を決定的に集中させるものはほとんどない。〈使徒〉は、もしもなんの抵抗もせずにギルガメシュの帰還を許したら、蜘蛛たちにはそれ以外の未来はないだろうと繰り返し語りかけていた。人類の歴史の断片的な記憶を引っかきまわしてみても、積み重なる破壊しか見つからない――人類は地球の動物相を壊滅させ、続いて同胞の分派を次々と攻撃し、ほかに適当な敵がいなくなると、みずからを滅ぼしたのだと。〈使徒〉は蜘蛛たちに説明した――人類は競争相手の存在が許せないのだ、たとえそれがみずからの鏡像だとしても。

何世代ものあいだ、政治的に統一された蜘蛛の各都市は、利用可能なあらゆる道具を使ってこの巨大な軌道上の建築物の完成を目指して働いてきた。蜘蛛たちは死にものぐるいで宇宙時代に突入していた。

ビアンカは暗くなっていく空を、軌道都市〈大星の巣〉の目には見えない線細工を振り仰ぎ、自分が生きている間にこんなことが起こらなければよかったのにと思う。

敵がやってくるのだ。

ビアンカはその敵を見たことはないが、どんな姿をしているかは知っている。彼女が見つけた太古の〈理解〉は何世紀にもわたって保存されてきたもので、その出現はこの種族がもっとずっと理解しやすい敵の顎によって絶滅の危機に瀕した時代にまでさかのぼる。というのも、あの超大型の蟻群を征服していた最中に、ビアンカの種族はいまでは人間として知られる存在と遭遇していたのだ。当時は世界に巨人たちがいた。

いまビアンカは、遠い祖先のとっくに失われた目をとおして、空から落ちてきた囚われの怪物を見ている——〈使徒〉から来たのではなく、いま迫っている脅威からやってきたものらしい。それが終末の先触れだと気づいた者はほとんどいなかった。

これほど巨大で鈍重なものに知覚力があるとはとても信じがたいが、どうやら事実だったようだ。それどころではない。そんなものが——かつての〈使徒〉がそうだったように——実は原種族であり、ビアンカの世界にすべての生命をもたらした太古の宇宙飛行士たちなのだ。いま彼らが戻ってくるのはそのあやまちを正すためなのだ。

考え込んでいるうちに、ビアンカは広大な〈七つの木〉の都市圏を抜け出して最寄りの接地点へとむかっている。光合成で自給自足する人工筋肉を動力源とする莢に乗り込み、より糸に沿って高速で移動しているのだ。莢から降りると周囲には大きくひらけた空間が広がっている。この世界の熱帯と温帯に属する地域のほとんどは、農業用として、野生保護区として、あるいは彼女の種族が都市を建設するための足場にするために、いまでも森林に覆われたままになっている。だが、昇降機の接地点のまわりは切りひらかれており、そこにある蜘蛛布の壁でできた高さ三十米《メートル》の巨大な天幕は、最頂部で一点に集束したあとも目では追い切れないほどのはるかな高みへ伸びている。ビアンカはそれがどこへむかっているのかを知っている——惑星の大気圏を突き抜け、細い糸となってさらに高く高く伸び、月が描く弧への道のりの半分ほどまで届いているのだ。赤道上にはそれらが点々とならんでいる。

遠い昔に飛行船で旅をした者は正しかった――惑星の重力井戸を這いあがって軌道に乗るにはもっと簡単な方法があり、そのためには充分に強い糸を紡ぐだけでよかったのだ。

ビアンカは五体の雌と二体の雄から成るおとなしい助手たちと合流し、急いで別の莢に乗り込む。こちらの莢は単純な機械的原理を壮大な規模で活用することで動いている。想像を絶するほど遠方にこの莢に匹敵する重量のおもりがあり、それがいまも惑星の地表へむかって降下してきている。ビアンカの種族が何世紀ものあいだずっと得意としてきた数学を駆使して、ビアンカの莢は長い長い上昇を開始する。

ビアンカは将軍であり戦術家だ。これから〈大星の巣〉として知られるにぎやかな共同体のまっただ中に着任し、異星からの侵略者である〝星の神々〟から惑星を守るために指揮をとることになる。種族の存続について究極の責任を負うのだ。ビアンカが遂行しようとしている計画を立てたのは彼女よりはるかにすぐれた頭脳の持ち主たちだが、成功か失敗かのちがいを生むのは彼女自身の決断だ。

上昇の旅は長く、考える時間がたっぷりある。彼女らが直面している敵は、ビアンカには想像もできない技術の申し子であり、彼女の種族の偉大な科学者たちの夢をはるかに超えて進化し、金属や炎や雷といった持てるすべての技術を、復讐に燃える神々にふさわしい道具として駆使している。ビアンカが自由に使えるのは、もろい糸と、生化学と、共生生物と、彼女に命をあずけてくれる者たちの勇気だけだ。

思い悩みながら、ビアンカは糸を紡いではほぐし、また紡いではほぐす。そのあいだにも彼女と仲間たちは黒々とした宇宙へ、民族の最大の建築的偉業である光り輝く格子へむかって引きあげられていく。

軌道上の〈大星の巣〉と呼ばれる惑星規模の三次元彫刻の中では、すでにポーシャが戦いにそなえて覚悟を決めている。

この赤道をめぐる巨大な網に点在する居住地は、おたがいに遠く離れていても、相互につながっていて、紡がれたり解体されたりを繰り返している。それは蜘蛛たちにとってひとつの生活様式となっており、彼女らは驚くほど急速になじんできた。蜘蛛というのは惑星のまわりで常に自由落下を続ける生活にはおあつらえ向きの種族だ。生まれつき高所へのぼったり三次元で位置を確認したりすることに慣れている。鋭い目と頭脳で正確に狙いを定めて後脚で力強く跳躍することができるし、たとえ失敗しても常に命綱を張っている。不思議なことだが、ポーシャやほかの多くの者が考えていたとおり、蜘蛛は宇宙で暮らすために生まれてきたのだ。

かつて飛行船に乗った開拓者たちを大気圏外まで連れていった、古くて扱いにくい与圧服は、いまでは過去のものとなっている。ポーシャとその分隊は格子状に糸が張りめぐらされた真空域を素早く効率よく移動し、来たるべき紛争にそなえて作戦行動を開始する。彼女らの与圧服はほとんどが腹部を覆っている——書肺に供給される空気は、容器に貯蔵されたものではなく、必要に応じて化学的に生成される。彼女らの訓練と技術、そしてあまり多くを求めない代謝機能をもってすれば、数日は宇宙空間にとどまることができる。化学的加熱器は小型無線機と共に体の下に固定されている。拡大鏡付きの面具が目と口を保護している。各自の腹部の先端には、化学糸を紡ぐ小さな糸工場につながった出糸突起があり、それが空気のない虚空でより糸を——恐ろしく強靭《きょうじん》なより糸を——生み出す。最後に、調節可能な噴射口の付いた推進剤パックは、真空中での無音の飛行を誘導してくれる。

彼女らの外骨格は分子ひとつの厚さの透明な被膜に覆われていて、それが触覚をあまりそこなうことなく減圧や水分の蒸散を防いでくれる。脚先には断熱性で関節のある足袋《あしぶくろ》がかぶさっているので熱を失うこともない。彼女らは完成された宇宙飛行士であり兵士なのだ。

ひとつひとつの跳躍を苦もなく見きわめながら、糸から糸へと移るとき、彼女らは迅速で機敏で完全に集中している。

〈使徒〉が予言したとおり、ついに敵がやってくるのだ。聖戦というのは蜘蛛たちには無縁の概念だが、この迫り来る戦いはその特徴をすべてそなえている。相手は太古からの敵であり、ここで防衛に失敗すれば彼女らは存在自体を消されてしまう。敵には彼女らがどんなに頭を絞っても想像すらできない武器がある。〈使徒〉は蜘蛛たちに人類の技術力と軍事力をせいいっぱい伝えようとした。恐るべき神のような兵器の印象は圧倒的であり、ポーシャはなんの幻想もいだいてはいない。彼女の民が有する最高の防御は、侵略者たちがこの惑星に住みたがっているという事実だ――もっとも超越的な地球の技術を使おうとすれば、双方が勝ち取ろうとしている賞品はその価値を失うことになる。

だが、ギルガメシュにはほかにも予測のつかない武器がたくさんあるかもしれない。

蜘蛛たちはあたえられた世代が過ぎてゆく中で、訪れる脅威について検討し、彼女らにできる最善の技術的および理性的な対応策を準備してきた。

こちらには軍隊がある――ポーシャは最前線に立つ数百体のうちの一体であり、戦闘に加わる可能性がある数万体のうちの一体だ。多くの仲間が死ぬだろう。少なくとも彼女らはそう思っている。だが、懸かっているものはきわめて大きい――個々の命など戦場の塵《ちり》でしかないが、もしも正当な大義というものがあるとすれば、それはこれだ。ひとつの種全体の存続が、惑星の進化の歴史のすべてが、いま危機に瀕しているのだ。

ポーシャはビアンカが上へ向かっているのを知っている。世界防衛の司令官がここへ来てくれるとなればだれだって喜ぶだろうが、彼女らの指導者が動いているという単純な事実は全員の心に重くのしかかっている。ついにそのときが来るのだ。明日をつかむための戦いが始まるのだ。負ければ彼女らに未来はなくなり、明日を断ち切られるだけでなく過去もそっくり帳消しにされてしまう。宇宙は進んでいくが、彼女らは初めから存在しなかったことになるだろう。

ポーシャは彼女の種族の偉大な者たちがさまざまな武器や計画について検討してきたことを知っている。いまはあたえられた戦略が最良なものだと信じるしかない——もっとも達成しやすく、もっとも受け入れやすいものであると。

ポーシャとその分隊は集結し、ほかの兵士たちの集団が網の遠く離れたところを押し渡り跳躍するのを見守る。ポーシャは天界へ視線をさまよわせる。いまは遠い高みに新しい星があり、その姿だけで恐るべき異変と破壊の到来の前兆となっている。その予言は迷信じみた占星術ではない。終末は現実にここにあり、いまこの瞬間に歴史の大きな歯車が容赦なく回転しようとしている。

人間たちがやってくるのだ。

7.3　乙女、母、老婆《ろうば》

「どういう意味だ、〝レインを起こす〟って？」カーストとアルパシュはホルステンに顔を向けて、急に苦しそうになった彼の表情を読み取ろうとした。

「そのとおりの意味だが」保安隊長はとまどいながらこたえた。

「レインが生きているのか？」ホルステンは手の指を曲げて、そいつらの胸ぐらをつかんで揺さぶってやりたいという衝動をこらえた。「なぜだれも……なぜあんたは……なぜいまごろやっと起こす？　なぜレインが責任者じゃないんだ？」

カーストは明らかに異議があるようだったが、すぐさまアルパシュが割り込んだ。「〈祖母〉は軽々しく起こすべきではないというのが〈祖母〉自身の命令なんです。緊急時だけにしなさいと。〈祖母〉はぼくたちにこう告げました――次に目覚めるときは緑の惑星の上を歩きたい」

「レインがきみにそう言ったのか？」ホルステンはたずねた。

「まだ幼かったぼくの母に伝えたんです」アルパシュはこたえ、古学者の挑戦的な凝視をやすやすと受け止めた。「記録がありますよ。〈祖母〉がのちに表明したことの多くが記録として残っているんです」コンソールにかがみ込んでひとつのデータを呼び出したが、それは不規則に揺れていた。「でもそろそろ行かないと。司令官……？」

「ああ、そうだな、こっちはわたしが引き受けようか？」カーストはまだ不満がありそうな顔だった。「あの女を起こしたら連絡をくれ。現状を説明してわたしとヴィタスが会いたがっていると伝えるんだ」

アルパシュはメインクルーが集まったホルステンになじみのある居住エリアを離れて、船内のどこかへむかった。古学者は急いでそのあとを追った。カーストといっしょにいるのは気が進まなかったし、照明がちらつく荒れ果てた船内で迷子になるのはもっといやだ。どこを見てもゆるやかな自己分解の痕跡が見えた――重要性の低い部品やシステムを剝ぎ取ってより優先順位の高い問題の解決に流用するという自己カニバリズム。壁は切りひらかれ、船の骨格がむきだしになっていた。スクリーンはどれも空電まみれだし、それ以外は井戸の奥のように真っ暗だ。そこかしこで〈部族〉が少人数で集まり、危機が迫っているにもかかわらず、それでも船を動かし続けるという最重要の仕事に取り組むため、教義をつぶやく司祭たちのように頭を寄せ合っていた。

「そもそもどうして船の修理のしかたを知っているんだ？」ホルステンはアルパシュの背中へ問いかけた。「もうずっと……どれくらいずっとなのかな。グイエンが死んでからずっとか。きみはまだ船を動かせると思っているのか？　それはただ……なんだろう……宇宙船の動かし方を丸暗記しているだけなのか、それとも……？」

アルパシュはホルステンを振り返って眉をひそめた。「ぼくだって司令官がどういう意味で〝部族〟という言葉を使っているのかはわかっています。科学班の主任も言っていますね。ぼくたちを原始人のような劣った者と考えるのが好きなんです。ぼくたちは先駆者である彼らの――あなたの――権威を尊重しなければなりません。〈祖母〉がそのように定めたんです。それが法なんです。でもぼくたちは〝丸暗記〟で行動しているわけではありません。全員が幼い頃から学んできました。マニュアルや講義録やチュートリアルモジュールも保管しています。〈祖母〉が用意してくれたんです。なにも理解せずにこれだけのことができたと思いますか？」彼は明らかに腹を立てた様子で足を止めた。すでにほかのメインクルーたちによって逆なでされていた神経にホルステンがふれてしまったらしい。「ぼくたちはこの船を守るために人生を――人生すべてを――捧げた人びとの血を引いています。それがいまも昔もぼくたちの仕事であり、引き受けるときに報酬を得ようとかいつか解放されようとか考えることはありません――管理者としての仕事は際限なく続くんです、約束された惑星にたどり着くまで。ぼくの親たちも、その親たちも、そのまた親たちもみんな、あなたとこの船のほかの積荷すべてを、それがむりならできるだけ多くの積荷を生かし続けるという、ただそれだけのために働いてきました。それなのにあなたたちはぼくたちを〈部族〉と呼び、子供や野蛮人のように考えて喜んでいます。ぼくたちがいちども地球を見ていないからという理由で」

　ホルステンはなだめるように両手をあげた。「すまない。カーストに相談したのか？　だって、彼はきみたちを頼りにしている。かまわないいんじゃないか……要求しても？」

　アルパシュは信じられないという顔をした。「こんなときに？　ぼくたちの故郷の――新しい故郷と古い故郷の――未来が懸かっているときに？　仲間同士で言い争いを始めるのにいい時期だと思いますか？」

　一瞬、ホルステンはその若者を認識力に果てしない差のあるヒト科のまったく新しい種であるかのように見つめた。その感覚が消えると、彼は気を取り直してつぶやいた。「レインはきみたちの法を定めたときにいい仕事をしたようだな」

「ありがとう」アルパシュはこれを彼の文化全体――というか彼がこの奇妙な閉所恐怖的社会の中で発展させてきたなにか――の正当性を認めた発言と受け止めたようだった。「ようやく〈祖母〉に会うことができます、この終末のときに」

　大きくひらけた空間に出てそこを途中まで横切ったとき、ホルステンはふいに見覚えのある場所だと気づいた。片側の端に高くなった演壇があり、そこから壊れた機械装置の残骸がいまも突き出している。ここでグイエンが永遠を手に入れようとしていたのだ。ここでアルパシュ一族の最初期の祖先たちが戦士女王やカーストの保安隊と共に戦ったのだ――そのうちの何人かは最近になって覚醒したはずだが、彼らの記憶にある事件はアルパシュにとっては歌や物語や異様にねじくれた伝説となっているにちがいない。

アップロード装置のずたずたになった基部の上に、一台のスクリーンが斜めに引っかかって、乱れた模様を邪悪に明滅させていた。〝グイエンの幽霊がまだそこに閉じ込められているみたいだ〟とホルステンは思った。そのとたん、雪が降りしきっているようなスクリーンの中に年老いた司令官の怒りにゆがんだ顔がほんの一瞬だけ映ったような気がした。あるいはアヴラーナ・カーンの古帝国風の顔立ちだったかもしれない。震えながら、ホルステンは急いでアルパシュのあとを追った。

たどり着いた場所は貯蔵庫のように見えた。いま貯蔵されているのはたったひとつ――一台きりの冷凍タンクだ。台座の根元にならんでいる小物は、いずれも女性の姿を模して熱成形されたプラスチック製の聖像で、人類の守護者である母へ捧げられた、代理の子供たちやそのまた子供たちからの供物だろう。そのやむにやまれぬ希望と信仰の展示の上には、船内服から切り取った布きれが何枚も留めてあり、それぞれにこまごまとメッセージが書かれていた。これは生きている女神の聖廟《せいびょう》なのだ。

生きているだけでなく目覚めていた。アルパシュとほかの二名の若い技師がうやうやしく遠巻きにする中で、イーサ・レインは金属の支柱にもたれてやっとのことで立っていた。

レインはとてもきゃしゃで、かつての重みはその体軀《たいく》から失われ、余った皮膚はたるんでしわしわになって骨から垂れ下がっていた。禿《は》げあがった頭皮には肝斑があり、両手は鳥の鉤爪《かぎづめ》のようにほぼ肉がなかった。猫背がひどく、横向きで長く眠れるように冷凍タンクが改造してあるのかと思うほどだった。だが、ホルステンを見あげたその目は、たしかにレインの目で、明晰で辛辣で皮肉っぽかった。

そこでレインが以前のように「あら、おじいさん」と言っていたら、ホルステンはそれに耐えられたかどうかわからなかった。だが、レインはただうなずいただけだった——ホルステン・メイスンが彼女の息子だとしてもおかしくない若さでそこに立っていることが、しごく当然であるかのように。

「バカみたいに見つめるのはやめて」少ししてレインがぴしゃりと言った。「あなただってそれほどすてきな姿には見えないけど、どう言い訳するつもり？」

「レイン……」ホルステンはそろそろと彼女に近づいた。空気を強く動かすだけでも相手が吹き飛んでしまうような気がした。

「いまはロマンスしてる場合じゃないよ、色男さん」レインはそっけなく言った。「カーストがへまをして、わたしたちが人類を救わなければいけなくなったと聞いてるけど」気がつくとレインはホルステンの腕の中にいた。彼はレインのいまにも折れそうな体を抱き締め、彼女がこみあげる記憶と感情にあらがって急に震え出すのを感じた。

「離れてよ、バカ」レインは小声で言ったが、ホルステンを押しのけようとはしなかった。

「きみがまだおれたちといっしょにいてくれてよかった」ホルステンはささやいた。

「とにかく、もういちどだけやってみる。蓋がひらいたとき、自然な重力とまっとうな日光が待っているかもしれないと本気で思った。多くを望みすぎ？　まあ、そうだったみたい。今度はカーストの仕事までしなければいけないなんて信じられない」

「あまりカーストを責めるな」ホルステンはたしなめた。「あんな状況は……前例がないんだから」

「それを判断するのはあたし」レインはようやく身を振りほどいた。「全人類の中で有能な人間はあたししか残っていないと感じることがある。それだけがあたしを支えていると思う」ホルステンから大股に離れようとしたが、すぐにつまずいたので、次の一歩はだいぶ控えめで、杖《つえ》にもたれかかりながらの慎重な足取りになった。「歳をとらないで」ぼそりとつぶやく。「歳をとってから冷凍状態に入るのは絶対にだめ。若いころの夢を見る。自分がどういう姿に戻るのか忘れてしまう。ものすごくがっかりするよ、嘘じゃない」

「冷凍中は夢を見ないはずだ」ホルステンは訂正した。

「いつからクソな専門家になったの」レインはホルステンをにらみつけた。「もう悪態をつくのも許されない？　クソな礼儀作法でも期待してるわけ？」挑戦的な態度の裏には恐ろしい絶望があった――いつでも自分の意志を世界に力ずくで押し付けることができていた女性が、いまや世界の許可と自身の肉体の許可を求めなければならないのだ。

カーストのところへ引き返しながら、ホルステンはレインに最新の状況を伝えた。彼女はきっぱりした態度でひとつひとつの断片を所定の場所にはめ込み、遠慮なく彼の話をさえぎったり説明を求めたりした。

「この一連のメッセージだけど」レインは言った。「ほんとうに惑星から送信されたと考えていいわけ？」

「わからない。それなら……ほとんどがまったく理解できないという事実に説明がつくとは思う。ただ少しだけインペリアルCのように聞こえるという事実の説明がつかない――だからやっぱりカーンかもしれない」

「カーンと話してみた？」

「カーストは奇襲攻撃にすべてをかけていたんだと思う」

「頭が切れること」レインは吐き捨てるように言った。「いまこそカーンと話をするべきだと思わない？」言葉を切り、肩で息をする。「うん、そうするべき。すぐにとりかかって。通信室に着いたら、あたしはカーストと銃のことで話をする。あなたはなんでもいいからカーンと話をして、なにを言っているのか突き止めて。ひょっとしたら彼女は蜘蛛に全身を這いまわられるのがいやなのかもしれない。いまは味方なのかもしれない。きいてみないとわからないでしょ」

レインがいまも昔どおりの目的意識をぼろぼろになった豪華な衣服のように体にまとわりつかせていたので、ホルステンはずいぶん勇気づけられたが、それも彼女が通信室に着いてドローンが送ってくる映像を目にするまでだった。レインは入口で立ち止まり、ほかのみんなとまったく同じように呆然《ぼうぜん》とした顔で見つめていた。この瞬間は全員の視線がレインに注がれていたので、もしも彼女がその場ですべては無駄骨だったと宣言していたら、もはやバトンを受け取ろうとする者はいなかったかもしれない。

だが彼女はレインだ。彼女は耐えて戦った――相手が人工衛星だろうと蜘蛛だろうと時間そのものだろうと。

「クソっ」レインは表情豊かに口走り、その言葉から力を得ているかのように、さらに何度か繰り返した。「ホルステン、カーンと連絡をとって。カースト、ヴィタスをここへ呼んでから、あのごちゃごちゃを相手にあたしたちになにができるのか教えて」

通信装置が自由に使えるようになったので――システムの不安定性に対処するために技師が考案した六つの回避策についてはアルパシュから説明を受けていた――ホルステンはなにを送れるだろうかと考えた。人工衛星の周波数はわかっていたが、惑星のまわりの空間は幽霊たちのささやきでいっぱいだった。いまとなっては認めるしかないのだが、それらのかすかなメッセージは眼下の惑星で跳ね返った人工衛星からの信号だけではないのだ。

その事実に対して、自分が置かれている前代未聞の立場に対して、ホルステンは畏怖の念を呼び起こそうとした。だが出てきた感情はすり切れた恐怖だけだった。

ホルステンは非の打ち所のないインペリアルC――死語ではあるが人類よりも長く生き延

びそうだ――で一通のメッセージを用意し始めた。〝こちらは避難船ギルガメシュ、ドクター・アヴラーナ・カーン応答願います……〟だが、〝支援が必要ですか〟のところでつまずいてしまった。良くない可能性をあれこれ考えすぎたのだ。〝ドクター・カーン、あなたは蜘蛛に取り囲まれています〟ホルステンはひとつ深呼吸をした。

【こちらは避難船ギルガメシュ、ドクター・アヴラーナ・カーン応答願います】現実問題として、カーンは彼らのことを知っているし、彼らもカーンのことを知っている。なにしろ遠い昔から敵対してきたのだ。【わたしたちにはもはやあなたの惑星に着陸する以外に選択肢がありません。人類の存続が懸かっているのです。どうかわたしたちの妨害をしないと保証してください】へたくそな懇願だった。メッセージを惑星めがけて光の速さで飛ばしたその瞬間でさえ、うまくいかないことはわかっていた。どうすればカーンから満足のいく回答を引き出せる？　なにを言えばカーンに偏執的なこだわりを放棄させることができる？

そのころにはヴィタスが到着していて、カーストやレインと頭を寄せ合って重要なことを話し合っていたが、ホルステンはひとりで虚空へむかってしゃべり続けた。

やがて返事が来た。とにかく返事のようなものが。

それはカーストが人工衛星だと考えていた網の中のポイントから送られていて、それまで分析していた弱々しい通信よりはるかに強力だった。ギルガメシュに向けられたものなのはほぼまちがいない。たとえカーンだとしても、本人はとっくにいないようだ――彼女の歯切れのいい古風な話し方とはちがい、以前に受信したことがある、あの奇妙な、帝国風に近い話し方になっている。単語のように見えるがそうではない無意味なごちゃごちゃした文字列の中に、ごくわずかな単語と文章の断片のように見えなくもないものが交じっていて、まるで無学な者が記憶だけで書きまねをしているみたいだ。無線機を使えて信号をコード化する能力をもつ文盲。

　ホルステンはふたたび信号を送り、今度はイライザに問いかけた。失うものがあるか？

　返事は似たようなものだった。ホルステンはそれをまえのメッセージと比較してみた。まったく同じ部分もあれば、新しい部分もあったが、専門家である彼の目は解読できない部分に特定の繰り返しパターンがあるのを見つけていた。カーンはなにかを伝えようとしている。少なくともなにかが彼らになにかを伝えようとしている。やはり単なる「立ち去れ」なのだろうか。だとしたら、それはホルステンたちを思いやっての警告なのだろうか。手遅れになるまえに引き返せと？

　だが引き返すわけにはいかない。いま彼らは唯一到達できる可能性のある目的地にむかって片道飛行をしているのだ。

　いったいなにを送ればカーンをそれなりに理解力のある状態へ引き戻すことができるのだろう。それともカーンもいまや故障した機械なのだろうか。人間の手になるあらゆる作品に終わりが来てしまうのだろうか、たとえそれが作り手のほうだとしても？

宇宙があの惑星を取り巻く網の製作者たちにゆだねられてしまうのはとても耐えがたい気がした。哀れな人類がくぐり抜けてきた試練や苦難をけっして知ることのない、意識をもたない這いまわる生物の群れ。

新しいメッセージが同じ周波数で送信されていた。ホルステンはぼんやりとそれに耳をかたむけた――今度は言語のまねですらない、ただの数値コードだ。

恥ずかしいことに、それに気づいたのはホルステンではなくギルガメシュだった。はるか遠い昔にカーンが惑星へ送っていた信号だ。猿たちのための知能テストだ。

自分がどうしたいのか深く考えることもなく、ホルステンは回答を――最後にはギルガメシュの助けを借りて――用意し、それを送り返した。

続いて一連の問題が送られてきた――どれも新しい問題だ。

「どうしたの？」レインが昔と同じようにホルステンの肩口に立っていた。振り返らなければ、ふたりがこのゲームを始めてからそれほど時が流れていないと自分をあざむくことさえできそうだ。

「カーンはおれたちを試している」ホルステンは言った。「おれたちに価値があるかどうかたしかめたいのかな？」

「数学のテストで？」

「カーンは最高にまともなときでもかなり意味不明だった。ありそうじゃないか？」

「だったら答を教えてあげて。さあ」

ホルステンはそうした——数式から言語のややこしさが排除されるとずっと手早く返答をまとめることができた。「もちろん、これがなにを目的としているのかはさっぱりわからないけどな」

「それでも目的があると期待することはできる」レインは歯切れよくこたえた。ホルステンは、ヴィタスとカーストが背後でうろつき、早く攻撃の話を始めたくてうずうずしているのをぼんやりと意識していた。

三回目のテストはなかった。代わりに、ホルステンがまえに見た妙にインペリアルCに似たものがどっと押し寄せてきた。ホルステンはそれを素早く分析し、さまざまなデコーダやパターン認識機能にとおしてみた。まえよりも単純でパターンの繰り返しが多いように見える。〝子供に話しかけているみたいだ〟というフレーズが浮かんだとたん、またもや、遠くで話しているのはだれなのか、どんな存在なのかという疑問で頭がくらくらしてきた。〝もちろんカーンだろう？　だがカーンは時間と距離がもたらす凝固作用によっておかしく——ますますおかしく——なっている〟たとえカーンの小さな監視ハビタットが信号の出所だったとしても、ホルステンは頭の片隅でこれはちがうとすでに理解していた。

「頻繁に使われている単語がいくつか確認できる」プログラム一式と共に作業を終えたあと、ホルステンはしゃがれ声で発表した。声が震えるのを抑えられなかった。「明らかに動詞形の〝接近する〟や〝近い〟という単語、それと〝許可〟や〝同意〟を連想させるほかの指標が見つかった」

そのあとは当然のごとく重苦しい沈黙が訪れた。

「じゃあ、態度が変わったのか」カーストがようやく口をひらいた。「まえはぜんぶ〝失《う》せろ〟だと言ってたよな」

「そうだった」ホルステンはうなずいた。「変わったんだ」

「カーンがわれわれのすぐれた数学力を切実に必要としているとか？」

ホルステンは口をひらいてから閉じた。声に出すことで疑いが現実になるのがいやだった。レインが代わりに言った。「ほんとうにカーンだとしたらね」

「ほかにだれが？」と言ったものの、カーストの声には明らかな動揺があったので、彼もそれほどにぶいわけではないようだ。

「あそこでカーン以外の何者かが送信しているという証拠はありません」ヴィタスがぴしゃりと言った。

「あれは？」ホルステンはドローンからの映像が表示されているスクリーンを指差した。

「あの惑星でなにが起きたのかを知るすべはありません。結局のところ、あれは実験だったんです。わたしたちが見ているものは、あの灰色の惑星とそこで成長していた菌類と同じように、実験で生じた異常なのかもしれません。重要なのは、カーンの人工衛星がまだ存在していて、そこから信号が出ているということです」ヴィタスは執拗に語り続けた。

「でもひょっとすると――」レインが口をひらいた。

「可能性はあります」ヴィタスはレインの言葉をさえぎった。その発想は彼女には忌まわしいものらしい。「それでもなにも変わりません」

「そのとおりだ」カーストがヴィタスを支持した。「だって、もしもやつらが――もしもカーンが――さあ、降りてこいと言ったとして、われわれはどうすればいい？　カーンの準備がととのっていたら、こっちは軌道に入った瞬間に切り刻まれてしまう。おまけにあのクソどもがいて、やつらになにができるかもわかっていない。だって、あれが惑星で育ったものだとしたら、まあ、カーンの実験の産物ということになるだろう？　カーンの指示どおりに動くかもしれないぞ」

気まずい間があり、その場にいる全員が、だれでもいいから形だけでも反論してくれないかと思っていた。ホルステンは言葉をひねくりまわし、完全に常軌を逸しているように聞こえたりしない文章をなんとか組み立てようとした。

「古帝国にはかつてこんな伝統がありました」ヴィタスがゆっくりと語り始めた。「犯罪者や虜囚に選択肢があたえられるのです。虜囚がふたり呼び出され、おたがいを助けるか告発するか質問されたあと、話し合う機会をあたえられずにそれぞれがひとりきりで決定をくだします。ふたりがおたがいを助けることを選んだらなにもかもうまくいきますが、ふたりがおたがいを告発したらある程度の罰を受けることになります。ところが、ああ、もしも虜囚であるあなたが友人を助けることを決めて、逆に友人から告発されていたら……」ヴィタスはにっと笑い、ホルステンはその笑みを見て突然、彼女は実際には歳をとっているがほとんど顔にあらわれないのだと気づいた――いっさい感情をおもてに出さないおかげでせき止められているのだと。

「で、どれが正しい選択だったんだ？」カーストがたずねた。「ふたりの虜囚はどうやって窮地をのがれた？」

「どれが理にかなった選択かは懸かっているものの大きさによって決まります――結果によってことなる罰の重さによって」ヴィタスは解説した。「残念ながら、ここではなにが事実でなにが懸かっているかはきわめて明確です。わたしたちは、過去のあらゆる経験に背を向け、今回は歓迎されるという希望をいだいて惑星に近づくこともできます。カーストが言うように、その場合わたしたちは無防備になります。もしもこれが罠だと判明したら、あるいはメイスンが単に翻訳ミスをしているだけでも、船を危険にさらすことになります」ヴィタスの目は反論してみろというようにホルステンを素通りしたが、正直なところ彼は自分の能力にそこまで自信があるわけではなかった。「あるいは攻撃することもできます――ただちにドローンを活用し、ギルガメシュが惑星に到着したときにおこなう先制攻撃を有利に進めるための準備をしておくのです。その場合、もしもわたしたちがまちがっていたら、古帝国の知性体との和解という計り知れないほど貴重なチャンスを捨てることになります」純粋に残念そうな声だった。「おとなしく進入して、もしもわたしたちがまちがっていたら、ほぼ確実に全員が命を落とすことになります。わたしたち全員が、すなわち全人類が。なにを重視しなければならないかという点について議論の余地はないと思います。わたしにとって理にかなった選択はひとつしかありません」

カーストがけわしい顔でうなずいた。「あの女は最初からわれわれをきらっていた」彼は指摘した。「急に気が変わるはずがない」

〝何世紀もの時間にたくさんの蜘蛛というのは「急に」とはほど遠いだろう〟とホルステンは思ったが、その言葉は口に出されることなく頭の中にとどまった。だがレインは彼を見ていて、明らかに発言を期待していた。〝いまになってみんなが古学者の話を聞きたいと思っているのか？〟ホルステンは無言で肩をすくめた。まちがった戦争をした場合の損失は、ヴィタスが主張しているよりははるかに大きいかもしれないとは思ったが、平和への道を進みすぎてから踏み外した場合、いまあるすべてのものが完全に失われるという彼女の評価に異論はなかった。

「さらに重要なのは、その論理が普遍的なものだということです」ヴィタスはならんだ顔を順繰りに見ながら続けた。「この惑星でなにが待っているかは問題ではありません。ただの数学、それだけのことです。わたしたちの敵は同じ選択に直面し、同じものを重視しています。たとえ両手を広げて歓迎してわたしたちに責任ある客人としてふるまってもらうことが最良の結果をもたらすとしても、裏切られたときの代償が大きすぎるのです。だからわたしたちは敵の考えを見抜くことができます。彼らはわたしたちと同じ決断をするしかありません――必要のない戦いをするコストは、平和を選んで失敗するコストよりもはるかに小さいからです。これと同じ論理でそこにいるのが何者なのかを判断することができます。人間なのか、機械なのか、あるいは……」

〝蜘蛛か？〟だがヴィタスはその単語を口にするつもりはないらしく、レインが代わりに発言するのを聞いたときには、ほんの少しだけ身じろぎした。

〝つまりヴィタスは蜘蛛がきらいなのか〟ホルステンはむっつりと考え込んだ。〝だが、彼女はこの忌まわしい惑星には降りていないだろう？　あの巨大化した怪物どもを見てはいないわけだ〟眼前に蜘蛛の巣だらけの世界のイメージが広がった。〝あいつらに知性はあるんだろうか？　それともヴィタスの言うとおり、いかれた実験が失敗しただけなのか――いや、とか？　ありえないことではないだろう？　古帝国がなんらかの理由で巨大な宇宙蜘蛛をほしがったとか？　ありえないことではないだろう？　歴史家として、彼らがたくさんの愚かなことをしたのは認めざるをえない〟

「なあ」カーストがうながした。「わたしはボタンを押していいのか、どうなんだ？」

結局、全員がレインに目を向けていた。

年老いた技師は杖を床にコツコツと打ち付けながら慎重に進み出て、ドローンのカメラが送ってくる網に覆われた惑星の映像をじっと見つめた。何世紀もの時が過ぎ去るのを途切れ途切れのストップモーションで見てきた彼女の目は、すべてを見逃すまいとしていた。殺伐とした運命をのぞき込んでいるような目だった。

「人工衛星を破壊して」レインは静かに決断をくだした。「戦いましょう。あなたの言うとおり、懸かっているものが大きすぎる。すべてがこれで決まってしまう。撃墜して」

だれかが怖じ気づいたり心変わりしたりするのを恐れているかのように、カーストは素早く命令を出した。ギルガメシュのゆるぎない進行方向、何百万キロメートルも離れたところで、二機のドローンが命令を受け取った。赤道上に伸びる広大な網にとらえられた人工衛星の金属製のこぶしは、すでにドローンの標的となっていた。

ドローンは〈部族〉の手で修復できた範囲では最上級のレーザーを搭載しており、それが遠隔操作で飛行する機体の小型核融合炉につながっていた。二機はすでに思いきった至近距離まで接近して、とらわれの人工衛星を見おろす静止軌道を目指しながらも可能なかぎりエネルギーの消費を抑えていた。

二機は人工衛星の機体の同じ場所へ狙いを定めて同時にレーザーを発射した。どこか遠く離れたところでカーストが身をこわばらせるだろうが、彼が反応する映像はそれを目にしたときにはすでに過去のものになっている。

ブリン2監視ポッドのぼろぼろに古びた外殻にエネルギーが注がれたが、一瞬なにも起こらなかった。カーストはこぶしを握りしめ、額に血管を浮きあがらせてスクリーンをにらみつけるだろう。彼の意志が時空を超えて物事を実現できるかのように。

それから、音もなく咲いた炎の花がほぼ一瞬で消えて、掘削ビームが機内のきわめて重要な部分に到達すると、何千年もの歴史をもつドクター・アヴラーナ・カーンの家は引き裂かれ、周囲に広がる網は突然の強烈な熱でしなびて跳ね飛んだ。打ち砕かれた人工衛星は、その中身を宇宙の貪欲な虚空へこぼしながら、巨大な網に穴をあけてもつれた舫《もや》い綱からするりと抜け出すと、無残な傷口から噴き出す物質の推進力によってドローンから離れていった。

二機のドローンはすべてを出し尽くした。武器を発射したことで核融合炉はエネルギーを使い果たしていた。どちらも網の表面から転げ落ちて、墜落するか流れ去るかした。

だが人工衛星にはより明確な運命が待っていた。墜落したのだ。はるか遠い昔のカーンの実験の被験者たちのように、人工衛星は軌道をはずれ、惑星の重力の腕に引き寄せられるまま、なすすべもなく大気圏へと落下した。枯れ果てた住居に一匹の太古の猿をおさめた樽《たる》は、ひと筋の軌跡を残して空を横切り、地上で不安そうに見あげる者たちに最後のメッセージを届けた。

7.4 終わりの時

彼女らはそれが燃えながら空を横切るのを見た。

この文明の進んだ時代には積極的な〈使徒〉崇拝はほぼ存在しない――神の正体をしめす証拠がたっぷりあるときになぜ信仰が必要なのか？――が、蜘蛛たちはその燃える軌跡を彼女ら自身の目で、あるいは彼女らの生物系の代理眼をとおして見て、この世界からなにかが消えたことを知った。〈使徒〉は昔からずっとそこにいた。蜘蛛たちはその天空の動く光が羅針盤であり啓示でもあった遠い原始時代の記憶を保持していた。彼女らは聖堂が隆盛をきわめていた時代を、神とその信徒のあいだで交わされた最初期の対話を思い出した。〈使徒〉は蜘蛛たちにとって最初から文化意識の一部であり、彼女らの種そのものよりも古くからあったはずだが、いまそれが失われてしまった。

仕事場の静かな暗闇の中で、フェイビアンは予想もしていなかった激しい感情の揺らぎをおぼえる。どんな蜘蛛と比べても、彼は信心深いとは言えない。知り得ないものにかまけている時間はないので、できるのは実験と論理でその正体を突き止め、知り得るものにすることだけだ。それでも……

フェイビアンが見ているのは薄膜状の画面で、映像を構成するさまざまな色をした無数のちっぽけな色素胞は、膨張したり縮小したりして全体像の一部を形作っている。仕事場は地下深くにあるので、フェイビアンがその光景をじかに目撃する機会はない。彼は同族の中でも色白で、痩せていて、体毛もぼさぼさで、太陽を見ることにはあまり関心がなく、代わりに昼や夜とはほとんど無関係な自分の周期で働いている。

〝ふむ〟フェイビアンは唯一の不変の相棒に話しかける。〝これはあなたが話していたことの裏付けになるようですね〟

〝当然だ〟返答は壁の中から聞こえてくる。周囲を取り巻く不可視の存在は、まるでなじみの悪魔のようだ。〝あなたは最初の機会に応戦しなければならない。彼らは隙を見せないだろう〟

〝連絡役の同輩組は直前まで一定の成功をおさめていたように見えましたが〟フェイビアンは指摘する。彼を取り巻く隔室の湾曲した壁はざわざわとうごめいている。百万匹の蟻が謎めいたせわしない活動を続けているおかげで、この蟻群——長い時間を経て復活した超大型の蟻群——は独特なやりかたで機能しているのだ。

〝彼らが成功する可能性は皆無だった。ありがたいのはこれで敵の意図が明確になったことだ。とはいえ今後の戦略が気にかかる〟こういう肉体のない発言は奇妙なものだ。壁の中にある筋肉の往復運動が生み出す振動は蜘蛛の優雅な足音を模している。ほかの場所ではいまでも無線でやりとりしているが、ここではフェイビアンは相手が蜘蛛であるかのように話すことができる。かなり超然とした気むずかしい雌だとは思うが、蜘蛛であることに変わりはない。

そいつは蜘蛛と神との対話のためにずっと昔に共同で考案された珍しい言語で話しかけてくるが、最近では言葉を強調するために画面に一対の架空の触肢を表示して、蜘蛛の視覚言語の奇妙な変形版を取り入れている。フェイビアンは同族とはあまりうちとけることがないが、そいつを気心の知れた仲間と感じている。そうした事情と、化学的行動設定や条件付けに関する議論の余地のない能力のおかげで、彼はこの重要な役割をになっている。フェイビアンは現在の〈使徒〉の手であり腹心の友でもあるのだ。

〝最終的に、なにか残ったのだろうか、わたしは〟ゆっくりした、途切れがちな言葉。初めのうち、フェイビアンはまた機械が故障したか、蟻群の条件付けに不具合が生じたのではないかと考える。だがすぐに、相棒が別の時代に別のかたちで使っていたかもしれない抑揚や発話の律動の名残をいつものように探っているだけだと判断する。

〝ドクター・アヴラーナ・カーン〟フェイビアンは呼びかける。それは神とか〈使徒〉とか呼ばれるのが好きではない。長い議論の末、彼女らはそれが過去に使っていた名前を連想させる任意の動きの型を見つけていた。こういったことはフェイビアンが享受している多くの特異性のひとつだ。なにしろ、彼は神と特別な関係にある。神のもっとも親しい友なのだ。彼には神の機能を正常に保ち、その条件付けに誤りがあれば解決する責任がある。

フェイビアンのまわり、配置が常に変化する網のように広がった通路や隔室の中では、一億匹の蟻の群れが暮らしている。彼らの相互作用は人間の手で作られた電子装置ほど速くはないが、それぞれの個体の小さな脳はそれ自体が情報保存と意思決定にすぐれた高性能機関であり、群れ全体の計算能力は推定すらできない。分散演算処理《クラウドコンピューティング》だ――重要なのは速度ではなく、無限に再構成可能な広がりと複雑さ。アヴラーナ・カーンの下方転送《ダウンロード》された精神をおさめるには充分すぎるほどの容量がある。

それを実現する方法を見つけるには長い時間がかかったが、結局のところ、アヴラーナ・カーンはただの情報に過ぎなかった。すべてのものはただの情報に過ぎないのだ――それをおさめるだけの容量があるなら。その情報を人工衛星から地上の保管用の蟻群へ転送するのにも長い時間がかかる。下方転送されたものが「わたしは」と言えるくらい頭を働かせるようになるまでにも長い時間が――さらに長い時間が――かかる。だが彼らには長い時間があり、いまやそれは現実となっている。フェイビアンが内部に住んで世話をしている蟻群は神の具現であり、〈使徒〉の生まれ変わりなのだ。

フェイビアンが軌道観測所のひとつと無線で連絡をとって状況を確認すると、接近する敵は世界をめぐる軌道へ針路を定めている。いまは待機のときだ。惑星上のだれもが待機している――蜘蛛だけでなく、彼らとつながりのあるすべての種が。もうじきだれもが審判のときを迎え、その数と創意工夫だけを頼りに、意図せずに彼らを創造していまは同じように軽率に彼らを抹殺しようとしている種と相対することになる。蜘蛛、蟻群、海中の口脚類、半知性体の甲虫、そのほか知性と本能の割合がさまざまな十数種類の生物すべてが、終わりの時が来たことをかすかに認識している。

軌道上の網では、ビアンカがすべての作戦を立て終えている。ポーシャは同輩たちと共に待機し、戻ってきた宇宙の神々と戦う準備をととのえている。いまできるのは、網にしがみつき、科学技術によって拡張された感覚で終末の接近を追跡することだけだ。

やがて長い減速を終えたギルガメシュの巨大な船体が近づいてくる。不安定な噴射機は奮闘を続け、惑星を通過しようとする船体の勢いと惑星の引力とがぴったり合致するところまで速度を落として避難船を軌道に乗せようとしている。

独自におこなった計測やカーンの記録から敵の大きさはわかっていたが、ギルガメシュの圧倒的な規模は畏敬の念をおぼえるほどだ。〝あんなものとどうやって戦えばいい？〟と考えている蜘蛛は一体や二体ではないだろう。

そして避難船の武器が炎を放つ。船の針路は前方を向いた対小惑星レーザーが赤道上の網を照準に入れられるよう計算されていて、ギルガメシュはその通過の瞬間におとずれるわずかな好機をめいっぱい活用する。網には中心がなく、いちどの精密攻撃で広範囲に損傷をあたえられる急所が存在しないため、レーザーは無差別に糸を焼き払い、節点を切り裂き、網の構造全体に大きな傷をつけていく。蜘蛛たちは死ぬ——いきなり真空にさらされ、宇宙空間や惑星へむかって投げ出され、ごく一部はレーザーの容赦ない炎によって蒸発する。ポーシャが戦士の同輩組と共に反撃の準備をしているあいだも、被害報告が続々と入ってくる。あの炎の一撃でかなりの数の兵士とかなりの割合の武器が失われた――すべて行き当たりばったりに抹殺されたのだ。ポーシャはビアンカと協議する。無線機は電流で振動して蜘蛛の発話の踊るような律動を再現している。

〝作戦に変更はない〟ビアンカはあらためて告げる。自軍の損失や残存兵力について、すでに全体像を把握しているのだろう。軌道上の防衛すべてを仕切る仕事は、ポーシャがうらやましく思えるようなものではない。〝部隊を展開させる準備は？〟

〝できている〟ポーシャは敵の破壊行為に対して決然とした怒りが高まるのを感じる。仲間の死が、〈使徒〉の破壊が、あらゆる無頓着《むとんちゃく》な蛮行が、彼女の正義への情熱をかき立てている。〝やつらに目にもの見せてやろう〟

〝やつらに目にもの見せてやろう〟ビアンカも同じように決然と応じる。〝きみたちはもっとも素早く、もっとも強く、もっとも賢い。きみたちは世界の守護者だ。もしも失敗したら、われわれは生まれなかったのと同じことになる。あらゆる〈理解〉が塵と化す。常に作戦を心に留めておいてくれ。不安をかかえている者もいるだろうが、いまはそんな場合ではない。偉大な者たちがどうしてもきみたちの行動が必要だと判断したのだ――われわれのこの存在を守るために〟

〝わかっている〟ポーシャは星ぼしを隠す避難船の大きな影が近づいていることに気づいている。すでにほかの部隊は出発している。

〝良い狩りを〟ビアンカがみなに呼びかける。

まわりを見渡すと、網のいたるところで軌道兵器が作動を始めている。巨大な張力のかかった網の中に置かれた、昇降機で運びあげられたり宇宙空間で捕獲されたりした岩石――それがいま突然放たれ、避難船めがけてものすごい速さで真空中を突き進んでいる。

〝だが小さい〟ポーシャは考える。以前に見たときには巨大だった岩も、避難船に比べるとちっぽけだ。あの船殻はどんな飛来物にも耐えられるものにちがいない。

だが蜘蛛たちはただ岩を投げているわけではない。この投石にはさまざまな目的があるが、もっとも重要なのは注意をそらすことだ。

ポーシャは周囲の網が張り詰めているのを感じる。〝糸がきちんと巻かれているか確認しろ〟彼女は同輩たちに指示する。〝荒っぽいことになるぞ〟

数秒後、ポーシャとその同輩たちは虚空へ射出される。安定軌道に入ろうとしているギルガメシュの針路へ斜め方向から接近するのだ。

ポーシャはわきあがる激しい恐怖に圧倒されそうになり、本能的に脚をしっかりと体に引き寄せる。それから訓練を思い出して仲間の兵士たちの確認を始める。兵士たちはギルガメシュとの合流地点へむかって落下しながら大きく散開しているが、中央の芯とは糸でつながったままなので、全体が回転する車輪のようになっている。いまギルガメシュを目指してくるくると飛んでいく多くの車輪と同じように。

避難船のレーザーは最初のいくつかの岩に狙いを定め、慎重に計算された箇所を爆発的に加熱して針路からはじき飛ばす。それ以外の岩は巨大な船体の側面にぶつかり、跳ね返ったりそのままめり込んだりしている。ポーシャは幸か不幸か命中した岩によって少なくとも一箇所でうっすらと空気が噴き出しているのを目にする。

ポーシャとその同輩たちは衝撃にそなえる。無線が軌道上の網にある演算担当蟻群からの指示を刻一刻と伝えて、彼らが小型噴射機とわずかな推進剤を使って接近速度を落とすのを助けてくれる。ポーシャはこれが片道旅行になる可能性が高いことをよくわかっている。もしも失敗したときは、どこにも帰る場所はない。

ポーシャはできるかぎり減速し、車輪の中心からさらに糸をのばして姉妹たちから遠ざかる。脚を大きく広げ、うまく勢いをころせていることを祈る。

着地は失敗し、断熱足袋の鉤爪でうまくつかまれなかったポーシャは、そのままギルガメシュの船体から跳ね返ってしまう。より幸運だった部隊のほかの兵士たちは、六本の脚でしっかりとつかまって、ポーシャも含めた迷走している同輩たちを引き寄せていく。一体は不運にも斜めに着地して面具を壊してしまう。彼女は苦しみに脚を震わせながら落命し、その無力な叫びが金属製の船体を伝わって仲間たちのもとへ届く。

感傷にひたっている暇はない。死体を小さな網で船体に固定してから、部隊は移動を開始する。彼女らには戦いが待っているのだ。

〝やつらに目にもの見せてやろう〟ポーシャは考える。〝やつらのやりかたがまちがっていることを教えてやろう〟

7.5　作戦行動

「岩だ！　岩を投げつけてきやがった！」カーストが信じられないという声をあげた。「やつらは宇宙時代の石器人だ！」

コンソールのディスプレイのひとつが明滅して消え、ほかのディスプレイにも不吉な琥珀色の表示が点々とあらわれ始めた。

「カースト、これは軍艦じゃない」レインの鋭い声が響く。「ギルガメシュは加速と減速以外の負荷に耐えられる設計にはなっていないし、もちろん弾着――」

「貨物庫で船殻が突破されました」アルパシュがだれかに自分の聖地を踏みにじられたような声で報告した。「内部扉はいずれも……」一瞬、状況がはっきりしなかったようだが、彼はすぐに言葉を継いだ。「封鎖されています、当該区画は封鎖されています。ただし……積荷の損失が――」

「積荷はもともと真空状態か、それに近い状態にあります。空気が抜けても害はないはずです」ヴィタスが割り込む。

「四十九台の冷凍タンクが損傷を受けています」アルパシュがヴィタスに報告した。「衝撃そのものと、損傷によって生じたサージ電流が原因です。四十九台です」

一瞬、だれもその事実についていけなかった。一発の被弾で五十名近くの死者。積荷全体に比べれば些細《ささい》な数ではある。だが、〝積荷〟という言葉の裏にひそむ意味を考えると恐ろしいことだった。

「われわれは軌道上にいて、あの網まで百八十キロメートルの距離にいる」カーストが言った。「反撃しなければ。やつらはもっと岩を投げてくるぞ」

「そうかな？」ホルステンも少しだけ口を出した。

「たったいま再装塡《さいそうてん》しているのかもしれないだろう」

「ほかに被害は？」ヴィタスが問いかけた。

「わ……わかりません」アルパシュは認めた。「船体センサーは……信頼できませんし、一部は失われています。重要なシステムが損傷を受けたとは思えませんが、ほかの部分でも船殻が弱っている可能性はあります……本船の損傷管理システムは緊急対応や重要部位に集中するよう改良されているので」つまりネットワーク全体の保守が適切にできていなかったということだ。

「レーザーの位置は変えられる」カーストはそれがいまの発言から導かれる自然な結論であるかのように言った。カーストの頭の中ではそうだったのかもしれない。

「船の位置を変えるほうがずっと簡単だと思う」レインが言った。「船首を回頭させて対小惑星レーザーが網のほうを向くようにすればいい。軌道上では船体がどこを向いていようが問題ないから」

　カーストはこれを聞いて目をしばたたき、艦首は進行方向へ向けなければいけないという考えからなかなか抜け出せないようではあったが、こくりとうなずいた。「じゃあ、それで行こう。どれくらいかかる？」

「システムの反応次第ね。部分的に修理が必要になるかも」

「そんな時間は――」

「やめて、カースト。あたしは文字どおりあなたと同じ船に乗っている。できるかぎり急いでやるから」

「そうか、わかった」カーストは顔をしかめた。どうやらレインを目覚めさせたことで自分が司令官代理としての地位を失ったのを思い出したようだ。

　年老いた技師は使用可能なコンソールのまえですわり込み、まわりに集まったごく少人数の〈部族〉がその指示に従っていた。ひどく疲れているみたいだな、とホルステンは思ったが、レインの姿にはまだ精力がみなぎっていた。時間はこの曲がったもろい肉体の所有権をめぐって彼女と争ってきたが、ここまでは時間が負けていた。

「敵を焼き払って惑星を支配するというわけにはいきませんよ」ヴィタスが言った。

「もちろんいくさ」カーストはかたくなに言った。「まじめな話、あのむかつく網をまるごと切り裂いて宇宙へ吹っ飛ばせばいい……古い靴下かなにかみたいに」古学者がそのたとえになにか言いたそうな顔をしているのを見て付け加える。「黙れ、ホルステン」

「カースト、お願いですから対小惑星レーザーにどれだけの電力が使えるか確認してください」ヴィタスは辛抱強く言った。

カーストは顔をしかめた。「だったら再充電すればいい」

「なるほど、生命維持装置や原子炉格納庫といったシステムを機能させるためのエネルギーをすべて使うんですね」ヴィタスはこたえた。「仮にそれがうまくいったとして、そのあとは？　惑星はどうするんです？」

「惑星？」カーストは目をしばたたいた。

「シャトルで着陸して旗を立てるつもりだったんですか？　軌道付近にあんなものが、あるとしたら、地上ではどんなものに出くわすと思います？　それも全部レーザーで焼き払うつもりですか？　それともディスラプターや銃を持ち出すんですか？　銃弾が何発あるか正確にわかっていますか？」

「すでに保安隊と何人かの補助要員を起こして武装させてある」カーストはやはりかたくなだ。「まず着陸して拠点を作り、基地を構築してから、敵の排除を開始する。やつらを焼き払うんだ。ほかにどうできる？　だれも簡単だとは言っていない。だれもひと晩で片がつくとは言っていない」

「まあ、そうなるかもしれません」ヴィタスは折れた。「仮にそうなったら、わたしはここに残って攻撃の調整をおこない、あなたの幸運を祈ります。とはいえ、害虫問題を処理するもっと効率的な方法があるといいんですが。レイン、わたしの指示で動かせる作業場を少なくともひとつは用意して、すべての古いファイルにアクセスできるようにする必要がありますーー地球に関するファイルでまだ残っているものならなんでも」

「どういう計画？」レインは振り返りもせずにたずねた。

「贈り物を調合するんです、下にいるク、ク……やつらのために」今度はヴィタスが口ごもったのはだれでも気づくほどあからさまだった。「節足動物の外骨格や呼吸器系だけをむしばみ人間にはまったく害をおよぼさない毒を調合するのは不可能ではないと思います。彼らが地球の蜘蛛から派生したものだとすれば、本質的にわたしたちとはことなる生物だということです。あらゆる面でわたしたちとは似ても似つかないのです」

ホルステンにはその部分があまりにも強調されすぎているような気がした。インペリアルCでへたくそにつづられたメッセージを思い出す。あれはカーン自身だったのか、それともなにかがカーンの言葉をまねていただけなのか？

結局のところ、それは問題ではない。大量虐殺は大量虐殺だ。ホルステンは古帝国のことを考えた。あまりにも高度に文明化したせいで、最後には自分たちの故郷の世界を毒殺してしまった。〝そしていま、おれたちはこの新しい世界から生態系の一部を引き剝がそうとしている〟

だれもホルステンには注意を払っていなかったので――彼は頭に浮かんだこれらの思いをいっさい口に出していなかった――ある程度使えそうなコンソールを見つけて通信システムに乗り込んだ。

予想どおり、惑星からは広い周波数帯で大量の電波が発信されていた。監視ハビタットが破壊されたので以前ほど明確なメッセージが届いているわけではなかった――そもそも、あれは惑星へ向けられた強力な送信機に過ぎなかったのかもしれない。いまは緑の世界そのものが切迫感のある不可解なメッセージであふれていた。

ホルステンはなにか素晴らしいものを考え出そうとした――双方に理解をもたらし、対話のきっかけとなり、全員に選択肢をあたえる完璧なメッセージ。だが、ヴィタスが語った虜囚にまつわる残酷な算術が足かせになった。〝おれたちは彼らを信用できなかった。彼らもおれたちを信用できなかった。双方が相手を滅ぼそうとするのは唯一の理にかなった結末だ。〟だれも遭遇したことのない地球外の知的生物と接触するという人類の夢――古帝国でも新しいのでも――について考えてみる。〝なぜだ？　なぜ人間はそうしたいと思うんだ？　対話はできないだろうし、たとえできたとしても、あのふたりの虜囚と同じように、信頼してリスクをおかすことを強いられるか、自分だけ少しでも助かろうとして相手を破滅させてしまうだけだ〟

そのとき、惑星から船へ向けられた新しいメッセージが届いた。以前よりも弱くなっているのは人工衛星を中継機として使っていないからだろう。インペリアルCの単語ひとつだが、その意味は完全に明確だった。

【はずれた】

ホルステンはそれをまじまじと見つめ、二、三度口をひらいてだれかの注意を引こうとしてから、同じ周波数で簡単なメッセージを送り返した。

【ドクター・アヴラーナ・カーン？】

【近づくなと言ったはずだ】すぐに悪意に満ちた返信が届いた。

ホルステンは迅速に作業を進めた。いまはギルガメシュのためではなく生《なま》の歴史に直面した地球最後の古学者として交渉しているのだ。【わたしたちには選択肢がないのです。船を降りなければなりません。世界が必要です】

【別の世界へ送り出してやっただろう、恩知らずの猿たちよ】メッセージは惑星から送信され、あふれかえる雑多な信号の中で力強く脈打っていた。

【居住に適さなかったのです】ホルステンは送信した。【ドクター・カーン、あなたは人間です。わたしたちは人間です。残っている人間はわたしたちだけなんです。どうか着陸させてください。ほかに選択肢はないのです。引き返すことはできません】

【人間性は過大評価されている】カーンの暗い返事が届いた。【それに、わたしが決定をくだしていると思っているのか？　わたしはただの助言者で、あなたたちという問題について

は彼らがわたしの望んだ解決策を好まなかった。彼らにも彼らなりのものめごとへの対処法があるのだ。立ち去れ】

【ドクター・カーン、これはははったりではありません、ほんとうに選択肢がないのです】だが結果は以前と同じだった――説得はできなかった。【ではイライザと話をさせてもらえませんか？】

【たとえわたしではないイライザが残っていたとしても、あなたたちがたったいまそれを破壊してしまった】カーンはこたえた。【さようなら、猿たちよ】

ホルステンはさらに何度かメッセージを送信したが、カーンはもう話すつもりはないようだった。非の打ち所のないインペリアルCに目をとおしていると、女の侮蔑的な声が聞こえてくるような気がしたが、太古の存在が自分でも惑星上の生き物は抑えられないとほのめかしていたことのほうが、ホルステンにとってはずっと衝撃だった。〝カーンの実験はいったいどうなってしまったんだ？〟

ホルステンは周囲をちらりと見まわした。ヴィタスは化学薬品のある自分の作業場へ出かけて、必要なだけ惑星を消毒するための準備にとりかかっていた――彼女の種族がそこに安息の地を見つけられるように。ヴィタスの仕事が終わったあとで、この世界を魅力ある居住地にしていたものがどれだけ残っているだろう。〝だが、ほかにどんな選択肢がある？　宇宙で死んでこの地を虫たちとカーンにまかせるのか？〟

「船体センサーがまだ回復していません」アルパシュが気づいた。「衝撃が思った以上の損傷をあたえたのかもしれません」彼の口調にあるまぎれもない不安は、あっという間にほかの人びとにも伝染していった。

「いまだに回復しない理由は？」レインが自分の作業に集中したまままたずねた。

「わかりません」

「じゃあドローンを送る。見てみよう」カーストはしばらくごそごそやって、ドローンが見ている光景を一台のスクリーンに映し出した。「ほら」機体は少しふらふらしながらベイを出て、大きく湾曲する船体に沿って飛行を始めた。「クソっ、こいつはつぎはぎだらけでガタガタだな」

「ほとんどは例のテラフォーム・ステーションのあとで組み込んだ部分が原因」レインが念を押した。「新しいものを入れたり修理したりするたびに、何度も機体を開けたり閉めたりしたから……」声が途切れた。「いまのはなに？」

「今度はなんだ？　なにも見えな――」カーストが言いかけた。

「なにか動きました」アルパシュも確認した。

「そんなバカな……」

ホルステンはアンテナが突き出すごつごつした光景が流れ過ぎていくのを見ていた。そのとき、スクリーンの隅になにかがこそこそと走るような動きがあった。

「やつらがここにいる」ホルステンは言おうとしたが、喉がからからで声がかすれた。

「外にはなにもないぞ」カーストが言ったが、ホルステンはこう考えていた。〝アンテナから糸のようなものがなびいていないか？　なぜ船体センサーはひとつまたひとつと故障していくんだ？　あの動いているのは……？〟

「ああ、クソっ」カーストが急にレインよりも老け込んだような声を出した。「クソっクソックソっ」

ドローンの視界の中で、半ダースほどの灰色の影が船体の上をかさかさと素早く移動していた。外の凍てついた真空の空間で、少し大げさなくらい自信ありげに駆け回り、ときには前方へ跳躍したり、糸で自分を引き戻したりしながら、いらなくなった糸の跡をギルガメシュの船体に縦横に残していく。

「なにをしているんでしょう？」アルパシュがうつろな声で言った。

レインの声はとりあえず落ち着いていた。「侵入しようとしている」

7.6　殻を破る

ポーシャの同輩の一体が、蜘蛛糸で包んだ目の役割をする硝子製のかさばる装置を操作している。中に入っている小さな蟻の群れの役割は、眼前の光景の複合映像を作成してそれを軌道上の網と惑星へ中継することだ。それによってビアンカは、この巨大な異星からの侵略者の外側に張りついている部隊のそのときどきの位置を最大限に活用した命令をあたえることができる。ポーシャは見たものにどう対応するかすぐには思いつかないので、かえってこのほうがいいのだ。どこを見ても奇怪で不穏なものばかり。別の門に属する者たちの夢から生まれた美学、硬質金属と自然力をあやつる技術。

ビアンカ自身もどう対応すればいいのか見当もつかないが、映像は巨大なコロニー集合体であるドクター・アヴラーナ・カーン、というかその残骸へ転送されている。カーンはポーシャが見ているものを経験から推測してあれこれ提案をおこなうが、採用されることもあれば無視されることもある。カーンは神の地位からすっかり転落していた。彼女はかつての信徒の指導者たちと、いまギルガメシュに乗っている人類の行く末について苦い意見の相違を経験していた。カーンは異議を唱え、脅迫し、しまいには切々と懇願したが、そのころには蜘蛛たちは攻撃の計画を立てていてまったく惑わされることはなかった。結局カーンは、かつては彼女の忠実な信徒で、いまは彼女の宿主である者たちの厳しい決断を受け入れざるをえなかった。

カーンはポーシャやそのほかの軌道防衛隊のために船体センサーの位置を確認する。彼らは船体をあわただしく移動してギルガメシュの目をつぶしているのだ。

ポーシャはこの時点では避難船の中にいる生物のことはほとんど意識していない。頭ではだれかいるとわかっていても、気持ちは目のまえの任務に集中しているし、巨人たちが乗る巨大な船という概念は彼女の想像を超えている。にもかかわらず、現在の状況に関するポーシャの心象は驚くほど正確だ。〝彼らはわたしたちを発見し、わたしたちが侵入しようとしていることに気づくだろう〟彼女の頭の中では、ギルガメシュは大昔の凶悪な蟻の群れのようなものだ。いまにも守備隊があふれだしてくるか、なにかの武器が持ち出されるにちがいない。

〝内部へ通じる扉がいくつかあるはずだ〟ビアンカが指示する。〝移動しながらセンサーをどんどん破壊して、彼らの対応力を削ぎ取れ。探すのは大きな四角い場所か……〟ビアンカは細心の忍耐力をもって、アヴラーナ・カーンが避難船と遭遇したときの記憶から掘り起こした情報により、ギルガメシュの内部へ進入できる可能性がある場所について簡潔に説明する――シャトルがどこから発進するか、点検用の扉や気密室や無人機の射出口がどこにあるか……。その多くは推測だが、少なくともカーンは避難船の建造者とかつては同じ種族だった。カーンなら共通の基準系を有しているが、ポーシャではギルガメシュの船体に見えるたくさんの設備の目的や機能を推測することさえできない。

蜘蛛たちに思いきった決断力があれば、弱点を見つけなくても避難船に侵入することはできる。なにしろ彼女らには独自に酸素を積んでいて真空中でも起爆できる化学爆弾があるのだ。とはいえ、彼女らの宇宙時代の技術には限界がある。船体を破るのは望ましい選択肢ではない。少なくともポーシャたちは避難船の空気を頼りにしている――たとえ彼女らがふだん必要としているほどの酸素がそこに含まれていないとしても。蜘蛛たちが腹部に装着している呼吸装置の寿命は短いし、兵士たちだって虚空を渡って家に帰れるほうがありがたいに決まっている。小さめの突破口をひらき、部隊の蜘蛛たちが中に入ったら密閉するほうがいい。

これまで経験したことのない不思議な感覚が押し寄せてきて、ポーシャは触覚器官を震わせる。思いつく中でもっとも近いのは風が吹きすぎたときの感覚だろうが、ここには動く空気がない。彼女の仲間やいま攻撃に加わっているほかの同輩組も感じているようだ。その影響で無線通信が一時的に不調になった。船内にいる敵が即席の電磁パルスで蜘蛛の電子機器を攻撃したことなどポーシャには知る由《よし》もない。両者の科学技術はほとんどふれ合うことなくすれちがっている。ポーシャのほうは無線機でさえ生物学的なものだ。電磁パルスの影響を受けたごくわずかなものはただちに交換される。この技術は生まれながらにして死を運命づけられているので、あらゆる部品のうしろには鮫《さめ》の歯のように交換用の部品がずらりと生えている。

ポーシャは進入路を見つける。頑丈な金属製の扉で密閉された方形の広い通路だ。ポーシャがただちに自分の位置を無線で流すと、あとに続こうとする近隣の部隊が彼女のいる場所へ集結し始める。

ポーシャが呼び寄せた専門家が、酸を使って穴の輪郭を描き始める。金属はまだしばらくは耐えそうで、ポーシャは不安とあせりからそわそわと足踏みをする。中に入ったらどんなものが待っているかわからない――巨人の守備隊、過酷な環境、理解しがたい機械。彼女はじっと待っているのが苦手で、常に計画を立てたり行動したりせずにはいられない。どちらも否定されたら苦しくなる。

酸が効き始めて船体と激しく反応すると、発生した白煙があっという間に拡散する。ほかの隊員たちはおたがいのあいだに蜘蛛糸の気密網を紡ぎ始める。部隊が中に入ったらこれで穴をふさぐのだ。

すると無線通信がふいに途絶え、押し寄せる大海のような雑音にのみ込まれる。避難船の住民たちによる再度の攻撃だ。ポーシャはすぐに使える周波数を探し始める。巨人たちも無線を使って話しているので、いくつかの回線をひらいたままにしている可能性が高い。だが、探しているあいだにポーシャの部隊は遮断される――船に取り付いているすべての部隊が遮断されたのだ。だが計画はわかっている。覚醒している乗組員とカーンが説明していた膨大な数の眠ったままの乗組員、その両方の人間たちの脅威にどう対処するか、彼女らはすでに指示を受けていた。さらなる詳細についてはポーシャの裁量にゆだねられている。

このときポーシャがいちばん気にかかっていたのは、ギルガメシュの住民たちがついにみずからの防衛に積極的にかかわろうとしていることだった。それがどのような形で表面化するのかは見当もつかないが、家の壁をかじる襲撃者がいたときに自分がなにをするかはわかっている。ポーシャ系統の蜘蛛はけっして受け身でもなければ防御的でもない。網で気長に待ち伏せするわけではなく、攻撃もすれば反撃もする。彼女らは攻勢に出るように作られているのだ。

無線が使えなくても近距離通信はかろうじて可能だ。〝準備をしろ、敵が来るぞ〟ポーシャは船体を叩いて伝え、触肢をひらめかせて言葉を強調する。船体破りに直接関与していない者は、たくさんある目であらゆる方向を監視しながら散開する。

7.7　船外での戦い

「やった！」カーストがスクリーンに向かって叫んだ。「これでやつらのクソな無線はぼろぼろだ」

「致命的な一撃とは言えないかな」レインが手のひらの付け根で目をこすった。

「そもそも敵が無線を使っているということの持つ意味が無視されている」ホルステンは言った。「おれたちはなにを相手にしているんだ？　だれもそのことを質問すらしないのはなぜだ？」

「明白だからです」通信装置からヴィタスのそっけない声が流れた。

「だったら説明して、いまのあたしには少しも明白じゃないから」レインはスクリーンに集中していたが、ホルステンにはヴィタスの傲慢《ごうまん》な態度にいらだっているように聞こえた。

「カーンの世界はある種のバイオエンジニアリング惑星でした」声だけのヴィタスが説明する。「彼女はずっとこういうものを作っていたんです。そして、ギルガメシュが戻ってくることを知ると、ついにそれを解き放ち、わたしたちに対抗すべく配備を進めました。カーンの人工衛星が破壊されたあとも、それがプログラムを実行しているんです」

ホルステンはレインやカーストの目に留まろうとしたが、彼の姿はまたもや背景に消えてしまったようだった。

「となると地上はどうなるんだ？」カーストが不安そうにたずねた。

「広範囲で浄化をしなければならないかもしれません」ヴィタスが明らかに意気込んだ声で言った。

「だめだ」ホルステンはつぶやいた。

レインが彼にむかって片眉をあげた。

「頼む……あやまちを繰り返さないでくれ。帝国のあやまちを」〝ずっとそれしかやっていないような気がすることもあるからな〟「おれには住む場所を確保するために惑星を毒で殺すという話をしているように聞こえる」

「地上の状況によっては必要になるかもしれません。暴走したバイオテクノロジーを地上に残すのはかなりまずいことですから」ヴィタスがこたえた。

「彼らに知覚力があったらどうする？」ホルステンは問いかけた。

レインは半開きの目で傍観しているだけだったし、カーストはその質問をきちんと理解していないように見えた。いまやホルステンとヴィタスの声の一騎打ちになっていた。

「だとしても」ヴィタスは思案した。「コンピュータに知覚力があるかもしれないというのと同じことでしょう。彼らは指示に従うでしょうし、現場の状況に対応するためにかなりの行動の余地をあたえられているかもしれませんが、それだけのことです」

「ちがう」ホルステンは辛抱強く言った。「もしもほんとうに知覚力があるとしたらどうする。生きていて、自立していて、進化しているとしたら？」〝高貴な〟という言葉が頭に浮かんだ。〝高貴な獣たち〟だがカーンは愛する猿たちのことしか話していなかった。

「バカなことを言わないで」ヴィタスが怒鳴り、全員が彼女の声に震えを聞き取った。「いずれにせよ、それは問題ではありません。虜囚の選択の論理はやはり成立します。わたしたちと敵対しているものがなんであれ、それは全力を挙げてわたしたちを滅ぼそうとしています。それに応じた対応が必要なんです」

「また一機ドローンが消えた」カーストが報告した。

「え？」レインがきき返した。

「船体センサーがつぶされているからドローンで奴らを監視しようとしているんだが、それも次々と撃墜されている。残ったのはほんのひと握りだ」

「カーンを撃墜したやつみたいに武装しているのは？」年老いた技師はたずねた。

「ないな。どのみち使えなかったし。やつらが船体に張りついているんだ。船に損害をあたえてしまう」

「もう手遅れかもしれません」アルパシュが淡々と告げて、残ったドローンの一機から送られてきた映像を見せた。シャトルベイの扉のひとつに一団の蜘蛛がむらがっていた。金属の表面に新しい線がついていて、そこからうっすらと白煙が立ちのぼっていた。

「クソどもが」カーストが暗い声で言った。「ほんとうに船体に電気は流せないのか？」それは電磁パルス攻撃を試みるまえから話題になっていたことだった。アルパシュは蜘蛛がいる場所のまわりに局所的な電気グリッドを設置する方法を考えていたが、まずそのためのインフラが存在しなかったし、実行に必要な莫大《ばくだい》なエネルギーは言うまでもなかった。それでもっと技術的に簡単な対策へと話が移ったのだ。

「部下を武装させて準備をととのえてある？」

「こっちにはクソな軍隊がある。数百人の優秀な候補者を倉庫から目覚めさせ、ディスラプターを渡した。あのチビどもを破砕することができれば、の話だが。たとえできなくても、まあ、ほかの武器を用意してある。だって」声が少し震え、深い深いストレスからくる小さな亀裂があらわになる。「船はひどいありさまだから穴がいくつか増えたところでちがいはないだろう？　それに、まだやつらの侵入は阻止できる。それでも侵入されたときは……もう抑え込めないかもしれない」カーストはその〝かもしれない〟と格闘していて、楽観的になりたいという気持ちが現実の壁に激しくぶつかっていた。「この船はこういう状況を想定した設計にはなっていないようだ。クソみたいな見落としだな、まったく」にやりと笑った顔は引きつっていた。

「カースト……」レインが口をひらき、ホルステンは――いつも少し出遅れる――これは彼を黙らせて恥をかかせないようにしたいだけだなと考えた。

「スーツを着る」保安隊長が言った。

レインはなにも言わずにカーストを見つめている。

「なんだって?」ホルステンは目を丸くした。「待った、それは……」

カーストはホルステンをほぼ無視して、年老いた技師に視線を据えていた。

「確信はある?」レイン自身はそうではないように見えた。

カーストは荒っぽく肩をすくめた。「ここにいてもしかたがない。船体から害虫を取り除かないとな」その声にはまったく熱意が感じられなかった。レインがあなたは残るべきだと説得してくれるのを待っているのだろうか。だが、レインのしわだらけの顔は決断に迷ってゆがんでいた。自力では克服できない技術的な問題の解決策を探している技師の顔だ。

そのときホルステンのコンソールが明滅して息を吹き返した。カーストがこれまでドローンを制御するために使っていて、じきに船と連絡をとるために使うことになるクリアな回線が、外部の襲撃者たちに見つかったのだ。ホルステンは蜘蛛たちがこの発見をしたらすぐに全員に知らせることになっていたが、なにも言わなかった。彼の一部はギルガメシュの生き残った受信機がとらえている信号が急に途切れがちになるのを見つめ、残りの部分は背後で進んでいる会話に耳をすましていた。

「あなたのチームは?」レインがうながした。

「主力はスーツを着て準備をととのえている」カーストはこたえた。「エアロックをあけたらすぐに戦闘に突入するかもしれない。あのチビどもはもう外にいて、船の中へ、侵入しようとしているんだ」だれも異議を唱えてはいなかったが、彼は続けた。「部下に行けと言ってわたしが残るわけにはいかない」それから、「これがわたしの役目だろう？　わたしは戦略家ではない。司令官でもない。自分のチームの先頭に立つだけだ」レインのまえに立つカーストの姿は、女王を失望させて埋め合わせをする方法はひとつしかないと感じている将軍のようだった。「現実を直視しよう。保安隊は旅のあいだメインクルーと積荷の安全を確保するためだけに存在していた。だが、兵士になる必要があるなら兵士になるし、わたしはその指揮を執る」

「カースト……」レインはそこで口を閉じた。なにか陳腐な台詞を、「行きたくないなら行かなければいい」というような聞こえのいい言葉を口にしようとしたのだろうか。だが、やりたいとかやりたくないとかいう段階はとっくに過ぎていた。だれもこんな状況は望んでいなかったし、彼らの語る言葉は、残っているテクノロジーと同じように、生きるのに必要なものだけに絞り込まれていた。それ以外の美辞麗句は、維持しても費用効率が高いとは言えなかった。

「スーツを着るとしよう」保安隊長は疲れた声で繰り返し、うなずいた。死地へむかう兵士の敬礼のような、なにか軍隊式のあいさつをしようとするかのようにためらってから、きびすを返して去っていった。

レインは金属製の杖に身をもたれてカーストが去っていくのを見送った。背中が曲がっているにもかかわらず、やはり直立不動の軍人のような風情だ。骨張った指の節は真っ白になり、部屋にいるだれもが彼女を見つめていた。

レインはホルステンの肩口までそろそろと二歩足を運ぶと、まだ通信室に残っているひと握りの〈部族〉の技師たちをにらみつけた。

「仕事にかかりなさい！」レインは彼らを怒鳴りつけた。「いつでもなにかしら解決すべき問題がある」みなの注意を分散させたあと、彼女は大きく息を吸って吐き出した。ホルステンの耳のすぐそばだったので、胸のかすかなあえぎが聞き取れた。「カーストの言うとおりだった」彼にだけ聞こえるようにそっとささやく。「あたしたちは船体からやつらを排除しなければいけないし、カーストがいっしょにいれば保安隊はもっとうまく戦える」レインはカーストに行けと指示したわけではないが、彼女がひとこと言えば彼はやめていたかもしれなかった。

ホルステンはレインを見あげてうなずこうとしたが、体がうまく動かず、意味のないあやふやな身ぶりになってしまった。

「これは？」レインが唐突にたずねた。スクリーン上を流れる信号に気づいたのだ。

「彼らがこっちの回線の隙間を見つけた。送信している」

「なんで報告しなかったの？」レインはすぐにカーストに呼びかけて、アルパシュが接続を確認するのを待った。「周波数を変えるから、部下たちにも準備をさせて」そして新しいクリアな回線を伝えた。「ホルステン――」

「ヴィタスはまちがっている」ホルステンはレインに言った。「彼らは生物学的機械ではない。カーンのただの操り人形でもない」

「どうしてわかる？」

「彼らの会話のしかたで」

レインは眉をひそめた。「もう解読したわけ？　それなのにだれにも報告しようと思わなかった？」

「いや……彼らが話している内容ではなく、その構造だ。おれは古学者で、仕事の大半は言語の研究だ――古い言語、死んだ言語、もう存在しない人類のある時代の言語。首をかけてもいいがこの信号はただの命令ではなくほんものの言語だ。あまりにも複雑だし、構造が込み入っている。非効率的なんだよ、イーサ。言語は非効率的なものなんだ。有機的に進化する。これは言語だ――ほんものの言語だ」

レインが目をほそめてスクリーンを見つめていると、メッセージが急に途切れた。妨害電波で周波数が切り替わったのだ。「それでなんのちがいが？」彼女は静かにたずねた。「それでヴィタスのクソな虜囚は牢屋から出られる？　ちがうでしょう、ホルステン」

「しかし――」

「それがなんの役に立つのか教えて」レインはうながした。「こういう……憶測をしてなにかいいことがあるのかどうか。それともあなたのいつもの手練手管でしかない？　まさに空理空論というやつでしょ」

「準備ができたぞ」カーストの声が飛び込んできた。レインが話し終えるのをおとなしく待っていたようだ。「全員エアロックに入った。これからハッチをあける」

レインの顔はデスマスクのようだった。彼女も司令官になるつもりなどなかったのだ。ホルステンはその顔のしわに何世紀にもわたる苦渋の決断のひとつひとつを見てとることができるような気がした。

「がんばって」レインはこたえた。「幸運を祈る」


カーストが率いる部隊は総勢二十二名、それでまだ使える重装備の船外活動スーツはすべて使い果たした。ほかに十二名が現在作業中だが、〈部族〉が外へ出て船体の修理をする必要があったことには感謝するしかなかった。そうでなければこんなに多くの兵士たちを投入することはできなかっただろう。兵士——カーストは彼らのことを兵士と考えていた。中にはほんとうに兵士だった者もいた。今回か前回に積荷から目覚めた軍人で、カーストが少しばかり筋肉を必要としたときに少しずつ保安隊に追加していたのだ。それ以外の者はカーストのチームのベテランたちで、最初からいっしょにいたメインクルーだ。彼は最高の人材だけを選んでいて、今回の場合はしかるべき船外活動の訓練を受けた者がほぼ全員ということになる。

カーストは自分が船外活動訓練を受けたときのことをはっきりとおぼえていた。完全な時間のむだに思えたが、ギルガメシュのメインクルーの地位を獲得したかったし、そのためには必要な訓練だった。何カ月か軌道上であたふたして、無重力下での動き方、磁気ブーツでの歩き方、過酷な環境が原因の吐き気や見当識障害に慣れる方法を学んだものだ。

あのときは人類の存続を懸けて蜘蛛軍団と戦うという話はまったく出なかったが、まだ自分が若くて、ギルガメシュ計画がひとつのアイディアに過ぎなかったころに、そういうことを夢想していたような気がしないでもなかった。たしかに見たのだ、包囲された強大なコロニー船の外殻で立ちはだかり、武器を手に、エイリアンの大群を追い払おうとしている自分の姿を。

いま、エアロックの中で、耳に大きく響く自分の呼吸音を聞き、鉛のように重いスーツにみっちり包まれていると、想像していたような楽しさはまったくなかった。

船外へ通じるハッチはカーストが立っている床に組み込まれている。外へ出ると視点がぐるりと変わり、おたがいにカラビナでつながれたまま、回転部の遠心力で船の側面から吹っ飛ばされないようにしなければならない。そのあとはブーツが体を保持してくれると信じながら、常に彼らを排除しようとする表面に沿って進むことになる。深宇宙で加速か減速しているときのほうが、船首か船尾にむかって〝落下〟する感覚があるし回転部は静止しているからむしろ簡単だったはずだが、いまは軌道上にいて、惑星の周囲で自由落下状態にあるので、自力で重力を偽装しなければならないのだ。

「隊長！」チームのひとりが警告した。「空気が失われていきます」

「それは当然――」カーストは口をつぐんだ。まだ外部扉をあけろと命令していなかったからだ。しばらくのあいだ、だれもがこの崖っぷちで立ちつくすだけで言葉はなかなか出てこなかった。いまだれかが――なにかが――カーストに行動を強いていた。

ハッチのどこかにピンホールがあって空気が流出しているにちがいない。蜘蛛たちがすぐ外にいて、船内へ入り込もうとしているのだ。

「全員ラッチをおろしてブーツをロックしろ」カーストは命じた。いざ行動しなければという状況に直面すると、よけいな感情が消えて頭がスムーズに回り始めた。「姿勢を低くしたほうがいい。空気を抜かずにできるだけ急いで外部扉を開放しろ」

〈部族〉のひとりが命令を確認する声が耳に届くと、カーストも自身の助言に従った。

ハッチはじりじりと着実にひらいていくはずだったが、だれかが「できるだけ急いで」という言葉をまともに受け取ってなんらかの緊急解除機能を作動させ、ほんの数秒でハッチを開け放ったために、周囲の加圧された空気が、結果的に生じた開口部を轟音《ごうおん》と共に通り抜けた。それはカーストをさらって外へ引きずり出し、広々とした宇宙の景色を満喫させようとした。だが、命綱とブーツが持ちこたえて、彼はなんとか嵐を乗り切った。となりにいたチームのひとりはあっという間に体を剝がされ、開口部の途中まで引っ張られたが、命綱のおかげでかろうじて救われた。カーストは手を伸ばしてその女の手袋をつかみ、ぱっくりひらいた穴の脇の主観的な床まで不器用に引き戻した。

そのとき、いくつかのものが目に入った。ハッチの作動部分に引っかかっている分節のある数本の脚とずたずたになった胴体の残骸らしきもの。そのむこうに……

そのむこうに敵がいた。

そいつらはすっかり混乱状態で、おたがいの体の上を這いまわったりしていた。何匹かは減圧で吹き飛ばされていて、そのまま宇宙に消えたのがいれば良かったのだが、少なくとも三、四匹は糸の先にぶらさがっていて、すでにハッチに向かって引き返し始めていた。カーストは銃をかまえた。それは手袋の中に組み込まれていて、全体としては斬新《ざんしん》と言えるほど単純な作りだった。真空の荒野には独自の酸素を内包する化学的推進剤の作用を止めるものはなにもないし、真空の虚無は狙撃手にとってはパラダイスとなる。射撃範囲を制限するのはギルガメシュの湾曲した船体だけだ。

なにか感動的なことやドラマチックなことを言いたかったが、忍び寄り、脚を振りかざし、はじかれたように走る怪物たちの姿が恐ろしすぎたので、「クソどもを殺せ」と口走るのがやっとだった。

カーストは発砲したが三度はずした。非現実的な遠近感を調節しようとして攻撃対象の距離と大きさを見誤ったうえに、スーツの照準システムも小さな害虫をロックオンしてくれなかったのだ。それからようやく標的をとらえ、まだ船体の上にいた獣を一匹はじき飛ばした。チームの面々も慎重に狙いをつけて発砲を始めていて、蜘蛛たちはいま起きている事態に対してまったく準備ができていないようだった。骨張った、長い脚をもつ体が四方八方へ投げ出され、死体は不気味な風船のように船体からまっすぐにぶらさがっていた。

不愉快なことに何匹かは応射していた。蜘蛛たちはある種の武器を携行していたが、発射物はごつくて速度も遅く、人間が作った銃弾のなめらかな飛翔とは比べものにならなかった。一瞬、また石を投げているのかとも思ったが、飛来物は氷かガラスのようなものだった。それはアーマースーツにぶつかって砕け、損傷をあたえることはなかった。

蜘蛛たちは予想外に耐性があり、ある種の緻密に織り込まれた鎧《よろい》を身にまとっていた。銃弾の衝撃で踊るように吹っ飛んでも穴があくことはなかったので、何匹かには貫通するまで銃弾を浴びせ続けなければならなかった。

だが、いったん死んだら、とても派手に破裂してくれた。

しばらくたつと、敵に生存者がいたとしても、みな逃げ去って姿を消していた。カーストはひと呼吸置き、船外へ出て切り詰められた地平線と対面するという大きな一歩を踏み出すまえに、レインに報告をおこなった。

ほかにすることはない――そこでカーストは外へ出た。

重厚な船外活動スーツはまともな軍事テクノロジーだが、カーストが使いたかったはずの軍事システムのほとんどは作動しないか完全に取りはずされるかしていた。技師たちは修理作業に出かけるときに高度な照準プログラムなど必要としない。人類文明で生き残ったほかのあらゆるものと同じように、絶対的な優先順位があったのだ。それでも、スーツは関節部分が強化されていて、それ以外の部分にはアーマーがあり、宇宙戦士がそれを着用して動くのを助けるサーボも組み込まれていた。長時間の空気供給、排泄物《はいせつぶつ》リサイクル、温度制御。もしも船体センサーが壊れていなかったら、周囲のものを残らず表示してくれるすてきなミニマップもあっただろう。現実のカーストは、胴体と四肢の円周が二倍にふくれあがった第二の皮膚をまとって苦労しながらハッチを通過した。暑いし、窮屈だし、大昔から愛情を込めて整備されてきたサーボモーターがわずかな可能性を捨てて機能停止するかどうかを一秒ごとに考えているかすかな震えも伝わってくる。一部のスーツにはまだ使えるジェットパックが装備されているので、船体から離れても短時間であれば行動可能だが、燃料は貴重品であり、カーストは非常時のためにとっておけと指示していた。時代遅れで頻繁に修理されているジェットパックを使ったりすれば、死の罠に一歩近づくだけではないかと思わずにいられなかった。

カーストが把握している周囲のイメージは、フェイスプレート越しの雑然とした狭い眺望と、隊員たちのスーツに付いているカメラからの映像だけで、こちらは撮影している本人と結び付けるのがむずかしかった。

「レイン、全員に隊形とそれぞれの配置について指示を送れるか？」負けを認めるような気分だったが、カーストにはスーツの発明者が用意してしかるべきツールがなかった。「あらゆる方向を見渡せる目が必要だ。いまは第七シャトルベイの扉へむかっている。われわれが出たらこのエアロックを閉じてくれ。外部扉はどこかに漏洩《ろうえい》が――」

「閉じません」アルパシュの声が聞こえた。「なにか……異常があります」

「そうか……」カーストはそれに対してあまり言えることがないのに気づいた。いますぐ出てきて修理しろと要求することはできなかった。「じゃあ、われわれが戻るまで内部扉を封鎖してくれ。これから出発する」

そこでレインの指示が届いた――彼女が考える最善のルートと、保安隊が全方向へ目をくばることができる隊形だ。

「別のドローンを発進させた」レインは付け加えた。「遠くへ飛ばして部隊を見おろせる位置につけて、それをあなたたちの……クソっ」

「どうした？」カーストはすぐさまたずねた。

「ドローンはだめ。とにかくシャトルベイへ行って、駆け足で」

「これを着て駆け足をしてみやがれ」だがカーストは先頭に立って動き出していた。チームの面々はよたよたと配置につき、船体の上でごつい金属製の足を一歩ずつ運んでいく。「当ててやろうか――そのあとでドローンベイだな？」

「お見事」

ドローンはまだベイから出ておらず、センサーで検知すらできないような網にからまってぶらさがっていた。発進用のハッチもひらいたままだ。ホルステンにはドローンベイから船内のどの部分にアクセスできるのか見当もつかなかったが、レインがすでにそちらへ人を送っていたので、おそらくあの生き物が船内に入り込んでいるのだろう。

カーストとその部下たち――全員ではない――から送られてくるカメラ映像が、船外で行く手に広がる切り詰められた地平線へむかってのろのろと油断なく進んでいく一行の様子を記録していた。

「なにも見えない！」レインが怒り狂っていた。船体センサーのネットワークはばらばらに分断され、数百時間の保守作業が必要となる損傷をほんの数分で負っていた。「じゃあ、やつらはどこにいる？　ほかのどこかに？」

ホルステンは口をひらいた――またもやありふれた無意味な発言をするチャンスだったが、そこで警報が鳴り始めた。

「貨物庫で船殻が破られました」アルパシュが淡々と言ってから、妙にどんよりした口調で続けた。「言うまでもなく第二の突破です。最初の一撃があったので」

「貨物庫にはとっくに穴があいていた」レインもどんよりと応じて、目でホルステンの視線をとらえようとした。「やつらはもう中にいる」

「だったらなんで別の穴をあけるんだ？」

「貨物庫は広大です」アルパシュが言った。「やつらは船のそこらじゅうに穴をあけているにちがいありません。ハッチは必要ないんです。ぼくたちは……」アルパシュは目を大きく見ひらいて、すがるようにレインを見つめた。「どうすればいいんですか？」

「積荷が……」ホルステンは小さなプラスチック製の棺でなにも知らずに眠っている数千人のことを考えた。蜘蛛たちがその上に降りてきて、無重力の真空の中でするすると獲物に向かっていく様子を思い描いた。卵のことも考えた。

レインも同じようなことを考えていたようだ。「カースト！」彼女は怒鳴った。「カースト、部隊を船内へ戻して」

「いまシャトルベイのハッチに近づいているところだ」カーストが聞こえなかったかのように報告した。

「カースト、やつらは船内にいる」レインはくいさがった。

沈黙が訪れたが、揺れるカメラ映像の進行が遅くなることはなかった。「そっちで人を送ってくれ。わたしはこっちを片付けてから船内へ戻る。それともやつらにドアの外で待っていてほしいのか？」

「カースト、貨物庫には重力も大気もないから、ただ人を送るわけにはは――」レインが言いかけた。

「この巣を退治したら戻る」カーストはレインの話をさえぎって言った。「ちゃんと蓋をしてやるから、心配するな」腹が立つほど落ち着いた声だった。

そのとき船内の別の場所から通信が入ってきた。一瞬、わけのわからない叫び声と悲鳴があふれ……そして静寂。

沈黙が続いた。レインとアルパシュとホルステンは呆然と見つめ合った。

「いまのはだれ？」年老いた技師がようやく口をひらいた。「アルパシュ、いったいなにが……？」

「わかりません。連絡をとろうとしているんですが……応答してください、全員、応答してください……」

船内にいる〈部族〉の各グループや再覚醒させられた軍人たちからあわただしく返信が入り、アルパシュはそれを次々と確認していった。その作業が終わるまえに、だれかの叫び声が飛び込んできた。「やつらがいるぞ！　出ろ、出ろ。船内にいるぞ！」

「位置を報告しろ」アルパシュの声がこわばった。「ローリ、位置を報告しろ！」

「アルパシュ――」レインが言いかけた。

「ぼくの家族です」若い技師が言った。彼は急に自分の持ち場を離れた。「あれはうちの居住区です。みんなそこにいるんです、親族も、子供たちも」

「アルパシュ、持ち場に戻りなさい」レインが杖を握った手を震わせながら命じたが、彼女の権威は——年齢と血統の力は——いまやただの霞《かすみ》となっていた。アルパシュはハッチをあけて姿を消していた。

「いたぞ」カーストの勝利の叫びが回線から聞こえてきた。それから——「残りのやつらはどこだ?」

レインの口がひらき、目はスクリーンにむかって否応なく引き付けられた。シャトルベイのハッチのまわりに少数の蜘蛛たちが張りつき、太陽の光を浴びて、骨張った影を船体に沿って長くのばしていた。数は以前より減っていたが、それはほかの者がもっと侵入しやすい場所へ移ったということだろう。通信をとおして届く混乱は、この化け物たちが船のいるところに攻撃の拠点をつくっていることをしめしていた。

「カースト……」レインの声は小さすぎて返事は来なかった。

スクリーン上で一匹の蜘蛛がいきなりばらばらになった。カーストかそのチームのだれかに撃たれたのだ。それからだれかが「うしろだ」と叫び、カメラの視界がぐるりと回転して船体と星ぼしが見えるようになった。

「つかまった!」だれかの声がした。保安隊のほかの隊員たちはもう動いていなかった。仲間のカメラに映ったひとりの男が、目に見えないなにかと戦って、自分のスーツを叩いたり引っ張ったりしていた。その男をとらえているただよう糸の網は、見えなくても頑丈すぎて破れなかった。

蜘蛛たちが出現し、カーストの重々しい足取りをあざ笑うような速さで船体のカーブに沿って走ってきた。上からあらわれた別の蜘蛛たちは、ぶら下がっていた糸の端から船体の回転部の遠心力に逆らってのぼってきたようだ。カーストとその部下に飛びかかれる位置を目指しているのだ。

カーストの銃／手袋がカメラの隅にあらわれて、新たな標的を追尾しながら何度か閃光を発し、敵を少なくとも一匹は殺した。カーストの部下のひとりは、味方の銃弾を受けたはずみでブーツが船体から剝がれたらしく、そのまま落下して目に見えない糸の端でかろうじて止まったが、そのじたばたともがく無力な姿にむかって八本足の怪物がじりじりと接近していくのが見えた。男も女も叫び、発砲し、悲鳴をあげながら、のろのろした不自由な足取りでなんとか走って逃げようとしていた。

カーストは重い足取りでよろよろと二歩あとずさり、発砲を続けながら、ヘルメットのディスプレイに表示されている螺旋状マガジンの残弾数へ目をやった。自身の判断ではなく幸運により、そばにいる女の上に降り立った一匹の怪物にたまたま銃弾が命中し、外殻と内臓の凍りついたかけらが四散してカーストにばらばらとぶつかった。女はチビどもが船体に張りめぐらした網につかまっていた。その大きく広がった雲のような細い糸のせいで、いまや部下の半数が完全に罠にかかっていた。

カーストの耳の中では大勢の声が叫んでいた――チームの面々、船内にいるほかの人びと、さらにはレインさえも。回線を切断する方法を思い出そうとしたが、あまりにも騒々しくて頭が働かなかった。彼自身のしゃがれた激しい息の音が、過呼吸の巨人が耳元で咆哮《ほうこう》しているかのように、ほかのすべてを圧してとどろいていた。

またもや部下のひとりが、ほかに命綱もないのにブーツの固定を解除し、船体を離れて飛んでいくのが見えた。その男はただ無限の宇宙へ上昇していった。たとえスーツにジェットパックがあったとしても、いまは作動していなかった。不運な男はひたすら前進して、無限の彼方へ遠ざかっていった。船内へ侵入しようとするせわしない怪物たちと同じ空間を共有することに耐えられなかっただけかもしれない。

別の蜘蛛がカーストのかたわらの身動きできない女の上に降り立った。足を広げた大ジャンプによって飛び込んできたのだ。女の悲鳴が聞こえたので、カーストはよたよたと前進して銃の狙いをつけようとしたが、女は激しく暴れながら手袋をした両手でそいつを殴りつけていた。

蜘蛛は女にしがみついたまま、その口器か、あるいはそれに装着されたなんらかの装置の向きを慎重に調整すると、ぐっと身を乗り出し、女のスーツのアーマーの隙間にあらがいようのない力で突き刺した。

スーツはもちろん穴をふさいでくれるだろうが、それは同時に注入されたなにかを食い止める役には立たない。カーストは女のスーツから医療情報を呼び出そうとしたが、やりかたを思い出せなかった。女は暴れるのをやめ、磁気ブーツを固定した場所でゆらゆらと体を揺らした。注入されたなにかは即効性だったようだ。

カーストはようやく頭の中の声をすべて消すことに成功し、残るは自分の声だけになった。ほっとする静けさに包まれた一瞬、なぜか、事態をふたたび掌握《しょうあく》できるような気がした。なにか魔法の言葉とか、真に才能あるリーダーなら発することのできるきわめて効果的な命令があるのではないか。進化の道筋を正し、人類がこの異常な状況に打ち勝つことを可能にする命令が。

なにかがカーストの背中に降り立った。

7.8　内なる戦争

〝蟻の群れみたいだ〟とポーシャは思う。だが、それは事実ではなく、心に重くのしかかるひどく異質な環境に抵抗するために自分に言い聞かせているだけのことだ。

ポーシャが生まれ育った都市は森で、入り組んだ多面的な空間で満たされているが、彼女の民の建築家たちはその三次元的な地勢を自分たちに合う大きさに切り詰め、広大な都市を区分けして管理や制御がしやすいようにしている。ここでは巨人たちも同じことをしていて、個々の隔室は彼らにとっては少し狭苦しくて窮屈なのかもしれないが、ポーシャにとってはその過剰な規模は恐ろしいほどであり、この場所を作り、その子孫がいまもここに住んでいる神のような存在の純然たる大きさと肉体的な力を常に思い起こさせた。

さらに悪いのは、その容赦ない幾何学的形状だ。ポーシャがなじんでいる都市には無数の傾斜があり、壁も床も天井もさまざまな角度で連なっている。蜘蛛布を張りめぐらした世界は、ほぐしてまた紡いだり、分割してそれをまた分割したりといくらでも仕立て直しができる。巨人たちはこの固定された不変の直角の中で、巨大な硬い壁のあいだに閉じ込められて生きていかなければならない。自然を模倣しようとしている部分はどこにもない。その代わりに、あらゆるものが異質な美学によって厳格に支配されている。

ポーシャの同輩組はシャトルベイの扉を破ったあと、圧力の損失を最小限に抑えるために背後の突破口を密閉する。彼女は他集団と無線で短い連絡を取り合っていた。巨人が自分たちの使う周波数を変更し、見えない嵐でそれ以外のすべての回線を使用不能にするまえに、大急ぎで情報を交換したのだ。いま巨大な船の中には六つの同輩組がいて、そのうちのいくつかは空気のない区画にいる。連係して動くのはまずむりだろう。どの部隊も独自に行動するしかない。

ほどなく、ポーシャたちは最初の防衛隊と遭遇する。蜘蛛たちが大型兵器の準備をととのえるまえに、おそらく二十人ほどの巨人が暴力的な意図を持ってやってくる。接近する敵の振動がひどくあからさまな警告になるので、ポーシャの部隊――いまは十数体――は待ち伏せを仕掛けることができる。大急ぎで紡いでおいた発条罠《ばね》は、先頭を走る巨人たちを雑な造りの網の中にとらえる――長く足止めできるだけの強度はないが、それでも後続の仲間たちは彼らに激突する。巨人たちは武器を持っている――外で使われていたのと同じような破壊力のある高速の投射物だけでなく、一種の超音波がポーシャの体のあらゆる繊維を激しい絶叫のようにつらぬいて、すべての蜘蛛たちの動きを止め、一体を即死させる。

そこで蜘蛛たちは反撃を開始する。体の下にぶらさがっている武器は銃弾よりもはるかに遅く、ポーシャの祖先が使っていた古代の投石器に近い。弾は三つ叉《また》になった硝子製の矢で、飛行中に回転する造りになっている。ここは重力があるので、射程距離は比較的短いが、ギルガメシュの船内ではどのみち長距離射撃など許されない。ポーシャとその同輩たちは、なにはともあれ並外れた射撃の名手で、距離や相対運動の判断がすぐれている。巨人の中には外にいた連中のように鎧を着ている者もいるが、ほとんどの者はそうではない。

矢が命中すると、先端が折れてその中身が巨人が誇る異様に精巧な循環系に注入され、彼ら自身の激しい代謝によって急速に全身へ広がる。効果を発揮するために必要な量はほんのわずかで、慎重に計量された調合薬は迅速に機能し、まっすぐ脳まで到達する。ポーシャの見ているまえで、巨人たちは一匹また一匹と痙攣を起こし、硬直して動かなくなる。数少ない鎧を着た敵はより危険な直接注射によって始末される。ポーシャは四体の兵士を失い、もしも待ち伏せに失敗していたら、全員死んでいたかもしれないと自覚する。

それでも船内にいる仲間の数は着実に増えている。ポーシャはできれば生き残りたいと思っているが、この任務が自分の死を意味することは初めから受け入れている。

部隊に所属する薬剤師はまだ生きていて命令を待っている。ポーシャは出し惜しみはしない。〝〈使徒〉は船内の空気を循環させるための通気口があると言っていた〟避難船の居住区に呼吸可能な空気をどうやって供給しているのかはポーシャの理解を超えているが、アヴラーナ・カーンの情報は必要な部分だけは理解されている。

毛むくじゃらの体は真空対応の被膜に覆われていても動くものには敏感で、蜘蛛たちは通気口からの空気のかすかな動きを素早く追跡する。いずれ巨人の軍勢が集まってくることはわかっているし、彼らは蜘蛛たちが反撃してくると考えているはずだ。だがそれはポーシャたちの計画ではない。

薬剤師はすみやかに兵器を設置し、精密に作られた調合薬を通風管の中へ放出する準備をととのえる。薬はそこから船全体へ広まっていくのだ。

〝次へ行くぞ〟準備が終わったところでポーシャは命令する。こういう化学兵器をほかにもたくさん設置しなければならない。なにしろ船には大勢の巨人が乗っているのだ。

アヴラーナ・カーンが自分たちに伝えようとしていたことをようやく理解したとき、自分たちの種族が歩んできた道が必然的に巨大な創造神の文明との衝突をもたらすことが明らかになったとき、蜘蛛たちは啓示を求めて過去に目を向け、歴史の初期からずっと埋もれていた知識を探し求めた。だが、蜘蛛たちにとって歴史は昨日のことのように思い出せるものだ。人間の記録は歳月という砥石車《といしぐるま》にすりつぶされてその多くが永遠に失われてしまうが、蜘蛛たちがそんな問題に悩まされることはなかった。彼女らの遠い祖先は、ナノウイルスの力を借りて、知識と経験を遺伝子で子孫に直接伝える能力を進化させた。親が子育てをほとんどしない種にとってはきわめて重要な足がかりだ。ごく細部にいたるまで保存された遠い昔の知識が、最初は親から子へ受け継がれ、のちには抽出されてすべての蜘蛛が精神と遺伝子に組み込めるようになったのだ。

蜘蛛たちは世界全体で利用可能な膨大な経験の書庫を築きあげていて、その施設が彼女らの地上の暗がりから軌道への急上昇に貢献してきた。

この蜘蛛版のアレクサンドリア図書館には驚くべき秘密が隠されている。たとえば、何世代もまえの蟻との大戦争のとき、この緑の世界を短時間だけ歩いた巨人たちがいた——ポーシャがいま侵入しているまさにその避難船の乗組員たちだ。

その巨人たちのひとりがとらえられ、長年にわたって監禁されていた。当時の〈理解〉にはそれが知的生物であるという概念が含まれておらず、現代の科学者たちは、祖先がもう少しがんばって対話を試みていればどれだけのことが学べただろうかと、いらだちにぴくぴくと身を震わせている。

だが、囚われの巨人から学んだことがまったくなかったわけではない。巨人が生きていたあいだ、とりわけその死後に、当時の学者たちはこの生物の生化学と代謝について、彼女らと世界を共有していた小型哺乳類と比較しながら、できるかぎりの調査をおこなった。じかに手に入れた知識により、人間の生化学の仕組みについて非常に多くのことが明らかにされたのだ。

その知識で武装し、理想的とは言えないが手に入る最高の被験体である鼠や類似の動物を活用して、蜘蛛たちは侵略者に対抗する最後の希望となる兵器を開発した。都市や大規模同輩組から選ばれた代表者たちのあいだで、そして彼女ら全員とアヴラーナ・カーンとのあいだでも多くの議論が交わされた。ほかの解決策や可能性は削ぎ落とされ、蜘蛛の性質と状況の厳しさから最後にこれだけが残った。いまでも、その解決策がとりあえず機能しているかどうかは、ポーシャやそのほかの攻撃部隊が最初に確認することになる。

ギルガメシュのセンサーは、船内を循環して回転する乗員区画へ順繰りに忍び込んでいく調合薬にはほとんど反応しない。あからさまな毒素も、ただちに害をおよぼす化学物質も含まれていないからだ。船内のいくつかの計測器が空気組成のわずかな変化を記録し始めるが、そのころにはすでにこの狡猾《こうかつ》な兵器は大混乱を引き起こしている。

ポーシャがたったいま倒した巨大な戦士たちには高濃度の薬剤が注入されている。ポーシャは好奇心に駆られて彼らを調べてみる。気味が悪いほどよく動く眼球がぴくぴくと痙攣し、化学物質に脳を攻撃されると、見えない恐怖の光景にぐるぐると激しく暴れ回る。なにもかも計画どおりだ。

ここにとどまって巨人たちを縛りあげたいところだが、なにしろ時間がないし、ただの蜘蛛糸でこんな巨大な怪物を拘束できるかどうかわからない。最初の無能力状態が――哺乳類の被験体でも見られたように――狙いどおり恒久的な結果をもたらしてくれることを期待するしかない。巨人たちがどうにかして回復したらやっかいなことになる。

ポーシャの民は意を決して素早く前進を続ける。この化学物質は蜘蛛自身の生理機能には無害で、書肺を通過してもなんの影響もない。

ほどなく、一行は巨人でいっぱいの部屋にたどり着く。こちらは武装しておらず、大きさがいろいろあるのは脱皮の回数がさまざまな成体と幼体だろうとポーシャは推測する。彼らはすでに目に見えない薬剤に屈服していて、酔っぱらったようによろめいたり、脚の力を失って急に倒れたり、ただそこに横たわって自分の頭の中にしか存在しない光景を見つめたりしている。空気中には強い有機物の匂いがただよっているが、ポーシャは多くの犠牲者がみずからを汚しているのだと気づく。

ポーシャたちは戦う相手が残っていないことを確認してから先へ進む。打ち倒すべき巨人はほかにも大勢いるのだ。

7.9　最後の抵抗

マイクの回線がひらきっぱなしになっていたため、カーストの叫び声と悲鳴はぞっとするほど長いあいだ聞こえ続けた。彼のスーツのカメラは船体や星や苦戦している仲間たちの不鮮明な映像を途切れ途切れに届けていた。レインがしゃがれ声で船内へ戻れと叫んでいたが、カーストはそれには耳を貸さず、こちらには見えないなにかと激しく戦っていた。映像の隅のほうにちらりと見えた手袋の動きからすると、自分のヘルメットをこじあけようとしているのかもしれない。

そこでいきなり悲鳴が途絶え、一瞬、カーストが送信を止めたのかと思ったが、回線はひらいたままで、今度はごぼごぼという湿った窒息音が聞こえてきた。カメラの激しい動きは止まり、カーストの視界のむこうで星野が穏やかに流れていた。

「ああ、いや、いや、いや……」レインが口走ったとたん、カメラの視界の外から分節のある脚がのびてきてカーストのフェイスプレートを踏みつけた。映っているのは、しっかりした足がかりを求めて彼の肩の上にしゃがみこんでいるなにかの一部だけだ。外骨格をちらちらと光らせ、ある種のマスクの中に湾曲した牙をおさめている毛むくじゃらの蜘蛛。人間にとって最古の恐怖が、人類の版図の最果てであるこの地で待ちかまえていたのだ。すでに宇宙へ進出する用意をととのえて。

そのころには船内のいたるところから報告が届いていた。複数の技師のチームがスーツを着込み——軽量の作業用スーツで、カーストにはほとんど役に立たなかったアーマーやシステムはそなえていない——危険な紛争地である貨物庫へむかっていた。ほかの者はかさかさと走る生物が侵入してきた地点で敵を撃退しようとしていた。問題は、あまりにも多くの船体センサーが破壊されたために、ギルガメシュが敵の侵入経路についておおざっぱな推測しかできなくなっていることだ。

過酷な数分間、レインはさまざまなグループをなんとかまとめようとした。指揮班の命令で動いているグループ、〈部族〉からやってきた自警団、覚醒して乗り換える冷凍タンクを待っている積荷。

そのとき彼らの周囲でなにかが変わった。ホルステンとレインは視線を交わし、ふたりともすぐになにかがまちがっていることに気づいたが、それがなんなのか特定することはできなかった。どこにでもある、ふだんはまったく意識したことのない、あたりまえに存在していたなにかが消えたのだ。

ようやくレインが口をひらいた。「生命維持」

ホルステンは考えただけで胸が凍りつくのを感じた。「なんだって？」

「たぶん……」レインはスクリーンに目を向けた。「空気の循環が止まってる。通気口が閉鎖された」

「それはつまり……」

「必要以上に呼吸をするなということ。いきなり酸素不足に陥ったわけだから。いったいなにが……？」

「レイン？」

老いた技師は顔をゆがめた。「ヴィタス？　どうなっているの？」

「わたしが空気の流れを止めました」科学者の声には決意と怯えがごっちゃになったような妙な響きがあった。

レインはホルステンに視線を据えて、彼から力をもらおうとしていた。「理由を説明してくれる？」

「蜘蛛たちがなんらかの化学兵器か生物兵器を放出したんです。船内を区分けして、まだ感染していないエリアを切り離しています」

「まだ感染していないエリアを切り離す？」

「残念ながらかなりの範囲に広がっています」ヴィタスの声は快活で、悪いニュースを笑顔で隠そうとしている医者のようだった。「それらのエリアを避けて汚染されていない限定的な空気循環を復活させることはできると思いますが、とりあえずは……」

「どうしてそんなことがわかった？」レインは詰問した。

「うちの研究室の助手たちが全員倒れました。なにかの発作に苦しんでいます。だれもまったく気づかなかったんです」言葉にひそむかすかな震えはすぐに打ち消された。「わたしは密閉された実験室の中にいます。戦いに勝つために独自の生物兵器の開発を進めていたんです――発砲することなく敵の種族を全滅させようと。彼らに先んじられるとは想像もつきませんでした」

「完成が近いわけではない？」レインはあまり期待せずにたずねた。

「もう少しだと思います。ギルガメシュにある古い地球の動物学の記録がかなり不完全なものなので。レイン、わたしたちはなんとしても――」

「汚染されていない空気を送って」技師は話を打ち切った。コンソールに覆いかぶさり、震える両手であわただしく必死に操作を続けている。この一時間で十年分の歳月が肩にのしかかったかのように、その姿はますます老け込んで見えた。「こっちでも隔離を進めてる。ホルステン、みんなにマスクをつけるかさもなければ退却しろと警告して……行き先はこれから……」

ホルステンはすでにせいいっぱいのことをしていた。ギルガメシュのときどき信頼できなくなるインターフェースと格闘しながら、システム上で位置を突き止めたそれぞれのグループに呼びかけていく。返答のないグループもあった。蜘蛛たちの兵器は、ヴィタスとレインがそれを封じ込めようと奮闘しているあいだにも、区画から区画へ目に見えないまま広がっていた。

　アルパシュとようやく連絡がついて、ホルステンは大きな安堵をおぼえた。「やつらはガスかなにかを使って……」

「わかっています」〈部族〉の技師はこたえた。「みんなマスクはしています。でも長くはもたないでしょう。非常用キットなので」こんな状況にもかかわらず、彼の声は妙にうきうきして聞こえた。

「レインが準備しているんだ……」適切な言葉をなんとか思いついた。「……退却する場所を。そっちはもう見て——？」

「群れのひとつを叩きつぶしてやったところです」アルパシュは力強くこたえた。ホルステンは〈部族〉にとってこれはちがう戦いなのだと気づいた。ギルガメシュが全人類の唯一の避難所であり、種族の生存がそれに懸かっていると頭ではわかっていても、ホルステンにとってそれはただの船であり、ある場所から別の場所へ移動するための手段でしかない。だがアルパシュとその仲間たちにとって、ギルガメシュは故郷なのだ。「了解、あなたが退却する場所は……」それまで荒い息をつきながら猛烈な集中力で作業をしていたレインがルートの指示をおこなった。

「ヴィタス？」年老いた技師は怒鳴った。

「聞いています」科学者の肉体のない声はいつもどおりそっけなかった。

「この区分けはあなたの武器の拡散もさまたげるのでは？」

ヴィタスは不思議そうな音を立てた。笑うつもりだったのかもしれないが、ナイフのように鋭いヒステリーがそれを妨害していた。「わたしは……敵の布陣の後方にいます。孤立しているんですよ、レイン。なにかできあがったら、それを届けてやります……やつらに。もう少しなんです。たっぷり毒を盛ってやりますよ」

ホルステンは別の戦士たちの一団と連絡をとったが、耳障りな叫び声と悲鳴が断続的に聞こえたあと、接続は切れた。「急いだほうがいい」彼はかすれた声で言った。

「クソっ」レインが吐き出すように言った。「またなくなった……安全なエリアがどんどん減ってる」杖をつかんだ手をぎゅっと握り締める。「なにが――？」

「やつらは船内を移動しています」ヴィタスの幽霊のような声がした。「ドアや壁やダクトを切り裂いて進んでいます」声の震えが増している。「マシンです、やつらはただのマシンです。死んだテクノロジーが生み出したマシン。そんなものです。生物兵器です」

「どんなバカが巨大な蜘蛛を生物兵器にしたりする？」そう怒鳴ったレインは、まだ密閉エリアの再設定を続けながら、ホルステンを通じてほかのクルーへ最新の指示を送っていた。

「レイン……」

科学者の声になにかを感じて、ホルステンたちは手を止めた。

「どうしたの？」レインが呼びかけた。

長い沈黙が訪れ、レインは何度かヴィタスの名前を呼んでみたが応答はなかった。それから――「やつらがここにいる。研究室の中に。ここにいる」

「あなたは大丈夫？　封鎖できている？」

「レイン、やつらがいる」このときのためにたくわえられていた、ヴィタスがめったにおもてに出さないあらゆる人間的な感情が、その震える声に詰め込まれてすべての言葉から解き放たれているようだった。「やつらがいる、やつらがいる、やつらがわたしを見てる。レイン、お願い、だれかよこして。助けをよこして、だれか、お願い。やつらがこっちにむかってくる、やつらが――」それから金切り声が爆音で響き、一瞬だけ通信が途切れて雑音だらけになった。「ガラスの上にいる！　ガラスの上にいる！　こっちへ来る！　ガラスを食い破ってる！　レイン！　レイン、助けて！　お願い、レイン！　ごめんなさい！　ごめんなさい！」

ホルステンにはヴィタスがなにを謝っているのかわかるはずもなく、もはや言葉が続くこともなかった。女の叫び声のむこうで、蜘蛛たちが彼女の実験室に押し入るすさまじい破壊音が響いていた。

そこでヴィタスの声がふいに途絶え、その恐ろしい騒音の中に震える息づかいだけが残された。レインとホルステンは視線を交わしたが、どちらも希望となりそうなものを見出すことはできなかった。

「アルパシュ」古学者は呼びかけてみた。「アルパシュ、報告は？」

アルパシュからの返事はなかった。待ち伏せした者が待ち伏せされてしまったのか、あるいは無線がもう使えなくなっているのか。ほかのあらゆるものと同じように、船そのものの防御と同じように、それもまた崩壊しようとしていた。

ギルガメシュのいたるところで照明がひとつひとつ消えていった。レインが設定した安全地帯も、同じように急速に汚染にさらされたか、さもなければコンピュータが彼女に告げたほど安全ではなかったようだ。防衛隊はそれぞれが最後の戦いに突入し、船内にいる蜘蛛たちはますます数を増やして自信を深めていった。

そして貨物庫では、人類の生き残りである何万人もの人びとが、自分たちの未来を懸けた戦いに破れようとしていることも知らずに眠っていた。冷凍状態では悪夢を見ることはない。ホルステンは彼らをうらやむべきかどうか考えた。だが、そうはしなかった。〝むしろ目をあけて最後の瞬間に直面しよう〟

「あまりかんばしくない状況だな」それはあまりにも控えめすぎる表現で、ほんのひとときでもレインの気持ちを軽くしようとした結果だった。レインは、時にさらされたしわだらけの顔でホルステンのほうを向き、手をのばして男の手をしっかりと握った。

「ずいぶん遠くまで来たね」レインが船のことを言っているのか、それともふたりのことを言っているのかはわからなかった。

ふたりはしばらく被害状況の評価に取り組み、それからほぼ同時に口をひらいた。

「だれも呼びかけに応じない」とホルステン。

「となりの区画が破られた」とレイン。

〝残ったのはおれたちだけ。あるいはコンピュータがまた不調なのか。結局、ふたりとも長生きしすぎたんだな〟古学者であるホルステンは、時間が彼らのために敷いた道を見渡す資格があるのは自分だけだと感じていた。〝なんて歴史だろう！〟猿から人間へ、道具の使用、家族、共同体、環境の支配、競争、戦争、地球を共有してきた多くの種族の絶滅。古帝国のもろい絶頂期がおとずれたとき、彼らは神々のように星ぼしを渡り歩き、地球から遠く離れた惑星で忌まわしいものを創造した。そして猿の祖先たちが夢にも思わなかったやりかたで殺し合った。

〝そのあとがおれたちだ〟傷ついた世界の継承者たちは、足もとで大地が死にゆく最中にも星ぼしへ手を伸ばし、避難船で人類最後の決死の賭けに出た。〝その避難船もいまや一隻だけで、ほかの船からはなんの連絡もない〟それでも人間たちは争いを繰り返し、個人の野望や、確執や、内戦をもたらした。〝そのあいだずっと、おれたちの敵は、未知の敵は力をたくわえていたんだ〟

レインは杖をこつこつ鳴らしながらハッチのほうへ歩いていった。「温かい」彼女は静かに言った。「やつらが外にいる。切断している」

「マスクを」ホルステンはいくつか見つけて、ひとつをレインに差し出した。「おぼえてる?」

「もうプライベート回線は必要ないね」

ホルステンが手伝ってストラップを締めてやると、レインはようやく腰をおろし、震える両手を体のまえに置いた。小さく、弱々しく、年老いた姿だった。

「ごめんなさい」レインは言った。「なにもかもあたしのせい」

ホルステンの手の中にあるレインの手は冷たくてほとんど肉がなかった。すり切れたやわらかな皮を骨の上にかぶせたようだ。

「こんなこと予想できるはずがなかった。きみはできることをしたんだ。だれもこれ以上のことはできなかった」陳腐ななぐさめの言葉だった。「ここに武器はあるのか?」

「あなたでも計画していないことがあるなんて驚きね」レインの辛口のユーモアがいくらか戻ってきた。「あたしの杖を使って。代わりに蜘蛛を叩きつぶして」

一瞬冗談かと思ったが、レインは金属製の杖を差し出し、ホルステンはそれを受け取って重さに驚いた。これが生まれたての〈部族〉を何世代にもわたって統率してきた王の笏《しゃく》なのか? そのあいだにレインは指揮権を求める挑戦者たちを何人くらいこれで打ち倒してきたのか? まさに聖なる遺物だ。

それは棍棒だった。その意味では実に人間的なものだった。人類が宇宙に立ち向かう典型的なやりかたで、叩きつぶしたり、砕いたり、こじあけたりするための道具。

〝じゃあやつら、は、どうやって世界に立ち向かうんだ？　蜘蛛の基本的な道具とはどんなものなんだ？〟

ホルステンはしばし思いをめぐらした――〝やつらは構築する〟なんだか妙に平和的なイメージだったが、そのときコンソールで音が鳴り、そちらへ突進しようとした拍子に杖につまずきそうになった。通信？　むこうに生きている者がいるのか。

一瞬、無意識に手を引っ込めそうになった。それがやつら、か、らのメッセージで、インペリアルCに似た意味不明な混沌の中に悪意はあるがまぎれもない非人間的な知性がひそんでいるのではないかと考えたのだ。

「レイン……？」静かな、ためらうような声がした。「レイン……？　きみか……？　レイン……？」

ホルステンはコンソールを見つめた。その言葉にはひどく不快なところがあった。傷ついた、形のないなにかが震えているような。

「カーストだ」レインが言った。目を大きく見ひらいている。

「レイン、そっちへ戻るぞ」カーストはいままでになく落ち着いた声で続けた。「いまそっちへ戻るところだ」

「カースト……」

「大丈夫だ」保安隊長の声が続けた。「大丈夫だ。なにもかも大丈夫だから」

「カースト、なにがあったの？」

「わたしは大丈夫だ。もうわかったんだ」

「でも蜘蛛たちが――」

「彼らは……」長い間があった。カーストが自分の頭の中をかきまわして正しい言葉を探しているのかもしれない。「われわれと同じだ。彼らはわれわれなんだ。彼らは……われわれと同じだ」

「カースト――！」

「みんなでそっちへ戻るところだ。全員で」

ホルステンはおぞましい、不合理な考えに取り憑かれていた。アーマースーツの中身は吸い尽くされてしなびた抜け殻なのに、ありえないことにまだ生きている。

「ホルステン」レインが男の腕をつかんだ。空気中にかすかな化学物質の霧がただよっていた――蜘蛛の殺人兵器ではなく、ハッチを浸食しているなにか。

するとハッチの下端の近くに穴があき、そいつがとおり抜けてきた。

一瞬、彼らはおたがいを凝視した――大きな目と探究心をそなえた太古の樹上生活者を祖先にもつふたつの末裔《まつえい》。

ホルステンはレインの杖を持ちあげた。蜘蛛は大きいが、蜘蛛にしては大きいというだけだ。これなら叩きつぶすことができる。毛むくじゃらの殻を切り裂いて曲がった脚のかけらをばらまくこともできる。最後に人間になれるのだ。その破壊力を誇示して。

だが穴からは蜘蛛がどんどん這い出していて、ホルステンは年老いていたし、レインはもっと年老いていた。彼は最近はめったに見られないもうひとつの人間性を求めて、両腕をレインの体にまわし、せいいっぱいの力で抱き締めた。杖が床にからんと落ちた。

「レイン……」カーストの幽霊のような声が聞こえた。「メイスン……」それから部下たちにむかって、「さあ、ペースをあげるんだ。動けなくなったら離脱しろ」いままでにない落ち着いた声だが、そこにあるいらだちはまちがいなくカーストのものだった。

蜘蛛たちは少し散開し、顔につけている透明なマスクの奥から大皿のような目でふたりをじっと見つめていた。その異質な視線と出くわしたとき、ホルステンは自分の同胞と対峙《たいじ》したときにしか経験のない接触の衝撃をおぼえた。

そいつらの一匹の後脚がぐっと縮こまって緊張するのが見えた。

蜘蛛たちが跳躍し、それですべてが終わった。

7.10　慈悲の質

澄み切った青空からシャトルが降下してくるのにはかなりの時間がかかりそうだ。〈七つの木〉市の〈大きな巣〉地区の境界を越えた先にある広々とした平原にはかなりの群衆が集まっている。地面や周囲の木々や糸の構造物にぎっしりと群がって待つ数千体の蜘蛛たち。怯える者もいれば、浮かれ騒ぐ者もいるし、これからなにが起こるのかよくわかっていない者もいる。

目の代わりをする蟻群も数十あり、とらえた映像を緑の世界の各地にある色素胞スクリーンへ送信している——それを何百万体もの蜘蛛が見物し、波の下にいる口脚類が凝視し、もう少しで知性を獲得できそうなほかの多くの種族がそれぞれの理解力に応じてながめているのだ。〈糸吐き〉たち——荒野の居留地にいる新世代の山城蜘蛛《サイトーデス・バリーダ》たち——でさえこの瞬間の映像を見ているかもしれない。

歴史が作られようとしている。それどころか歴史が始まろうとしている——新しい時代の幕開けだ。

ドクター・アヴラーナ・カーンは、あらゆる場所に存在しながら、自分の子供たちの準備を見守っている。彼女はまだ納得していないが、何千年も続けてきた冷笑主義を捨てるのには時間がかかるものだ。

〝わたしたちは彼らを抹殺するべきだった〟カーンはいまだにそう考えているが、いまでこそ分散形態をとっているとはいえ、彼女はただの人間に過ぎない。

カーンの手元に残っていた人間の神経化学に関する資料と、蜘蛛たち自身が遠い昔にとらえた捕虜にまつわる調査が、このような結果をもたらしていた。だが、カーンがその原動力になったわけではない。蜘蛛たちは長く待たれていた侵略者にどう対応すべきか自分たちで懸命に議論し、彼女の助言にはあまり従うことがなかった。彼女らはなにが危険かよくわかっていた。人間がこの惑星で自由に行動できるようになった場合になにが起きるのかについてカーンの評価を受け入れた。大量虐殺は、相手が他種族であれ同胞であれ、人間が何度も繰り返してきたことだった。

蜘蛛たちもその道のりにおいていくつかの絶滅の原因となってきたが、蟻との初期の対立は彼女らを別の道へと導いていた。蜘蛛たちは破壊のやりかたを見てきたが、蟻が世界を利用するやりかたも見てきた。あらゆるものが道具になりうる。あらゆるものが役に立つ。〈糸吐き〉を根絶やしにしなかったのと同じように、彼女らは蟻を根絶やしにすることはなく、その決断がのちに急成長するテクノロジーの基礎となった。

人類、創造種族、伝説の巨人の到来に直面して、蜘蛛たちは〝どうやって滅ぼすか〟ではなく、〝どうやって罠にかけるか？　どうやって利用するか？〟を考えた。

〝両者のあいだにどんな障壁があるせいで人間たちはわれわれを滅ぼしたくなるのか？〟

蜘蛛たちにも〝虜囚の選択〟に相当するものはあるが、彼女らは視覚だけではなく絶え間ない振動と匂いがあふれる世界で、複雑な相互のつながりという観点からものを考える。ふたりの虜囚が話し合うことができないというのは、彼女らにとって受け入れ可能な状況ではなく、克服すべき問題だ――〝虜囚の選択〟は、ゴルディアスの結び目のように、縛られるのではなく切り裂かれるべきものなのだ。

蜘蛛たちはずっと以前から、自分たちの体内にも惑星上の他種族の体内にもひとつのメッセージがあることを知っていた。遠い昔、疫病との戦いのさなかに、彼女らはこれが自分たちの遺伝コードとはことなるものだと気づき、〈使徒〉の御業《みわざ》であると考えた。ある意味では彼女らは正しかった。そして彼女らは体内にあるナノウイルスを分離した。

蜘蛛たちはもちろん気づいていたことだが、巨人と似たかたちの生物――この世界に種をまかれた鼠などの脊椎動物――はナノウイルスを持っておらず、そのために蜘蛛をおたがい同士やほかの節足動物と結びつけていると思われる共通性を欠いていた。鼠はただの動物だった。ほかのなにかになる可能性はないように見えた。それに比べれば、髭太箆虫は――あるいはほかの十数種類の似たような生物は――可能性に満ちあふれていた。

蜘蛛たちは長いあいだ熱心に働いて、哺乳類の神経を攻撃するナノウイルスの変種を生み出し増殖させてきた――複雑な機能をもつ完全なウイルスではなく目的をひとつに絞った単純なツールで、毒性と感染性と遺伝性と不可逆性をそなえている。ナノウイルスの進化を促進する部分は取り除かれ――あまりにも複雑でほとんど理解できなかった――ウイルスの基本機能のひとつだけがそのまま残されている。哺乳類の脳の特定の部分を書き換えるよう手を加えられ変異させられた、まさに精神のパンデミックだ。

ナノウイルスが何千世代もまえに古代のポーシャ・ラビアータ蜘蛛と接触したとき、それが最初におよぼした効果は孤独な狩猟者の種をひとつの社会へと変えたことだった。類は類を呼び、ウイルスと接触した者は、たとえ自分を知るのに十分な認知能力を有していなくても、だれが仲間であるかを知ることができた。

カーンは――ほかのすべての者たちも――シャトルが着陸するのを見守る。赤道上の網や宇宙エレベータを百キロメートル上回る高度で軌道をめぐっているギルガメシュには、多くの人間が乗り込んでいて、その全員が感染しているが、まだ眠っている数千の人間にはこれからウイルスを導入する必要がある。その作業には長い時間がかかるが、今回の着陸は統合への第一歩であり、それにもまた長い時間がかかるだろう。

蜘蛛たちのあいだでさえ、ナノウイルスは共食いや配偶者殺しといった根深い習慣と長い戦いを続けてきた。だが、顕著な成功はほとんどが種の内部にとどまっていた。ポーシャ系統の蜘蛛は常に狩猟者だったので、種を超えた共感能力は彼女らの力をそこなっていただろう。これは彼女らの生化学的創造力が真に試される場面だった。蜘蛛たちは下級哺乳類で試験をおこなって最大限の努力をしてきたが、実際の効果を知ることができたのはポーシャとその同輩たちが避難船と乗組員を掌握したあとのことだった。

必要なのは簡略版ウイルスを哺乳類の脳を攻撃するように再構成することだけではなかった――充分にむずかしいことだが、それだけでは役に立たない。何世代にもわたって研究を続けそれぞれが先代から生の知識を継承してきた大勢の蜘蛛の科学者たちにとって、ほんとうにむずかしかったのは、感染した人間がその親に気づくように――作成者である蜘蛛たちの中に自身の存在を認め、その類似性に呼応するように――変更を加えることだった。亜微生物レベルで親族関係にあるのだから、ギルガメシュの巨人たちの中には、あの先史時代の恐ろしく軽率な創造神たちの中には、ポーシャとその同族を見て自分たちの子供だと気づく者がいるかもしれない。

いよいよシャトルが着陸すると、蜘蛛たちが詰め寄ってくる。激しく沸き立つ、毛むくじゃらの灰色の潮流のような脚と牙、じっと見つめるまぶたのない目。カーンが見守るまえでハッチがひらき、最初の人間が踏み出してくる。

あらわれたのはほんのひと握りだ。今回の出会いは、ナノウイルスの断片が所期の効果をもたらしたかどうかを確認するための実験でしかない。

人間たちが蜘蛛の潮流に踏み込むと、毛むくじゃらの硬い体がぶつかる。そこには明らかな嫌悪感も、突然のパニックもない。カーンの再構成された目には、人間たちがすっかりくつろいでいるように見える。片手を差し出して群衆の背中をなでるようにして進む者さえいる。人間たちの中にあるウイルスが〝これはわたしたちだ、彼らはわたしたちと同じだ〟と伝えているのだ。それは蜘蛛たちにしても同じで、半端なウイルスの断片がより完成されたいとこたちに呼びかけている――〝わたしたちはあなたたちと同じだ〟

カーンはふと考える。蜘蛛たちによる干渉は彼らが考えていたよりも先へ進んでいるのかもしれない。もしもすべての人間の脳内に小さなビーズがあって、それがおたがいに〝彼らはあなたと同じだ〟と伝え合っていたとしたら、それが惑星に広がる網の中でひとりひとりに共感の細い糸を引いていたとしたら――いったいどんなことが起きていただろう？　同じように戦争や、虐殺や、迫害や、十字軍が生じていただろうか？

〝おそらくそうだろう〟カーンの思いは苦い。この件についてフェイビアンと話し合ってみたいものだが、彼女の忠実な信奉者さえこの光景をじかに見るために日差しの中へ這い出してしまっている。

シャトルのハッチから、ポーシャは同輩組の仲間たちといっしょに人間たちのあとを追って外へ出てくる。彼女は自分が果たした役割の大きさをほとんど忘れている。生きているだけでうれしいのだ――仲間たちの多くはそれほど幸運ではなかった。人類に蜘蛛たちと同じものの見方をさせるための代償は大きかった。

〝だがそれだけの価値はある〟ポーシャからその思いを伝えられたビアンカは、きっぱりと断言していた。〝これから先、われわれがいっしょにどれほどのことを成し遂げられると思う？　結局のところ、われわれがここにいる原因を作ったのは彼らだ。われわれは彼らの子供だが、いままで彼らはそのことを知らなかったのだ〟

人間たちの中に、初めは怪我をしたか病気にかかったかと思われたが、いまでは単に長い巨人の生涯の終わりにあるだけだと判明しているひとりの人間がいる。別のひとりが、こちらは男だが、彼女をシャトルから運び出して地面に寝かせ、好奇心旺盛な蜘蛛たちが押し合いへし合いしながらも礼儀をわきまえてそのまわりをぐるりと取り囲む。ポーシャはその人間の苦しげな両手が地面をつかみ、草を握り締めるのを見る。青い空を見あげる奇妙な細い目――だが、ポーシャはその目の中に共通点を見出すことができる。いまやナノウイルスがつなぐ絆は両方向に効果を発揮している。

その老いた人間は死にかけている――カーンの翻訳が正しければ、かつて存在した中でもっとも高齢の人間だ。だが、彼女が死のうとしている世界は、いずれ彼女の民の世界となり、彼女の民はそこをほかの民と分かち合うことになる。確信はないものの、ポーシャには老いた人間がそのことに満足しているように見える。

第8部

離散

ディアスポラ

8.1　果敢な旅立ち

ヘレナ・ホルステン・レインは自分の網で身を横たえ、無重力の中でゆったりとくつろぐ。まわりではほかのクルーが発進まえのチェックをすませている。

この船にはふたつの名前があり、どちらも意味は同じだった——航海者《ボイジャー》。ヘレナは知らないことだが、それは遠い昔の時代の、人類の先駆的な宇宙船につけられた名前だった。打ち上げから何千年もたったいまでも宇宙のどこかを疾走しているかもしれない、製作者の子孫がとっくに忘れてしまった業績の沈黙の記録だ。

ボイジャーにはすでに解体されたギルガメシュを彷彿《ほうふつ》とさせるものはなにもないが、その理念だけは残っている。ヘレナの祖母の祖母がたいへんな苦労をして維持していた地球の古いテクノロジーが、掘り起こされ、再認識され、そこからさらに進化してきた。蜘蛛の科学者たちは、まず最初に人間が教えることができるテクノロジー、すなわち金属と電気、コンピュータと核融合駆動について学んだ。その後、蜘蛛たちは人間とはちがう視点からその知識をさらに広げ、向上させて、それをまた教師の子供たちに教え返した。同じように、人間たちの頭脳は蜘蛛があやつる複雑なバイオテクノロジーの糸を解きほぐし、みずからも知識を提供した。どちらの種族にも、精神的に、物理的に、感覚的に、容易には越えられない限界がある。だからこそおたがいを必要としているのだ。

ボイジャーは核融合炉の心臓をもつ生物であり、プログラム可能な神経系と、それを調整、修理、改良する共生蟻のコロニーをそなえた巨大なバイオエンジニアリングのかたまりだ。乗組員は七十名で数万人分の遺伝物質と数十万の〈理解〉が積み込まれている。これは探査船であって、命がけの避難船ではないが、旅のあいだは長期にわたって眠ることになるし、充分な予防措置をとるのは賢明なことだろう。

緑の惑星のふたつの民は、いまではおおらかな調和の中でいっしょに働いている。ひと世代ほどのあいだはどちらの側にも警戒心があったが、ナノウイルスが種と種のあいだや個と個のあいだの障壁を取り払った時点で、多くの潜在的な悲劇がすでに回避されていた。人生は完璧ではなく、個体には常に欠陥があるが、共感が――まわりにいる者を同胞としか思えなくなることが――最後にはすべてを克服する。

コミュニケーションは最初から大きな問題だったことをヘレナは知っている。蜘蛛は話し言葉を聞いても足がむずがゆくなるだけだし、人間には蜘蛛の豊かな言語を感知するために必要な鋭敏な触覚がない。もちろん、これについては双方のテクノロジーが助けになり、そこには常にアヴラーナ・カーンという気むずかしく扱いにくい存在があった。両者の共通言語は、どちらにとっても第二言語となる、おかしなかたちに壊れたインペリアルCで、まだカーンが〈使徒〉で蜘蛛たちがその信者だったころに共同で考案したものだ。生き続ける死語。ヘレナの祖父の祖父はこれを聞いたら大喜びしたにちがいない。

　生きている船の各システムがすべて許容誤差内にあることが有機表示で確認される。ヘレナはそのコーラスに自身の確認を追加して、命令を待つ。彼女は今回の任務の指揮官ではない。その栄誉は蜘蛛史上初の星間開拓者であるポーシャのものだ。天井から、というよりヘレナのタンクのむかいにある蜘蛛用タンクの湾曲した側面から吊りさげた自分の網の中でうずくまるポーシャは、いつ命令しようかとしばし考え、ドックや下の世界と素早く無線連絡を交わしてから、船そのものに語りかける。

〝あなたが望むときに〟

　船の応答には、肯定的ではあるが、ドクター・アヴラーナ・カーンらしいさりげないウィットの片鱗《へんりん》が見られる。その生体機械知性はかつての彼女から外挿されている——カーンの子供が、彼女の祝福を受けて芽吹いているのだ。

　ボイジャーは途方もなく優雅な動きで最適な効率を求めて形状を再構成し、みずからを軌道上の網から切り離す。その網はギルガメシュが最初に遭遇したときよりもはるかに巨大化していて、いまは緑色の太陽熱収集器が咲き乱れ、緑の惑星の太陽系全域をすでに探索してきたほかの不定形宇宙船が点在している。

　ボイジャーはギルガメシュよりも燃料効率が高い——カーンによれば古帝国の艦船すら上回っている。ときには視点を変えるだけで問題を解決できることがあるのだ。この船の核融合炉ははるかに長期にわたって休みなくなめらかに加速し、同じように減速できるし、船の流動的な内部構造は急激な加速から乗組員をはるかに効率よく保護してくれる。外宇宙への旅も、数千年どころか数百年もかからず、ほんの数十年眠るだけですむのだ。

それでも、これは大きな一歩であり、軽々しく考えるべきことではない。星ぼしの世界へ戻るのは常に必然であり、どちらの種族もそれを目指して懸命に努力してきたが、もしもあの信号が、あのメッセージがなければ、だれもまだそこに手を伸ばそうとはしていなかっただろう。

空にあるすべての光点の中で、ひとつの光点が語りかけている。なにか理解できることを言っているわけではないが、そのメッセージは明らかにただの雑音ではなく、パルサーの整然とした呼びかけや宇宙で見られるそれ以外の既知の現象よりも構造化されている。要するに、そこに存在するはずがない知性のしわざなのだ。緑の惑星の民がそんな合図の灯《ともしび》をどうして無視できるだろう？

ボイジャーは長い加速を開始して、乗組員の体にやさしく圧力を加えながら、内部形状を再調整する。間もなく彼らは眠りにつき、ふたたび目を覚ますときには新しい世界が待っている。危険と驚異と謎にあふれた未知の世界。彼らを大声で呼ぶ世界。だが、まったく異質な世界というわけではない。緑の惑星の民の遠い祖先はかつてそこを歩いていた。ギルガメシュの星図にも記載されている、古帝国の崩壊によって取り残されてしまったテラフォーミング群島に含まれるもうひとつの島だ。

長い歳月と、幾多の戦争と悲劇と喪失を経たあとで、蜘蛛たちと猿たちはみずからの継承物を探し求めて星の世界へ戻っていく。

（完）

訳者あとがき

本邦初紹介となるイギリスの作家エイドリアン・チャイコフスキーが二〇一五年に発表した初のＳＦ長篇 *Children of Time* をお届けします。

「神、救世主、人工知能、異質性などの大きなテーマに積極果敢に取り組む、並はずれた作品」（フィナンシャル・タイムズ）

「斬新な発想で描かれるポスト・ディストピア文明、見たこともないほどスマートに構築された進化論的世界」（ピーター・Ｆ・ハミルトン）

こういった書評を見てもわかるとおり、いまどき珍しい、いっそ古典的と言ってもいいほど真っ向勝負の本格宇宙ＳＦです。それまでファンタジイ小説を中心に活動していた作者にとって、まったく毛色のちがう本書の執筆は「だれかがこの作品を出版してくれるとは思っていなかった」（二〇一八年のインタビュー）というほど困難な挑戦だったようですが、作品は刊行直後から大評判となり、セールス面でも望外の成功をおさめました。

翌年にはイギリスのＳＦ界でもっとも権威があると言われるアーサー・Ｃ・クラーク賞を受賞（ピュリッツァー賞をとったコルソン・ホワイトヘッドの『地下鉄道』も同賞を受賞しています）。正直、クラークの名を冠した賞にこれほどふさわしい作品はめったにないでしょう。書評サイト Goodreads がレビュー数で選んだオールタイムＳＦベスト一〇〇でも、多くの古典にまじってみごとランク入りを果たしています。

物語は遠い未来から始まります。

銀河をまたにかける超文明を築きあげた人類も、いまや進化の袋小路に陥り、衰退のときを迎えています。これに危機感をおぼえた人びとは、自分たちの姿に合わせた新たな類人猿を創造し、銀河の各所でテラフォーミングを進めている惑星に投入することで、人類の可能性を未来へつなごうとしています。

この人類存続のための大プロジェクトを先導するアヴラーナ・カーンは、地球から二十光年離れた最初の目的地である緑の惑星にたどり着き、テラフォーミングの総仕上げとして類人猿とその知能を向上させるナノウイルスを地上へ投下します。ところが、ここで思わぬ妨害が入って、宇宙船は爆破され、計画は水泡に帰します。カーンは惑星を監視するための人工衛星で単身脱出してコールドスリープに入り、やがて訪れるはずの地球からの救助船を待つことになります。

しかし、二千年の時を経てついに地球からやってきたのは、滅びゆく惑星から脱出した避難船でした。彼らが到着してカーンと出会ったとき、驚くべき事実が明らかになります。類人猿は地表へ投下されるまえに全滅しましたが、ナノウイルスだけは新世界にばらまかれていました。その影響で蜘蛛《くも》や蟻《あり》といった、すでに地上に棲息《せいそく》していた生き物が急速に巨大化して独自の進化を遂げ、エキゾチックな文明社会を築いていたのです……

ネタバレのように見えるかもしれませんが、ここまではほんのプロローグ。ここから本格的に始まる物語では、数千年のタイムスケールで、惑星上で進化を続ける蜘蛛たちの世界と、地球からやってきた人類最後の生存者たちの苦闘が交互に語られていきます。知性を獲得した蜘蛛と人類とのファーストコンタクトの行方は？　人類は移住先となる新世界を手に入れて、種の絶滅をまぬがれることができるのか？

昆虫にまつわる作者の知識と愛情が思いきり注ぎ込まれたこの蜘蛛パートはまさに出色のできばえで、本書をこれほどの人気作に押しあげた最大の要因と思われます。斬新《ざんしん》な化学兵器で蟻の大群の侵略を阻止する蜘蛛戦士、世界に広がるパンデミックと闘う蜘蛛学者、そして蜘蛛ならではの「たったひとつの冴えたやりかた」で難局を打開する蜘蛛宇宙飛行士。脚がたくさんある生き物はきらいだという方も、たいていのご家庭でうろうろしているあのかわいらしいハエトリグモの姿を想像しながら読めば、きっとすばらしいセンス・オブ・ワンダーを味わうことができるでしょう。

数千年にわたって物語が続くとなると、生物の寿命という問題がでてきます。人間のほうはコールドスリープという手段があるので、登場人物が短期間だけ目覚めてはまた眠りにつくということを繰り返していけば、長きにわたる蜘蛛世界の進化に合わせて行動することが可能になります。手塚治虫の『火の鳥　望郷篇』で主人公の女性が自分の子孫の進歩を果てしなく見守っていく、あれと同じです。

しかし蜘蛛たちのほうはそうはいきませんので、いずれは短い生涯を終えて次世代にバトンタッチすることになります。作者もそのたびに新しい名前をつけていたら数が多くなりすぎると考えたのか、本書では蜘蛛の名前は襲名制になっています。つまり冒頭で登場する蜘蛛（たとえばポーシャ）の名前は、時間が流れたあとの世代で登場する、同じような性格の別の蜘蛛が順繰りに引き継いでいきます。

蜘蛛パートの実質的な主人公であるポーシャは、ハエトリグモの一種の学名からとられています。これがシェイクスピア『ヴェニスの商人』に登場する女性の名前と同じだったことがきっかけになったのか、ほかの蜘蛛たちの名前も、ビアンカ、フェイビアン、ヴァイオラと、それぞれシェイクスピア作品の登場人物からとられているようです。

作者のエイドリアン・チャイコフスキーは、一九七二年、イングランドのリンカンシャー生まれ。小さいときから物語をつくるのが大好きで、十七歳のころに出会った〈ドラゴンランス〉シリーズがきっかけとなってプロの作家を目指しますが、「膨大な量の駄作」を書きまくっただけで出版に漕《こ》ぎつけることはできませんでした。レディング大学で動物学と心理学を学んだあと、鍛えたタイピングの速さを買われて法律関係の仕事をゲット。その後はリーガルエグゼクティブの資格を取得して法律事務所に就職し、生活の安定を得たものの、作家になるという夢は捨てられず、地道に創作活動を続けていました。

念願かなって *Empire in Black and Gold* というファンタジイ長篇がイギリスで刊行されたのが二〇〇八年、作者が三十五歳のときでした。これは〈Shadows of the Apt〉シリーズの第一作となり、二〇一四年までに十冊が出て完結しています。

二〇一五年に初のSFとなる本書で大成功をおさめたあとは、ファンタジイとSFの両ジャンルで多彩な作品を発表。企画もとおりやすくなったのか執筆量も増え、もはやパートタイムではむりだということで、二〇一八年に晴れて専業作家となりました。作者のブログにそのときの心境が綴《つづ》られていますが、さすがに定収入を失う不安は大きく、「虚空へ身を投げる」覚悟だったとか。

その後も作品の発表は順調に続いていましたが、コロナ禍で巣ごもり生活になってからはストレスを執筆にぶつけるようになったらしく、最近の刊行ペースはすさまじいことになっています。今年だけを見ても、独立した単行本として刊行されたノヴェラが現時点ですでに三冊あるほか、五月にはスペースオペラの新シリーズの第一作となる大作 *Shards of Earth* が登場。これには作者もかなり力を入れているようで、最近のブログでは映画化された場合に備えて勝手なキャスティング（渡辺謙《わたなべけん》の名前も）まで公表しています。

映画化といえば、本書も二〇一七年にライオンズゲート・ピクチャーズに映像化の権利が売れています。

その後は特に音沙汰がなかったのですが、二〇二〇年の十月になって、ネットフリックスで映画化される*Spaceman of Bohemia*の脚本を担当したコルビー・デイが、本書の脚本を執筆中というニュースが入ってきました。ポーシャが大画面で活躍する姿を楽しみに、気長に待ちたいと思います。

さて、本書は完全に独立した長篇で、きっちりとエンディングを迎えますので、続きを予想した人は（たぶん作者も含めて）あまり多くなかったと思うのですが、二〇一九年になって、直接の続篇となる*Children of Ruin*が刊行されました。破滅の危機にある地球を離れた別の宇宙船が、人類が居住できそうな別の惑星を見つけてテラフォーミングを進め——という流れは基本的に同じで、そこに本書に登場したアヴラーナ・カーンやハエトリグモの子孫たちがからむことになります。こちらもたいへん好評で、翌年にはイギリスでクラーク賞とならぶ権威をもつ英国ＳＦ協会賞を受賞しました。新たに舞台となるのはダマスカスと呼ばれる海洋惑星、そこでナノウイルスによって急激な進化を遂げるのは、ポーシャたちと同じ八本脚の……オクトパス。

二〇二一年六月
内田昌之

時の子供たち　下

2021年7月23日　初版第一刷発行

著者 ……………… エイドリアン・チャイコフスキー
訳者 ………………………………… 内田昌之《うちだまさゆき》
デザイン ………………… 坂野公一《さかのこういち》(welle design)

発行人 ………………………………… 後藤明信
発行所 ……………………… 株式会社竹書房
〒102-0075 東京都千代田区三番町8-1
三番町東急ビル6F
email : info@takeshobo.co.jp
http://www.takeshobo.co.jp
印刷所 ……………………… 凸版印刷株式会社

定価はカバーに表示してあります。
■落丁・乱丁があった場合は furyo@takeshobo.co.jp までメールにてお問い合わせください。
Printed in Japan